理查德·赖特

小说的思想内涵研究

张晓敏 / 著

中国社会科学出版社

图书在版编目(CIP)数据

理查德·赖特小说的思想内涵研究/张晓敏著.—北京:中国社会科学出版社,2019.11

ISBN 978-7-5203-5301-4

Ⅰ.①理… Ⅱ.①张… Ⅲ.①理查德·赖特—小说研究 Ⅳ.①I712.074

中国版本图书馆 CIP 数据核字(2019)第 215287 号

出 版 人	赵剑英
责任编辑	高 歌
责任校对	郝阳洋
责任印制	戴 宽

出 版	中国社会科学出版社
社 址	北京鼓楼西大街甲 158 号
邮 编	100720
网 址	http://www.csspw.cn
发 行 部	010 - 84083685
门 市 部	010 - 84029450
经 销	新华书店及其他书店

印刷装订	北京君升印刷有限公司
版 次	2019 年 11 月第 1 版
印 次	2019 年 11 月第 1 次印刷

开 本	710×1000 1/16
印 张	16
插 页	2
字 数	216 千字
定 价	88.00 元

美国黑人的历史是用血淋淋的生动词句写成的美国历史；它是西方人写得很少的历史。它是那些试图调整自己适应一个世界的人的历史——这个世界的法律、习惯和暴力工具都对准着他们。黑人是美国的隐喻。

　　　　　　　　　　　　　——理查德·赖特

目　　录

序

理查德·赖特小说研究的里程碑

　　自从被贩卖到美国这个自我标榜"自由""平等""民主"的国度以来,非裔美国人就一直没有人权可言。19世纪中叶的美国南北战争虽然原本以维护国家完整为目的,但最终却以废除奴隶制而结束。然而,半个世纪过去后,非裔美国人并未获得真正意义上的解放,在白人及其文化占主流的这个资本主义社会中,种族歧视问题并未得到彻底解决,反而有愈演愈烈之势。美国黑人作家理查德·赖特就是在这样的大背景下开启了其文学创作生涯并取得了令世人瞩目的文学功绩。

　　建国之际,美国的资产阶级政治家以欧洲"天赋人权"的政治哲学为基础,以欧洲政治思想家的社会契约论为指导原则,尤其以洛克的政治哲学思想为核心,在北美第二次大陆会议的建国决议(即《独立宣言》,1776年)中指出:"我们认为下述真理是不言而喻的:人人生而平等,造物主赋予他们若干不可剥夺的权利,其中包括生命权、自由权和追求幸福的权利,为了保障这些权利,人类才在他们之间建立政府,而政府之正当权利,是经过被治理者的同意而产生的。"然而,战后在美国与英国签署的《巴黎和平合约》(1783)中,在这场战争中曾做出过重大贡献的非裔美国人却被界定为"等同于白人的财产"。美国建国85年后的那场南北大战是在坚持资本主义工业化发展道路的北方与坚持蓄奴制的南方在非裔美国人的人权以及国家经济发展模式的分歧达到无法调和的程度时爆发的。此外，文学对这场战争也起到了推波助澜的作用，用林肯总统的话来说，就是一个"小女人"斯托夫人的一本《汤姆叔叔的小屋》引发了一场大战。

本书作者张晓敏教授认为，文学作品是社会和历史的产物，其艺术性的表象下蕴含着丰富的政治意义；文学作品的作用不仅在于对事物的改变，而且还在于改变人的存在和本质；文学作品以艺术的形式出现，其社会性则在于文学作品站在社会的对立面对社会展开批判，其艺术性中所包含的这种社会性并非是在艺术的直接性存在中表现出来的，而是作家在对艺术之为艺术的反思中揭示出来的；文学作品在理论维度上，在艺术形式中有意义地建构起超越现实的更高的完美存在，这是因为艺术特有的象征性作用摒弃了感性的直接性和纯粹的概念性，按照反思的方式把完美性和非完美性连接起来，从而赋予完美性以确定的意义。

作为美国文学的一个重要组成部分，非裔美国文学既自成体系，又与美国主流文学融为一体，为美国文学的发展以及非裔美国人的政治、经济和文化诉求的表达做出了重要贡献。

在本书中，作者较为系统地梳理了非裔美国文学的传统。理查德·赖特是20世纪40年代的代表作家，其代表作是《土生子》。作为非裔美国文学这个阶段的关键人物，赖特作品的思想性、艺术性和革命性以及他对詹姆斯·鲍德温等后辈作家的提携，使其成为非裔美国文学中的一代宗师；此外，赖特在其作品中前所未有地提出并阐释了"黑人性"问题，对美国的种族、阶级和文化问题的探讨拓宽了非裔美国文学的创作题材与主题，形成了非裔美国文学的文艺美学和政治美学的审美模式以及评价体系。

本书作者认为，赖特小说的巨大成功具有内外两方面的因素，一是作家自身成长的经历，二是受外界对黑人民权的关注的影响。这也恰恰迎合了美国文学思想史学者罗德·霍顿和赫伯特·爱德华兹的观点："文学研究的一个主要问题在于了解文学和产生该文学的社会背景之间的关系。文学作品有时落后于时代，有时预示未来……一般地讲，文学往往反映时代的主要趋势。它来源于影响作者感受力的道德、社会以及思想变迁。"赖特出生于南方，自幼生活在贫困线上，当他来到北方的芝加哥后，开始参与黑人的社会活动。美国当时正处于经济大萧条时期，黑人的被解雇率大大超过白人。在纽约生活阶段，在种族隔离的都市中生活，赖特不得不生活在黑人聚居的贫民窟里。黑人所受到的不公正待遇正是赖特"抗议小说"的社会源头，也是其文学创作的国内影响因素。赖特的国外之旅拓宽了他的视野。在法国期间，赖特开始接触到波伏娃、萨特、克尔凯郭尔、海德格尔和加缪的文学作品和存在主义哲学；其非洲之行和在印度尼西亚参加万隆会议的经历以及受到中国古代汉诗绝句影响而形成的日本俳句的书写形式等，构成了赖特进行文学创作的外在影响因素。内外影响因素共同作用于赖特，才使赖特在其文学创作所取得的巨大成功中既有自身非裔美国人的生活经历基础，又有世界多元文化的影响，这就使其"抗议文学"跳出了单纯的"黑人抗议文学"的局限性。

张晓敏教授在本书中的第二章"赖特小说的文化逻辑与伦理政治"部分指出，作为一种文化的产物，小说是以作家自身所处年代的政治、经济和文化状况为基础创作出来的文学作品。有社会责任感的作家必定关注社会生活和政治生活中的一些重大问题，政治、社会和历史题材也永远是作家所要描写的主要题材。南北战争后，美国宪法修正案的第 13 条规定使 400 万黑人奴隶获得了解放；之后又在第 14 条中赋予了黑人以公民权；1870 年在第 15 条中又给予了黑人选举权。然而，美国黑人的参政路道并不平坦，宪法中的相应条款也形同虚设，这一切并没有从根本上改变非裔美国人的社会地位。他们生活在这个世界上最发达的工业国家里，然而其族裔文化地位却清楚地展示出美国主流文化的阶级性、侵略性、渗透性、种族性与压迫性。文化冲突是在道德标准差异性的基础上导致的意识形态分歧和人们生活方式的对立，其特点往往是一种强势文化体系凌驾于另一种弱势文化体系之上。在白人文化占统治地位的美国，黑人和白人的伦理传统、世界观和价值观等层面上的差异导致了两个种族在文化层面上的冲突，双方均竭力争取最大可能的文化支配权、对后代的影响权以及对意识形态和生活方式的主导权。张晓敏教授认为，赖特的小说创作可以被视作其政治观念与伦理判断的重要表达形式。这一点也正如加利福尼亚大学资深教授埃默里·埃里奥特教授在《哥伦比亚美国文学史》中指出的那样："话语并不能决定性地表达内容，所以在政治言说中做出的任何结论不一定就属于政治方面的话语，但是，文学作品以激进的政治声明形式出现，却使文学作品在性质上有助于建立一个更加美好的全新社会。"赖特小说中的伦理政治始于美国社会中黑人与白人的二元对立，而后转向超越种族、阶级和文化的对抗，向透视社会权力关系的深层结构迈进。赖特以更加客观的、非脸谱化的方式描绘出真实的美国社会底层的状况，这种书写方式不仅使赖特对本族裔贡献良多，同时也对美国现代社会中存在的诸多问题提出了有益的见解。

在第三章"赖特小说政治哲学的文本解读"部分，张晓敏教授以赖特的 6 部作品为分析语篇，探讨了赖特以现实主义的书写方式，以典型情境中的典型人物形象地反映出当时美国种族歧视的社会现实。张晓敏教授认为，人物是传递思想的载体，要想确保作品人物的真实可信性就必须展示其人物性格的复杂性，因而人物的真实可信度可以大于情节的真实可信度。这也是其代表作《土生子》中别格"怪异"和"凶残"的人性以及"惊悚"的故事情节由来的根本原因。"社会存在决定意识"的基本观点决定了赖特"抗议小说"的书写形式。其中，赖特以《大小子离家》中的大小子、《土生子》中的别格、《黑孩子》中的自传式人物和《长梦》中的菲希利 4 个不同的黑人形象作为赖特时期所有美国黑人形象的缩影。从赖特的人物塑造中人们不仅看到了黑人生活悲惨的现实状况、白人统治者对黑人的压迫和种族主义对黑人的残害，同时也看到了非裔美国人的反抗精神。以这些黑人的反抗精神表达了赖特对美国赖以立国的"人人生而平等"的人权思想的虚伪性的质疑态度，以栩栩如生的黑人形象说明非裔美国人也是有尊严的族裔，因而非裔美国人不怕用鲜血来换取自由的政治哲学观点。

本书还就赖特在非裔美国文学发展史中承上启下的链条作用，以专章的形式进行了论述。张晓敏教授认为，赖特继承和发展了非裔美国文学的书写传统，同时也对整个美国文学的丰富性与深度性产生了重要启示作用。赖特处于非裔美国文学的重要转型期，其最大贡献在于突破了以往非裔美国文学中简单的"黑白二元对立"结构，消解了"汤姆大叔"这个懦弱的传统黑人形象，形成了非裔美国文学中的"抗议文学"的新阶段。在这部分中，张晓敏教授论述了早期非裔美国文学中的奴隶叙事和黑人文化的思想传统，考察了抗议小说形成的影响因素，总结了赖特对左翼思想的传承与发展、自然主义文学思潮在赖特小说中的体现以及赖特对当代非裔美国作家的影响。

在上述研究的基础上，张晓敏教授的结论是，人类社会正在迈向民族融合与共同繁荣的发展阶段，并努力为实现世界大同和"地球村"的终极梦想而奋斗。鉴于此，族裔文学的概念也是世界文学发展的一个过渡阶段。就世界文学的普遍价值而论，学术界以人种来划分文学体裁本就是一个伪命题。人不应以肤色来界定，否则就忽视了黑人自身内部复杂的族裔、语言、宗教和历史文化特征。事实上，少数族裔文学是建立在族裔、文化和经济地位不平等的基础之上的，也正是在这个意义上才造就了理查德·赖特以及非裔美国文学的兴起和繁荣。以赖特为代表的非裔美国"抗议文学"旨在证明非裔美国人的自我、以行动反击主流社会的强权政治、非裔美国人的精神解放等方面的正当性，而以赖特为代表的非裔美国作家不仅证明了黑人文学的创造力，同时也肩负着文学以外的期望，这正是非裔美国文学的魅力所在。

本书最突出的特点表现为三个方面。第一，作者从宏观视角入手，论证了赖特"抗议小说"的思想性。在分析前人研究成果的基础上，张晓敏教授从政治、文化和族裔性等几个方面论证了赖特小说的积极意义，即作家以最血腥、最恐怖的画面揭示了美国社会所谓"人人生而平等"的虚伪性，为实现美利坚民族内部的共融、共通与共荣，进而实现人类和谐的理想社会做出了贡献。第二，在微观研究层面上，张晓敏教授在书中采取文本细读的方式，从不同作品的创作视角入手，分析了赖特小说作品的文学性，即其作品的美学价值，并在此基础上，着重论证了赖特小说的政治美学价值。第三，本书采取跨学科比较研究的方式，从政治哲学、文艺思潮、社会学、民族学等多学科和多视角来论述以赖特为代表的非裔美国"抗议文学"，使其突破了赖特研究中单一层面和一点论批评传统的局限性，其论点正确，论据充分，论证方法得当，保证了本书的学术质量。

张晓敏教授多年来一直在高校从事英美文学的教学与研究工作，不仅在教学上得到了师生的一致好评，而且在学术研究上也取得了丰硕的成果，其论文曾多次在《社会科学战线》《山东大学学报》和《杭州师范大学学报》等具有影响力的学术期刊上发表。因张晓敏在教学和科研中的贡献，她在吉林师范大学工作期间就已晋升为教授，并不需要博士学位作为发展的"敲门砖"，但积极进取的精神一直在激励着她，她于2010年毅然报考了吉林大学比较文学与世界文学专业英美文学方向博士生。六年的博士学习与论文撰写期间，张晓敏"无功利性"攻读博士学位的态度及其孜孜不倦和不耻下问的治学态度，赢得了同学们的敬佩之情。在这一点上，我们师徒二人存在一个共同点，我本人也是在遴选为博士生导师以后才开始攻读政治学理论专业法学博士学位的。鉴于此，我们师徒二人亦属共勉性质。张晓敏教授调到曲阜师范大学之后，百尺竿头更进一步，在学术研究方面不断有新的成果面世。值此其学术新著面世之际，应邀为其作序，这也是我的一件幸事！我期待张晓敏教授在今后的学术道路上做出更大的成就，在人类精神文明建设中做出更大贡献！

胡铁生
2019 年 3 月 26 日于吉林大学前卫校区

前　言

　　非裔美国文学在美国文学的发展史中占据重要位置，在探讨非裔美国黑人小说及其传统时，伯纳德·W. 贝尔指出，非裔美国黑人小说是"非洲血统的美国人所写的任何散文叙述体作品，它们用符合传统习俗的、虚构的特有方式"，即"有主题地、有结构或有风格地"阐释了"美国黑人的经验，其内在的语言学特性并不全面地阐明它的解释、接受和名声"①。自从黑人作家威廉·布朗所写的第一部小说《克洛泰尔：或总统的女儿》于1853年在英国伦敦出版以来，非裔美国小说经历了早期的"辩解阶段"和20世纪20年代的"哈莱姆文艺复兴"阶段，从20世纪30年代中期到40年代末期，芝加哥代替哈莱姆，成为非裔美国文学的中心，史称"芝加哥文艺复兴"时代。在这个时期，芝加哥大学的社会学系在一批有影响力的黑人校友的支持和鼓励下，对美国城市黑人贫民区和种族关系等问题进行研究，他们的观点在很长一段时间内对黑人文化产生了深远的影响。根据他们的观点，黑人所创作的文学作品应该反映社会底层黑人的不满与抗议，以使美国白人意识到黑人生活中存在的问题。在这样的背景下，理查德·赖特坚持"艺术即武器"的态度，现实地抒发了其"抗议"的主题，其代表作品《土生子》"向全国表明，美国如此对待黑人群

---

① 伯纳德·W. 贝尔：《非裔美国黑人小说及其传统》，刘捷等译，四川人民出版社2000年版，第4页。

众造成了黑人的怨恨、无助感、暴力和革命的可能性"。赖特用文学艺术的手段向广大读者和美国社会传递出两个信息:"在美国做个黑人意味着什么"和"创造了这样一个异类土生子对美国来说又意味着什么"。①

1965 年一项对 38 位美国作家的民意调查结果表明,有半数以上的美国作家坚持认为理查德·赖特是有史以来最重要的非裔美国作家,是非裔美国文学发展的催化剂和强化剂。② 可以说,赖特对其同时代以及后来很多非裔美国作家都产生过深远影响,有些人甚至得到过他文学上的指导与推荐,其中包括后来攻击他的拉尔夫·埃里森和詹姆斯·鲍德温。

理查德·赖特在美国南方长大,亲身经历了南方的种族歧视和种族压迫,并把这种惨痛经历转化成了文学作品。赖特杰出的文学成就获得了美国社会的公认,是非裔美国现代主义文学的领军人物,被尊为现代"非裔美国文学之父"。1960 年,随着他的离世,赖特的文学影响力开始有所下降。但是近年来,尤其从 20 世纪 90 年代开始,麦克·法贝尔和小亨利·路易斯·盖茨等文学评论家开始重新关注赖特的文学成就,克尼斯·肯纳门和杰赖特瑞·沃德等学者致力于发掘和研究赖特作品的原稿和遗作。美国理查德·赖特研究会每年都要召开一次国际学术研讨会,交流"赖特研究"的最新成果。2008 年,哈佛大学、夏威夷大学、堪萨斯大学等美国高校相继召开了纪念理查德·赖特 100 周年诞辰的研讨会。③

理查德·赖特是公认的非裔美国文学史上最杰出的作家之一,学术界对其文学作品的整理、解读和研究具有十分重要的学术价值。作为哈莱姆文艺复兴和芝加哥文艺复兴运动中承上启下的关键人物,赖

---

① Davis, Arthur Paul, *From the Dark Tower*: *Afro-American Writers* (1900 – 1960), Washington D. C.: Howard University Press, 1974, p. 147.

② 谭惠娟:《是不为也,非不能也——理查德·赖特及其文学创作中的现代主义特征》,《外国文学研究》2010 年第 1 期。

③ 庞好农:《非裔美国文学史 (1619—2010)》,中央编译出版社 2013 年版,第 176 页。

特无论是其作品的思想性、艺术性和革命性，还是他对詹姆斯·鲍德温等后辈作家的提携，都堪称非裔美国文学中的一代宗师。尤其重要的是，赖特作品中前所未有的丰富性与深刻性，进一步提出和阐释了何为"黑人性"（Blackness）问题，其对美国的种族问题、阶级问题、文化问题均具有不同程度的考问，从而拓宽了非裔美国文学的题材与主题。除了作为成功的小说家被载入史册以外，赖特对种族问题和阶级压迫等社会问题也时常发表见解，他曾参加了著名的万隆会议以及1956年的巴黎非洲裔作家大会，因此他又是一位具有一定影响力的社会活动家和美国黑人思想领袖。他与约翰·里德俱乐部等美国左翼文艺界的合作与分歧，对我国学术界在国际共产主义运动及文艺政策的研究层面，均具有一定的借鉴和启发意义。

赖特的经历对其文学创作具有重大的影响作用。赖特出生于密西西比州纳齐兹镇附近一个极度贫困的黑人佃农家庭。他5岁时，父亲弃家出走，他和弟弟随着母亲四处流浪，一度被送进孤儿院，后来又辗转寄养在亲戚家里。赖特儿时被寄养在他舅舅家中，备受虐待，在外面又遭受白人的凌辱，恐惧和愤怒伴随着他的苦难童年，本应接受的正常教育就更无从谈起。教育是人类解放的必由之路，但是，由于赖特所处的时代是一个黑暗的种族歧视的时代，生活在社会底层的他既没有政治权利又受经济条件的限制而不能接受与白人孩子同等的教育。赖特的受教育道路艰难而曲折，他先是在教会学校学习，虽然他很不情愿，但却可以省掉课本费；后来赖特终于转到了公立学校，他下定决心，要以自己独特的方式应对各种可能发生的生活变故。真正开启赖特心灵之窗的是他在孟菲斯一家报纸上读到的一篇社论，该社论是著名批评家亨利·路易斯·门肯撰写的遣责白人社会的一篇文章。这篇文章激起了赖特极大的兴趣，以至于他不惜以伪造图书卡的方式去借书。读了门肯的作品后，赖特的人生观发生了转变。门肯强有力的语言表述和率直的对美国种族歧视的批评态度唤醒了赖特。赖特写道，"读完这本书时，我确信自己过去是忽略了人生中极为重要的某些事情"，此时他才将自己的经历与这种美国族裔传统联系起来。

自从 1938 年出版了第一部小说集《汤姆大叔的孩子们》以来，赖特就获得了国外学界持续的关注，并取得了相当丰硕的研究成果。特别是随着后殖民理论和非裔美国文学的兴起，有关赖特的文学、文化研究呈爆炸之势增长。在 JSTOR、Cambridge Journal、Oxford Jour-nals、EBSCO、Gale 等权威数据库中以"Richard Wright"为关键词，共检索到图书和论文达 400 篇以上，除文学研究外，学术界对其研究还涉及政治学、心理学、哲学、历史学和宗教学等其他学科，并且论文数量呈逐渐递增的趋势。这一现象表明，理查德·赖特不仅是非裔美国文学的研究对象，同时也是多种学科跨学科研究的学术生成点。就学术界对赖特研究的范式而言，总体上可分为以下三类。

其一，传记研究，即从总体上研究赖特其人其作。学术界既关注赖特的生平、言论、思想倾向及其社会文化活动，又从文学史、文化史和思想史的角度对赖特的文学贡献与思想遗产做出评价。此外，由于赖特除文学创作外，同时又是一位出色的新闻记者和社会活动家，因此研究者对赖特的政治倾向也往往给予一定的关注，特别是赖特对于共产主义思想的认识、转变以及他与美国左翼团体之间的关系等。

在对赖特的整体评价上，最具权威性的当属非裔美国文学研究的泰斗级学者伯纳德·W. 贝尔。他的《非裔美国黑人小说及其传统》堪称非裔美国小说研究的经典著作。贝尔将赖特视作自然主义小说在非裔美国文学界的重要奠基人之一，他坚持"人的性格和历史完全可以用生物学和社会经济学的事实加以解释"的观点[1]，其赖特评价模式被后来众多非裔美国小说家效仿。结合当时美国的思想界状况，贝尔指出赖特在其作品中发展了当时芝加哥学派的种族关系和黑人人格理论，并受到了共产主义和弗洛伊德心理学理论的影响，因而其自然主义的笔触同样在非裔美国文学创作中独树一帜。同时，对于赖特小

---

① 伯纳德·W. 贝尔：《非裔美国黑人小说及其传统》，刘捷等译，四川人民出版社 2000 年版，第 205 页。

说中的一些内在缺陷，贝尔也有着精确的论述，如《土生子》中单薄的人物刻画、法庭上以街头演说的口吻发言、笨拙的象征主义修辞等。在贝尔看来，赖特对非洲裔美国黑人小说传统最大的贡献在于他身负的一项使命、传递的一种信息：他要担负的使命是以自己自然主义幻想的真实和技巧的力量来征服白人世界的情感；他所要传递的信息是，非洲裔美国黑人是"美国的隐喻"。① 这些论述对于当代学术界认识赖特小说创作的总体特点、客观评价其在美国文学史上的地位均具有重要的启发意义和借鉴意义。

其二，个案的文学研究和文化研究，即针对赖特的某一部或某几部作品进行细读和文本分析，从而对赖特的写作手法、叙事技巧、语言修辞及主题变化等得出相应的总结和规律性评价。由于近些年西方文艺理论不断推陈出新，对赖特小说的解读也日趋多元，很多研究者将赖特的文本视作理论的"实验场"，虽然这种研究方式不免会陷入理论先行或牵强附会的误区，但也在客观上大大拓宽了赖特研究的视野与深度，强化了赖特在美国文学史上的经典地位。

由于赖特其人其作都具有典型的"黑人性"，因此赖特与黑人文化的联系也是学术界研究的热点之一，特别是赖特对黑人文化传统的吸取与扬弃，不仅有助于理解赖特本人的思想倾向，也为反思黑人族裔与美国白人、非洲传统与现代文明之间的碰撞提供了借鉴。罗伯特·巴特勒的论文《在自然主义的宇宙中寻找救赎：理查德·赖特在〈黑孩子〉中对南方宗教背景的运用》对赖特的创作追本溯源，一方面承认欧洲自然主义文学对赖特叙事风格的影响，另一方面，也指出多数学者都在关注赖特童年的底层经历以及社会主义运动对他的影响，而相对忽略了更为深远的宗教传统。从美国南方黑人浓厚的宗教情结入手，巴特勒认为基督教的神话与意象为赖特小说中的戏剧化想象与象征提供了丰富的资源，同时也与赖特所追求的理想世界有着精

---

① 伯纳德·W. 贝尔：《非裔美国黑人小说及其传统》，刘捷等译，四川人民出版社2000年版，第190页。

神上的相通之处，这一点在其自传性作品《黑孩子》中尤为明显。巴特勒指出，《黑孩子》中有明显的双重叙事，一为外部叙事，表现美国南部乡村与北部城市的"地狱"景象以及这种恶劣环境给人带来的痛苦折磨；二为内部叙事，表现主人公虽身处困境，但仍有着崇高的精神追求，向往内心中的"天堂"。[①] 这种叙事结构在某种程度上也将赖特小说纳入了以但丁的《神曲》和艾略特的《荒原》为代表的基督教叙事传统中，从而为理解赖特的作品提供了新的视角。

其三，比较与影响研究，这其中又含有多个向度，其中主要是将赖特的创作成果与其他非裔美国作家和白人作家进行比较研究，如对詹姆斯·鲍德温、拉尔夫·埃里森、托妮·莫里森以及同期的白人作家如威廉姆·福克纳和厄内斯特·海明威等的比较研究。随着学术视野的进一步开放与全球化的发展，近年来的另一个趋势是将赖特与其他第三世界的族裔作家进行平行研究，特别是从"离散"的角度出发，探讨弱势文化、弱势民族面对强势文明冲击与同化时的表现与所采取的策略。总体而言，阐述赖特在非裔美国文学史上的地位以及在世界文学史中所扮演的重要角色是赖特研究的主要内容。此外，由于赖特还是积极的社会活动家与黑人思想的领袖，其文化、文学活动范围遍及美国和法国，因此有关赖特与其他领域知识分子的合作、论争与传承同样也是研究的热点。

近年来较为活跃的赖特研究学者劳伦斯·杰克逊的长篇论文《批评的诞生：埃利森与赖特的文学友谊》，从这两位黑人作家的个人友谊到二人在文学风格上的影响与发展，借助翔实的资料与文本细读，从比较研究的视角出发，梳理出非裔美国文学的一段发展史。杰克逊指出，自 1937 年两人第一次在纽约相遇以来，赖特不仅将埃利森引入文学圈，而且在相当程度上为埃利森展示了"非裔

---

① Butler, Robert, "Seeking Salvation in a Naturalistic Universe: Richard Wright's Use of His Southern Religious Background in *Black Boy*", *Southern Quarterly*, Vol. 46, No. 2, 2009, pp. 46 – 60.

美国人的人性范式"①，在文风、主题和思想上均对埃利森起到导师的作用。对于两人后期的分歧，该文也有较详细的分析。

　　总体而言，目前美国学术界对于理查德·赖特的研究呈现一片繁荣景象，研究不仅在材料的发掘与整理（如赖特的遗作、生前未发表的手稿等）方面颇有进展，也在更大的意义上有助于拓宽该领域研究的理论视野和文本分析的穿透力；学术界不仅将赖特的创作视为美国族裔文学中的代表，而且将其纳入比较文学与文化研究的范畴，这些都对我国的赖特研究起到良好的示范与借鉴作用。在多元文化语境下，赖特小说研究对于"少数族裔美国文学作为各自族裔的心理结构体现"，"在美利坚民族的总体框架下出现异质文化与美利坚主流文化并存共生的客观现象"亦具有重要的启示性意义。②

　　由于赖特的少数族裔身份和参加美国共产党的经历，我国学术界一直以来对赖特保持着关注。但受限于学术视野和研究方法，相比于美国学术界丰富多彩的阐释角度，长期以来我国对赖特的研究偏向传统的马克思主义文艺美学批评，在研究对象的选择上也基本以赖特最为经典的著作《土生子》为范本，而对赖特后期的小说及晚年的俳句关注较少。但进入21世纪以来，随着国内学术界与国外交流日益增多，有关赖特的研究呈现出新的繁荣景象，论文成果增多的同时，其批评方法与材料选择也屡见新意。在中国知网以"理查德·赖特"为关键词，能够检索到期刊论文200多篇，学位论文70多篇，其中博士学位论文2篇，专著2部。总体而言，我国学术界对赖特的研究成果虽较为丰富，但多以单篇论文或硕士学位论文为主；另一个问题是虽然论文的数量和质量均有所提高，但研究者的队伍目前来看却相对集中，这表明我国赖特研究还具有相当大的提升空间。目前，国内

---

① Jackson, Laurence, "The Birth of the Critic: The Literary Friendship of Ralph Ellison and Richard Wright", *American Literature*, Vol. 72, No. 2, 2000, p. 321.

② 綦天柱、胡铁生：《美国少数族裔文学的演进与反思》，《甘肃社会科学》2017年第2期。

赖特研究的主要范式有以下三种。

第一，小说艺术及文学史研究。主要从赖特的文本特别是小说作品出发，通过对其作品的研读与分析，阐释其创作的技巧与得失，尤其关注自然主义的描写与意象的运用等，并在此基础上探讨赖特在美国文学史上的定位。赖特小说创作渊源多样，其中既有英美经典文学的传承，又有欧洲自然主义文学理论的滋养。作为黑人作家的赖特，从小就受到美国南方黑人文化的熏陶，因此其作品在叙事框架、象征手法和语言运用等方面呈现出独有的丰富性与融合性，这些均为该类研究的基本着眼点。

第二，作品主题及思想研究。该研究范式主要探讨赖特小说中隐含的主题，并从中管窥赖特本人对于黑人解放、资本主义生产、性别关系以及宗教等问题的看法，从而深化对赖特本人及非裔美国文学的理解。在该关注点中，学术界的焦点比较集中于赖特的小说《土生子》，只是在近年来，学术界才开始有人对赖特移居法国之后的创作进行研究，诸如《野蛮的假日》《局外人》《长梦》及其晚年创作中的俳句。

第三，跨学科研究，即以赖特的小说文本为基础，结合文化及其他社会科学理论，对其作品做出更具理论广度与深度的解读。如果说前面提及的两类研究都偏向纯文学或文学史研究的话，那么此类研究则体现出近些年来理论先行的学术趋势，更加体现出学科融合的特点。这里尤其常见的是心理学（如精神分析）研究。由于赖特深受弗洛伊德精神分析学的影响，并将一些精神分析上常见的病理如焦虑、性压抑乃至性变态等融入自身的小说中，因此他的小说在相当程度上契合了精神分析学的基本原理。当然，必须指出的是，赖特对于精神分析学的运用并不仅仅是简单地对其进行图解，而是将其作为探索人类精神世界的一把钥匙，进而丰富了其作品的表现力和深化了其探讨问题的深度。另一个倾向是运用存在主义哲学的观点来重构其小说，这与赖特晚年在思想上的公开转变是一脉相承的。

　　赖特是一个对社会及文化问题极具敏感性的作家，一方面他痛彻地感悟到黑人所遭受的社会不平等待遇以及这种不平等给黑人的身心带来的摧残；另一方面他也明白无误地体会到了现代主义思潮的冲击。赖特在展示黑人现实生活的原貌时，在忠实于生活本原式样的同时淋漓尽致地发挥了他的创作天赋，在作品中显示出现代主义的写作特征。对赖特而言，文学作为反映社会现实的一面镜子，其目的就是"获得一种自然状态，或是自然变化，这样就给读者一种强烈的主观印象"。正如他所说，"如果我能用文字紧紧抓住读者的心，并且能使读者忘记文字的存在，只意识到对作品的反应，那便证明我知道如何进行小说叙事了"。①

　　赖特命运多舛，他的一生注定是不平凡的。首先，作为黑人的后裔，他的家庭背景注定了他要长期忍受来自外界白人的歧视与压迫，始终徘徊在美国主流社会的边缘而不被接纳。这种卑微的社会地位决定了赖特日后写作的立场和方向，但是这些歧视与排挤并没有把赖特压倒，相反，练就了他的铮铮铁骨和坚韧不拔的写作毅力。其次，他在生活中亲眼看见了黑人同胞遭遇的不平等待遇，这极大地伤害了他的族裔自尊心，也激起了他对本族裔的同情心。这对他日后的写作有着极大的推动作用。赖特在国外生活的经历令其视角更加开阔，新思想的接受与洗礼强化了他自身的种族自豪感以及为黑人同胞伸张正义的英雄精神，这种文学使命感使赖特在非裔美国文学史上犹如一颗璀璨的明星，指引着后来的黑人作家新秀，为本族裔的文学发展贡献自己的力量。赖特的一生跌宕起伏，历经磨难，但是这些经历却为他的文学创作提供了大量宝贵而翔实的写作素材，赖特在文学领域的厚积薄发，为非裔美国文学史添上了浓墨重彩的一笔。赖特无愧于美国黑人评论家们所赋予的现代"非裔美国小说之父"的称谓。这一点也正如华裔美国作家徐忠雄所认为的那样，少数族裔作家"把写作看成

---

　　①　谭惠娟：《是不为也，非不能也——理查德·赖特及其文学创作中的现代主义特征》，《外国文学研究》2010 年第 1 期。

是一种信仰""是政治的""不仅是个人的，而且是驱动作家去写作的那种力量，在写作中准确地反映出自己是个什么样的人"。①

美国著名作家、文论家纳博科夫在《文学讲稿》中指出："谁要是带着先入为主的思想来看书，那么第一步就走错了，而且只能越走越偏，再也无法看懂这部书了。"②纳博科夫在这里强调了两点：其一，不要先入为主；其二，不要忽略小说细节。实际上，这两点相辅相成，互为补充。若想避免走入"先入为主"的误区，读者和批评界就必须重视小说的细节阅读；反过来，通过细节阅读，读者和批评界才能徜徉在作家的虚拟世界里，才能尽可能精确地捕获作家的意图与作品的内涵，从而把作家的整体创作勾勒出来，进而还原作家创作的原本目的。

为了更客观、更全面地评述赖特，尽量避免顾此失彼，赖特批评就应从作家的个人经历入手，以及对其文学创作所产生的各种影响展开研究。任何一个作家，尤其是西方作家，其创作都是以其自己或者周围人的亲身经历为素材的。鉴于此，在评述赖特的作品之前，需要先梳理作家的经历。赖特的经历可以概括为受饥饿和恐惧困扰的南方童年、屡屡受挫的芝加哥和纽约的求职经历、经济大萧条时期的经历和创作、芝加哥学派的影响以及1945年之后旅居国外的经历与创作。综合考察其相应时期社会、政治、经济、文化状况，种族心理以及社会意识形态等其他多重因素，在剖析和阐释赖特创作思想和艺术风格的形成与发展时，紧紧围绕贯穿于其整个人生和创作生涯的"愤怒与抗议"这一主线，才能对赖特做出相对公允的评价。

在充分研究和吸取前人研究成果的基础上，赖特小说的文化构建与价值传承研究就应在其创作思想及艺术风格研究领域力求客观而不

---

① 胡贝克：《美国华裔文学的文化特征及其时代演进》，《东北师大学报》（哲学社会科学版）2017年第1期。

② 弗拉基米尔·纳博科夫：《文学讲稿》，申慧辉等译，上海三联书店2005年版，第1页。

主观，力求全面而不片面。从当代文化语境中的"文化逻辑"角度出发，以赖特作品中一系列人物形象的分析为基础，人们就可以清楚地看到，赖特对待本族裔传统文化与白人现代文化的态度是既肯定黑人族裔文化的独立性与文化自信，又强调吸取其他族裔优秀的文化遗产，并试图将不同文化融合成为新型的非裔美国文化。在全球化趋势不可阻挡、民族与宗教文化冲突加剧的今天，赖特兼收并蓄、求同存异的文化逻辑显得尤为有益。赖特作品中体现出的鲜明的政治伦理具有"超越二元对立"的倾向。这一点表现在赖特不再拘泥于脸谱化和简单化地表现黑人与白人、穷人与富人以及男人与女人的传统的二元对立结构上，而是试图从更为科学、更为客观的角度刻画角色和组织叙事，使作品能够深入社会问题的肌理，探索其背后的权力机制与话语结构。这种超越二元对立的政治伦理本身代表了赖特对西方现代性的反思，对当代"人类命运共同体"的建构而言，具有一定的政治文化意义。

　　限于作者的学识与能力，本书在资料把握、作品分析和理论运用等方面仍存在一定的疏漏与不足。由于赖特的经历和思想变化的复杂性及其作品在文学史、思想史和文化史上的巨大影响，本书虽尽可能地搜集和分析了历史和社会背景以及哲学思潮方面的相关资料，以多理论视角对赖特的文学创作进行解读，但仍会存在偏颇之处，对赖特的整体评价上也不敢妄称全面、客观，因而有待在未来的研究中进一步完善与扩充。

第一章　赖特的人生经历对其文学创作的影响

在考察第一次世界大战之前的非裔美国文学老派小说的章节里，伯纳德·W. 贝尔引用了勒鲁瓦·琼斯在《一种"黑人文学"的神话》里的一段话："非洲的文化记忆提供了美国黑人的生活资料，但是，要把它同美国的变革分割开来，那是不可能的事。因此，黑人作家如果想发掘他那正统的文化传统，就应该从黑人在这个国家的感情史观出发，即作为它的牺牲品和纪录者，充分利用全部的美国经验方能办到。"[①] 作为著名非裔美国作家，加之与美国共产党的联系，赖特本人的经历即使在整个美国文学史上都属最为艰辛和丰富的，这也为他的文学创作提供了坚实的经验基础，奠定了他批判现实主义的写作风格。不仅如此，在赖特相对短暂的一生中，他经历了多次思想转向，从马克思主义到存在主义，再到后期的禅思哲理。这些思想上的转变极大地影响了赖特的创作风格、题材及对其作品的评价。

第一节　美国本土影响

一　充满饥饿与恐惧的南方经历

在论述形成美国文学的思想背景时，美国学者罗德·霍顿和赫伯

---

① 伯纳德·W. 贝尔：《非裔美国黑人小说及其传统》，刘捷等译，四川人民出版社2000年版，第98页。

特·爱德华兹指出，"文学研究的一个主要问题在于了解文学和产生该文学的社会背景之间的关系。文学作品有时落后于时代，有时预示未来"。简言之，"文学往往反映时代的主要趋势"。① 美国文学思想史专家的这一观点对赖特小说的思想内涵形成的背景研究具有可供借鉴的意义。

理查德·赖特于 1908 年 12 月 4 日出生在密西西比州的纳齐兹镇一个黑人佃户家庭。赖特 5 岁的时候，他的父亲离家出走，在随后的 25 年，赖特与父亲再未谋面。为了抚养两个年幼的孩子，赖特的母亲尽管体弱多病，还是不得不到白人家去帮佣，于是赖特和弟弟被送进孤儿院。孤儿院里挤满了孩子，在那里，年幼的赖特"每天感觉最持久的就是饥饿与恐惧"。后来成年之后的赖特在其自传里写道："恐惧和不信任已经成了我生命的组成部分，我的记忆力变得敏锐起来，我的理智也变得更易受影响了；我开始意识到自己特有的个性是与他人相对立的。我抑制住自己的感情，直到我弄清了周围的环境后，我才敢言语、行事，我大部分时间总觉得自己悬在空间……"②

不久之后，母亲因为中风而丧失劳动能力，赖特被迫与弟弟分离，与舅舅生活在一起。一次偶然的机会，赖特知道自己居住的房间正是房东死去的儿子曾经居住过的，因此他吓得夜不能寐，于是他祈求舅舅和舅母让他睡在客厅沙发上，却遭到舅舅严厉的拒绝。之后，赖特借口要和母亲生活在一起而被送回到外祖母的家中。母亲的痛苦在赖特的脑海中成了一个象征，象征了"所有的贫困、无知、无能；痛苦的、令人失望的、充满饥饿的时光；无休止的迁居、徒劳的追求、变化无常、害怕、恐惧；毫无意义的悲痛和无穷的苦难"。③ 那时赖特虽然已经 12 岁了，却还没有上完一整年学。尽管如此，他却

---

① 罗德·霍顿、赫伯特·爱德华兹：《美国文学思想背景》，房炜、孟昭庆译，人民文学出版社 1991 年版，第 1 页。

② 理查德·赖特：《黑孩子》，程超凡译，长江文艺出版社 1985 年版，第 33 页。

③ 同上书，第 118 页。

"有了一种任何经历都无法磨灭的人生观……有自己独特的世界观；在生活意味着什么这一点上所持的见解是任何教育都无法改变的；深信只有当一个人奋力从毫无意义的苦难中强行索取意义时生活的意义才会出现"。① 1921 年，赖特以优异的成绩考入吉姆·希尔公立学校。因为外祖母强迫赖特祈祷，并且禁止他在周日（复临安息日）工作赚钱，所以几年之后，赖特选择离开外祖母家。曾经与外祖母关于是否信奉基督的争吵，使赖特对解决日常琐事的宗教办法产生了永久且坚决性的敌意。这种对于宗教文化的质疑，对美国南部黑人传统文化的反思与反叛，都在赖特日后的创作中有所体现，成为赖特小说创作的灵感源泉之一。

赖特自幼敏感聪慧，早在 15 岁时，他写了一篇短篇小说《地狱半亩地的伏都教》，发表在当地的一家报纸《南方记录》上。赖特在小学和初中的表现都非常优秀，并且于 1923 年被选为中学毕业典礼致告别辞者。校长已经替赖特撰写好致辞，这篇致辞不会冒犯学校的白人校董。但是，不同于他的黑人小伙伴，赖特坚持要用自己写的致辞在毕业典礼上发表演讲，而且态度极其坚决。让赖特感到非常吃惊的是，那些黑孩子竟然那么顺从地完成白种人给他们指定的任务，在赖特看来，他们中的大多数人似乎并没有意识到自己是在过着"一种特殊的、单独的、阻碍发育的生活"。因为担心自己说些不合适的话而招致不幸的遭遇，赖特尤其希望回避麻烦。"如果自己与白人发生了冲突，就会控制不住感情，出言不慎，那就等于是给自己判死刑。时间并不在我这一边，我必须采取某些步骤……我多次对暗藏于内心的负担变得不耐烦，真恨不得把他们卸掉，要么行动起来，要么逆来顺受。然而，我生来就不是个逆来顺受的人，我别无他法，只有采取行动，而我对所有这些是感到害怕的。"②

---

① 理查德·赖特：《黑孩子》，程超凡译，长江文艺出版社 1985 年版，第 118 页。
② 同上书，第 214 页。

对于赖特来说,在南方的生活,因为没有明确方位的界标,所以自然无法指导自己的日常行动。南方生活的冲击让他变得敏感、骄傲、紧张、容易激动。重要的是,生活在南方没有了解自己的可能,"因为南方只能承认人的一部分,只接受他人格的一部分,而其余部分——心灵和精神的最美好、最深刻的部分——都被南方出于盲目无知和憎恨抛弃了"。① 应该说,赖特在杰克逊镇和孟菲斯城的生活历经了贫困与饥饿、憎恨与恐惧、紧张与焦虑、暴力与危险……这使得赖特对于美国底层社会有着细腻而切身的观察和体会,从而奠定了他对种族歧视与社会阶级矛盾的深入思考,这些都对其日后的文学创作产生了巨大的影响。

二 在北方大都会的成长与成熟

1927 年赖特来到芝加哥。在芝加哥,赖特一方面积极寻找工作,另一方面尝试文学创作,同时他的政治信仰在芝加哥发生了重要改变。赖特在芝加哥的第一份工作是在邮局当差,在空闲的时候,赖特如饥似渴地阅读一些作家的作品并且努力研习这些作家的写作风格。"我是通过读书才得以在缺乏维持生命所必需的东西的情况下勉强活下来的……我因为偶尔读过一些小说和评论,这使我隐隐约约地看到了生活的前景。"② 赖特早期的阅读书单包括德莱赛、马斯特斯、门肯、安德森和刘易斯等的作品。在 1931 年,赖特失去了在邮局工作的机会,他不得不依靠社会救济来维持生计。1932 年,赖特在芝加哥加入了约翰·里德俱乐部,无私地把自己献给了美国共产党,学习运用马克思主义的观点去观察社会。"不是共产党的经济学",正如他在《失败的上帝》中所宣称,"不是工会的强大力量,也不是地下政治的激动需要我;其他国家工人经历的相似性,把分散而同宗的各民族团结成一个整体的可能性,吸引了我的注意力。我认为,用革命

---

① 理查德·赖特:《黑孩子》,程超凡译,长江文艺出版社 1985 年版,第 319 页。
② 同上书,第 318 页。

的话来说，黑人的经历最终能在这里找到一个家，一种功能价值和作用"。① 在谈到自己的作用时，他写道："我感到，共产党人把那些寻找他们来领导的人的经历过于简单化了。在他们吸收群众的努力中，他们没看到群众生命的意义，他们用一种非常抽象的态度来设想人民。我愿尽力把某些意义还回去。我想告诉共产党人老百姓是怎样感觉的；我也想告诉老百姓，为他们的团结而奋斗的共产党人的自我牺牲。"② 赖特和相当一部分共产党员建立了友好关系，并且于1933年以革命诗人的身份正式加入了美国共产党。

1935年赖特完成了他第一部小说《污水池》，这部作品在1963年出版时被更名为《今日的上帝》。1936年《新车队》杂志出版了赖特的短篇小说《大小子离家》。同年，赖特开始在全国黑人大会工作，并且担任了"南方阵线作家联盟"的主席。这个群体的成员包括阿尔尼·邦当和玛格丽特·沃克。赖特向该"南方阵线作家联盟"呈递了他的一些批评散文和诗歌，还有他的一些短篇故事。通过"南方阵线作家联盟"，赖特编辑了《左翼阵线》杂志，但是在1937年，尽管赖特多次提出抗议，该杂志还是被共产党封杀。在此期间，赖特为《新大众》杂志也做出了许多贡献，这位新晋的革命诗人为《新大众》和左翼期刊撰写了大量的无产阶级诗歌，如《书籍的红叶子》等。

尽管在最开始的时候，赖特对与白人共产党人建立的积极友好关系感到满意，但是随后发生的一系列事情却让赖特蒙羞：因为共产党中有人认为赖特是资产阶级分子，所以给赖特寻找住处的要约被共产党撤回了。赖特在很大程度上是自学成才，他在完成语法学校的学习后，被迫终止了接受公共教育。赖特坚持认为，应该给年轻的共产党人足够的空间去培养他们的天赋。此外，赖特与一名黑人共产党人的

---

① 伯纳德·W. 贝尔：《非裔美国黑人小说及其传统》，刘捷等译，四川人民出版社2000年版，第189页。

② 同上。

工作关系导致了他与共产党及党内领导人的公开分歧。赖特被同行的旅行者用刀尖威胁，被街道上的罢工者谴责为托洛茨基分子。赖特想要加入 1936 年"五一劳动节"的示威游行，结果却遭到了前任同志们对他身体上的攻击。这些经历，使得赖特与共产主义与美国左翼文学的关系错综复杂：一方面，赖特本人的世界观与文学观深受马克思主义的影响，强调对社会存在的真实描绘，重视发掘人物命运背后的阶级斗争因素，对文学与现实之间的互动关系也有着深入的思考，这一切并未因赖特与共产党人的龃龉而有所改变，而是融入了赖特的文学精神与现实思考之中；但另一方面，上述种种经历，以及与某些共产党人之间的意见不合，也是导致赖特后期思想日趋存在主义化、作品的现实批判性有所削弱的原因之一。出于多种原因，赖特于 1944 年与共产党正式决裂。

1937 年赖特迁至纽约。为了养家糊口，赖特做过各种工作，其中最主要的两个工作是：编辑和文学创作。赖特的编辑生涯为其日后文学创作积蓄了力量和大量的写作素材。在纽约，他和共产党员产生了新的联系。赖特为美国公共事业振兴署布置的计划工作，具体的工作是完成城市的指南手册《纽约全景》（1938）的撰写。此后，赖特开始着手《工人日报》的编辑工作。在 1938 年的夏天和秋天，他为《工人日报》写了 200 多篇文章。同时，赖特还为一个短命的名为《新挑战》的杂志做编辑工作。这一年，对于赖特来说也是里程碑式的一年，他的短篇故事《火与云》获得了《故事会》杂志提供的五百美元奖金报酬。同时，《故事会》杂志出版社向哈珀出版社推荐了赖特获奖的故事集，哈珀同意将这些作品出版。在这之后，赖特被委任为《新大众》的编辑委员。著名的文学批评家格兰维尔·希克斯介绍赖特加入了波士顿的左翼阵线。

赖特满怀憧憬地来到北方，不想却赶上了 20 世纪波及范围最广、持续时间最长、影响程度最深的经济大萧条。此次经济大萧条开始于 1929 年并且一直延续到 20 世纪 30 年代后期。在这次全球范围内的经济大萧条中，美国首当其冲，1929 年 8 月，美国的经济第一次出现不景气现象。在随后的两个月，美国的国民生产总值一跌再跌，直到 10 月的华尔街崩盘，美国人民这才意识到经济萧条带来的严重后果。

在经济大萧条的十年里，黑人受到的影响最严重，种族主义在经济大萧条的影响下被无限放大。"从黑人社区来看，种族主义依然在决定黑人命运方面起着关键性影响"①，"因为积蓄少或根本就没有积蓄，黑人很快一贫如洗"。② 为了与黑人争夺就业机会，白人开始排挤黑人劳动者，用人公司也大量削减黑人劳动力。黑人面临的就业形势是：最先被解雇，最后被雇佣。在经济大萧条期间，黑人的失业率比白人高出 30%—60%。处在社会底层的赖特失业在家，他亲眼看见黑人同胞只能依靠社会救济生活，虽义愤填膺却无能为力。他认为只有为黑人同胞争取平等权，黑人才不会在寻求工作时受到排挤。虽然黑人的高失业率是大萧条造成的直接后果，但是赖特认为白人的"种族优越论"以及整个美国社会对黑人的歧视才是造成黑人失业的根源所在。另外，北方黑人人口在经济大萧条时期，呈爆炸性增长，潮湿阴冷的贫民窟俨然已经成为黑人聚集的藩篱之所。赖特自己就是贫民窟的一员，在这样的禁锢环境下，赖特心中对白人的不满与日俱增。在他看来，黑人之所以被排挤到环境极差的贫民窟是因为白人对黑人实行的"居住隔离"政策，于是赖特心中对抗白人的"文学武器"逐渐开始形成。教育方面，"黑人儿童还是被限制在质量低劣的学校接受种族隔离的学校教育"。③ 据调查，在当时，白人学生居多的学校有超半数的白人学生罢课，目的是驱逐黑人同学。赖特对这一"教育隔离"现象非常不满，他认为对黑人的"教育隔离"会对黑人儿童造成心理上的伤害，让黑人儿童陷入和自己童年一样的受歧视和

---

① Lusane, Clarence, *African American at the Crossroads: The Reconstruction of Black Leadership and the 1992 Election*, Boston: South End Press, 1994, p. 3.

② Franklin, John Hope, *From Slavery to Freedom: A History of Negro Americans*, New York: Knopf, 1980, p. 360.

③ Newman, Mark, *The Civil Rights Movement*, Westport: Praeger, 2004, p. 7.

受压迫境地。不仅如此，质量低劣的教学会让黑人儿童接受不到正常的教育，从而失去精神支柱，这会对黑人种族的未来产生巨大的打击。因此赖特对大萧条时期这种现象非常不满，他心中压抑的怒火随时都有可能在他的文学创作中爆发，他要拿起自己的"文学武器"开展对白人以及整个美国社会的"抗议"。

20世纪30年代是黑人饱受痛苦的年代，他们或失业在家或流离失所的经历是白人所不能体会的。"20世纪30年代的黑人小说家开始把小说背景基于美国黑人种族的实际生活。"[1] 处在社会底层的赖特也不例外，他失业在家，更多的时候需要依靠社会的救济维持生计。于是赖特开始了基于自己生活实际的写作，记录自己和同胞们在经济大萧条下艰难的生活。他擅长运用现实主义的笔触揭露黑人生活的悲惨境遇，他的作品中包含黑人同胞在经济大萧条时期受到的前所未有的种族歧视与压迫，同时也描写了大萧条时期整个美国社会经历的自信心下滑现象。因此，"赖特表达了大萧条后美国社会的时代精神。大萧条时期过后，在美国不管是黑人还是白人，对自己的现状或前途持有的自信心大打折扣"。[2]

赖特小说的描写对象是哈莱姆文艺复兴时期产生的新生代黑人，即被人称作"新黑人"的年轻人，"新黑人"之于"旧黑人"是子辈对父辈的继承。根据赖特的观点，这些"新黑人"是他日后写作的重点关注对象，也是他作品的主人公形象，他要向世人展现新一代黑人的不同——不再唯唯诺诺，不再唯命是从。新黑人的形象和生活方式、思维方式等都将不同于老一代黑人，虽然暂且不知道这些"新黑人"的命运，但是至少在赖特的笔下，这群新生代黑人是黑人种族中一股新鲜的血液，这股新鲜的血液是新生代黑人的力量之源。这些

---

① Bone, Robert, *The Negro Novel in America*, New Haven: Yale University Press, 1965, p. 118.

② Jackson, Blyden, *The Long Beginning* 1746 – 1985: *A History of Afro-American Literature*, Baton Rouge: Louisiana State University Press, 1989, p. 156.

"新黑人"体现了新一代的"赖特式"信任，他们具有积极乐观的心态和积极抗争的精神。这是赖特想要通过文学作品传达给世界的"新黑人"形象，从而让世界看到"新黑人"的独特性和种族自信心。同时，赖特也有意在自己日后的创作中吸收哈莱姆文艺复兴运动中产生的黑人新型艺术表现形式，除了让这些新颖的黑人艺术表达形式为自己的小说情节服务之外，更多的是想要在作品中尽自己的微薄之力，为黑人族裔的发展贡献力量。因此，在赖特的笔下，既可以看到"新黑人"的影子，也可以看到新黑人族裔的新型艺术表达形式。赖特认为"新黑人"形象是文学化了的自己，所以这将是他开启文学之门的钥匙。

1938 年赖特创作了短篇小说集《汤姆大叔的孩子们》，收录了包括《大小子离家》《沿河而下》《长长的黑人歌曲》《火与云》四篇小说。该书的出版以及良好的认可度大大提高了赖特在美国共产党中的地位，并且很大程度上确保了赖特在经济上的稳定。在这些故事里，赖特运用自然主义的手法描写了美国南方农村白人与黑人残酷的冲突，以故事的形式再现了美国黑人精神上受压迫、肉体上受奴役和遭受暴力的生存状况，深刻揭示了不合理的社会现象，对种族歧视和种族压迫提出了强烈的抗议。从创作题材和主题上看，这四篇小说依次排列，构成一个有机整体，它们的组合超越了单篇小说的意义，充分体现了赖特创作风格的基调，即试图再现黑人在种族歧视的南方所经历的恐惧、屈辱和愤怒。[①] 小说主人公的种种遭遇折射出美国社会对黑人施加的精神与肉体的双重压迫。《汤姆大叔的孩子们》的成功，让赖特获得了古根海姆学者奖，该奖项对于黑人作家来说是至高无上的荣誉。

《汤姆大叔的孩子们》中收录的四篇小说的共同之处在于：描写了在经济大萧条背景下黑人所经历的犯罪、暴力和残忍。在赖特的小

---

① 刘海平、王守仁：《新编美国文学史》（第三卷），上海外语教育出版社 2002 年版，第 533—534 页。

说中，暴力一直以来都是主要元素，"赖特这样刻画人物无非是想用暴力使白人产生恐惧"。① 暴力不是白人的特权，暴力也可以是黑人反抗的武器。赖特亲眼看见了在经济大萧条期间，由于黑人与白人在就业等方面的竞争，导致了白人种族仇视思想剧烈膨胀，以及由此对黑人变本加厉的迫害。于是黑人使用暴力也就不足为奇，甚至在赖特眼里黑人使用暴力属于正当防卫，并且情有可原。赖特在创作中表达了对黑人同胞的同情，他在作品中试图证明黑人使用暴力的合理性，他认为黑人的反击是由于美国社会制度的不公，以及司法对黑人处以私刑的不公正。赖特在作品中描写黑人使用暴力以自卫，并不是为了宣扬黑人应当使用暴力来抗议。赖特在作品中多次描写黑人在犯罪和使用暴力时的矛盾心理，黑人在使用暴力时也会思前想后，进行一番思想斗争，以及在理性和感性之间做出艰难的选择。所以说，并不是说黑人使用暴力，黑人就是残忍的，黑人就是无情的，黑人就丧失了人性。黑人之所以会对自己的犯罪行为进行思想挣扎，是因为黑人并非性本恶，他们不想犯罪，他们也不想使用暴力。那到底是什么让黑人不得不走向犯罪的道路呢？这就是赖特在作品中想要表达的主题。赖特在作品中让当时的美国白人及当局思考：到底是什么逼迫黑人走上了暴力和犯罪的道路，美国的社会制度对黑人是否公平，以及黑人不得已使用暴力的缘由到底是什么等问题。

从作品标题《汤姆大叔的孩子们》可以读出赖特的写作意图。汤姆大叔的孩子们代表的"新黑人"与汤姆大叔本身所代表的"旧黑人"形成强烈而鲜明的对比，汤姆大叔可能还在勤勤恳恳为农场主工作，对农场主唯命是从，唯唯诺诺。或许在遇到白人威胁的情况下，汤姆大叔也只是默默忍受，甚至到了白人伤害自己的时候，汤姆大叔也不会选择做好准备逃离，而是接受命运的安排。但是汤姆大叔的孩子们与汤姆大叔截然不同，他们不再屈服于白人的威胁和迫害，他们

---

① 李公昭：《20 世纪美国文学导论》，西安交通大学出版社 2000 年版，第 262 页。

知道在合适的时机逃跑和奋起反击。贫穷是贴在黑人身上的标签，经济大萧条时期，黑人的生活更是雪上加霜，如果在这个时候，他们还要默默忍受来自白人的威胁迫害，那么他们将是没有未来的。因此他们只能选择合适的武器保护自己，不管这个武器是使用暴力还是犯罪，只要能起到抗议的作用就是值得的。

其实在赖特该时期的作品中，可以看到卡维民族自豪论的积极影响，他要消除黑人低人一等的种族言论，并且增强黑人种族自尊心和自信心，积极号召黑人同胞为争取平等权而奋起抗争。① 赖特表面上是描写黑人使用暴力和走向犯罪的深渊，但他实际上想要表达的深刻社会主题一览无余，即黑人在经济大萧条时期犯罪的根本原因是美国社会以及美国白人阶层对黑人的种族歧视和种族压迫。"非裔美国作家相信，文学能够沉重打击白人的种族偏见，尽管这种偏见像九头蛇一样难以根除。"② 因此，赖特想要通过自己的文学创作消除白人以及整个美国社会对黑人的偏见与歧视。他始终认为文学是治愈人类心灵疾病的良方，因此他要借助文学之笔去鼓舞饱受经济大萧条之苦的黑人同胞。更重要的是，他要替黑人同胞向整个美国社会发出号召，号召大家像汤姆大叔的孩子们一样奋起抗议。越是在艰难的时期，赖特的文学"抗议性"就越显得尤为重要，他开创"抗议小说"先河的精神是难能可贵的，无愧"新一代黑人"作家的领军人物。

1938 年 5 月《汤姆大叔的孩子们》的绝佳销量让赖特有足够的经济实力迁至哈莱姆。在哈莱姆，赖特开始着手《土生子》的撰写。《土生子》的完稿很大程度上得益于古根海姆学者奖的奖金。这部小说奠定了赖特作为 20 世纪重要作家的地位。《土生子》以 20 世纪 30年代的芝加哥为背景，描写了一个黑人青年无意间杀死富有的白人雇主的女儿而被判处死刑的故事。这部作品揭开了阻隔非裔美国文化与

---

① Haywood, Harry, *Negro Liberation*, Chicago: Liberation Press, 1976, p. 200.

② Bruce, Dickson D., *The Origins of African American Literature* 1680 – 1865, Charlottesville: Virginia University Press, 2001, p. 2.

白人文化的黑色面纱，使白人第一次看到了面纱背后美国黑人的恐惧、仇恨和暴力，目睹了黑人被种族歧视和种族偏见扭曲的心灵。在这部作品中，赖特要揭示"坏黑鬼"是如何被种族主义社会制造出来的，以及对黑人人性的否定可能产生的可怕后果。赖特认为白人社会应该更多地关注黑人的社会生活和政治地位的问题，白人对黑人问题的漠视或对黑人的仇恨只会导致黑人以破坏性的方式挑战整个美国的社会生态和政治制度。[①]

《土生子》出版后的一段时期，赖特的日程安排特别紧张。在1940年7月，赖特去芝加哥为黑人的民间史做研究，这些研究与埃德温·洛斯卡姆筛选的黑人的民间照片相得益彰。之后赖特去了北卡罗来纳州的教堂山，在那里，他和保罗·格林（Paul Green）合作，把《土生子》改编成戏剧。1941年1月，赖特因其显著的成就而获得了声望极佳的斯平加恩奖。1941年3月，由奥森·威尔斯（Orson Wells）担任导演的话剧《土生子》在百老汇上演，并受到了广泛好评。

赖特这一时期的重要作品还包括一部中篇小说《生活在地下的人》，发表于1942年，后来被收录在短篇小说集《八个人》（1961）中。故事讲述的是一位无辜的黑人青年因为并没有犯下的罪行而要受到警察的惩罚，为了躲避，他藏身到城市的下水道里的故事。小说题目取自陀思妥耶夫斯基的《地下室手记》。显然，"地下人"的意象是个隐喻或象征，象征被生活所遗弃而找不到方向、只好四处躲藏的人。这一意象后来被埃里森引用，创作了他的代表作品《看不见的人》。"地下人"是一个黑人，一个"边缘人"，他的存在对于整个社会来说可有可无、微不足道。"地下人"隐喻了黑人在白人社会的边缘地位和生存危机。

1945年赖特发表半自传体小说《黑孩子》。该书描述了他十九岁迁至芝加哥以前的生活状况。在那段时期，赖特与他的基督复临安息

---

① 庞好农：《非裔美国文学史（1619—2010）》，中央编译出版社2013年版，第179页。

日家庭成员之间冲突不断，在社会隔离背景下与白人雇主之间更是矛盾重重。《黑孩子》是一部"有关一个黑人童年和青少年时代的真诚、骇人、令人心碎的故事"。赖特通过对自己童年和青少年时期所经历的一系列平凡琐碎的生活图景的回忆，塑造了一个受屈辱、遭歧视、孤立无依，却决不与社会共融、执着追求光明与理想的黑人青少年形象。饥饿、歧视与冷漠的家庭生活给涉世不深的小赖特带来了巨大的心灵创伤，使他从小就具有一种愤世嫉俗、桀骜不驯的反抗精神。父亲的浑浑噩噩与弃家不顾、孤儿院的死气沉沉、白人孩子的拦路抢劫、在外婆家遭受的鞭打和威胁、姨夫的被杀害等等使赖特从小就生活在恐惧之中。可以说，"饥饿和恐惧"是贯穿这部自传体小说的核心内容。赖特在《黑孩子》中不仅真切地描绘了黑人的苦难遭遇，表达了他们渴望平等自由的心声，而且旨在唤醒白人读者对黑人的同情。

赖特自幼孤独、敏感、聪慧、好读，最终在文学创作上获得了成功。在白人种族主义十分猖獗的美国南方，童年给赖特留下的记忆是来自白人小孩的肆意欺凌和殴打，是无休止的饥肠辘辘，是随时都有可能遭遇到的暴力，童年的他满怀恐惧和愤怒。赖特准确地把他的生活、愿望、意识、思想都熔铸到他的艺术创作当中去了。他的作品不仅仅是黑人苦难的记录，还是旨在变革社会的一种抗议，因为"要想成为正常的、真正的、有我自己个性的人，除了用抵制、反抗、好斗的方法以外，南方还会允许我用什么别的方法吗"？① 赖特在作品中不仅真切地描绘了黑人的苦难遭遇，表达了他们渴望平等自由的心声，而且努力通过富有哲理的心理描写唤起白人读者的共鸣。作为一名黑人，赖特深切地意识到要与罪恶的种族主义社会抗争，手中的笔是他最有力的武器。只有通过手中的笔，才能唤醒他的美国同胞——不仅仅是黑人，也包括白人；不仅仅是穷人，也包括富人——只有全

---

① 理查德·赖特：《黑孩子》，程超凡译，长江文艺出版社1985年版，第19页。

社会的人意识到种族主义的罪恶以及黑人的悲惨处境和他们所遭受的不公平的待遇，黑人的最终解放才能得以实现。所以在赖特的作品中我们可以看到，赖特已经觉察到，种族歧视的危害不仅体现在它影响到白人与黑人的关系，而且体现在它影响到黑人群体内部的关系。赖特在自传体小说《黑孩子》中对自己的黑人背景进行了反思："经历了童年时代的打击幸存下来并养成了思考的习惯以后，我常常会对黑人身上出奇地缺乏真正的善意这一点进行深思，我们的情感是多么的反复无常，我们多么缺乏真诚的爱情和巨大的希望，我们的快乐是多么胆怯，我们的传统多么贫乏，我们的回忆多么空虚，我们多么缺乏把人与人结合在一起的那些难以捉摸的感情，甚至我们的觉悟又是多么微不足道。"[①]

就赖特所处的时代而言，与其把他的作品与哈莱姆文艺复兴时期作家的作品放到一起，倒不如把他的作品放在芝加哥文艺复兴的时代背景下来考察。对赖特来说，此次文艺复兴不仅是思想上的大解放，更是写作风格与写作主题的重要转折点和成熟期。芝加哥文艺复兴是理查德·波恩在 20 世纪 80 年代首度提出的一个术语，用以指 20 世纪 20 年代至 50 年代之间美国非裔大规模文化艺术活动。更专业地说，芝加哥文艺复兴也被称为"芝加哥黑人文艺复兴"，是 20 世纪 30 年代到 50 年代经历的一场黑人文学和艺术的大繁荣，到 50 年代中期芝加哥黑人文艺复兴产生的巨大影响才开始消退。芝加哥文艺复兴时期出现的大批优秀的艺术家和文学家，使芝加哥文艺复兴成为美国文化史发展的催化剂，更成为美国文化史上重要的转折点。

赖特是芝加哥文艺复兴的激进派领袖人物。其实在经济大萧条时期，赖特就开始了"抗议小说"的写作尝试。如果说之前赖特的作品风格是相对"温和的"，那么在芝加哥文艺复兴时期，赖特笔锋陡转，由"温和"向"激进"转变，并开创了"抗议小说"的先河。

---

① 理查德·赖特：《黑孩子》，程超凡译，长江文艺出版社 1985 年版，第 41 页。

此时的赖特开始转向现实主义，并且写作的艺术手法有了明显的提升。赖特曾在自传中声明，自己深受西奥多·德莱赛现实主义写作手法的影响。赖特拒绝迎合大众读者的阅读口味，不谄媚，不低俗，坚定自己的立场，要用自己现实主义的笔触，加入象征的元素对美国社会进行深刻剖析，反映黑人生活的一切。并且，此时的赖特对种族问题的探讨和研究日趋深入，不再局限于个人层面，而是追踪到了社会制度层面，更加关注在芝加哥文艺复兴时期受到种族歧视、种族压迫的整个黑人族裔细微且矛盾的心理变化。此外，赖特在芝加哥文艺复兴时期更加重视黑人的传统文化，在作品中深刻挖掘黑人种族独有的艺术形式，包括黑人独有的爵士音乐以及黑人俚语等在内的大放异彩的传统文化因素都被赖特运用到抗议小说的创作中。

值得一提的是，赖特在该时期的作品中有大量的细节描写，尤其是对黑人犯罪现场和恐怖氛围的渲染。这里的渲染并不是夸大其词，也不是故意制造哥特式的恐怖氛围，而是代表了赖特的写作基调。赖特显然是冷眼观世界，其写作风格与之前醉心于描写黑人种族所受的不公平待遇的表面现象的黑人作家风格迥然不同。赖特不再害怕白人的种族仇视，他不再置身社会之外去洞察和分析社会上的生活陋习和制度缺陷。相反，赖特选择在作品中帮助黑人同胞直接进入美国社会内部去摘除窒息社会的制度毒瘤和种族癌症。因此在芝加哥文艺复兴时期，赖特采用细节描写把黑人反抗时既害怕又仇恨的心理刻画得淋漓尽致。在写作主题上，赖特在该时期开创"抗议小说"的先河，并逐渐走入成熟期。在抗议小说中，赖特揭开了阻隔黑人文化与白人文化的黑色面纱，让持有种族优越感的白人第一次看到了黑色面纱背后蕴藏的黑人的惊悚、仇恨、暴力与杀戮，以及黑人在遭遇种族歧视和迫害后产生的变态心理和扭曲心灵。赖特并不是要宣扬黑人的暴力倾向，也不是要挑起积蓄已久的种族战争，而是借此表达包括自己在内的全体黑人同胞的轰轰烈烈的抗议之声：美国社会对黑人施加的残忍的种族歧视和种族隔离已经令黑人的忍耐达到了极限，一场轰轰烈烈的暴力反抗大战一触即发。就是在这样的背景下，赖特的代表作《土生子》问世了。

《土生子》探讨了长期以来一直困扰美国黑人的问题：美国黑人应该如何反击白人的歧视与压迫？是低眉顺眼地逆来顺受还是坚定地奋起反抗？如果选择反抗，反抗的方式应该是温和的还是强烈的？在这本小说里，赖特给出了明确的答案，那就是坚定而强烈的激进式与暴力式反抗。赖特在《土生子》中塑造了一个不同于之前作家作品的"新黑人"形象，这个"新黑人"青年不再屈服于白人的种族迫害。这一形象，让白人读者感到惊慌失措和惴惴不安，在赖特的作品中，白人明显感觉到黑人的反抗情绪在迅速升温，不知何时会爆发。小说主人公的性格是千千万万黑人性格的叠加，他们的抗议情绪高涨，用自己的暴力倾向和犯罪行为挑战美国的政治制度。这部分黑人在面临白人以及整个美国社会的迫害时，表明了自己的立场，那就是：宁可奋不顾身为黑人民权而斗争，哪怕牺牲生命，也不愿意再回到以前受压迫的境地。[1] 赖特借主人公别格·托马斯警告整个美国社会，黑人的忍耐已经到了极限，不要再过分，否则奋起反击的黑人将是千万个《土生子》主人公暴力的叠加。另一位著名的黑人作家詹姆斯·鲍德温早期写作受到赖特的影响，他号召那些"具有良知的白人与黑人一起抗议，为结束这场种族主义而奋起抗争"。但是，鲍德温和埃里森并不支持赖特在芝加哥文艺复兴时期充满暴力与火药味儿的"抗议小说"，他们认为暴力并不能解决问题，并且开始批判赖特的"抗议"文风，与赖特形成敌对关系；而"这种敌对关系使某些作家忽略文学的社会使命，形成晦涩难懂的敌对式文风"。[2] 确实，赖特的"抗议小说"在芝加哥文艺复兴时期到达了顶峰，语言尤其犀利，到处充满暴力词汇和暴力场面，因此有人评价说，"赖特小说

---

① Bluefarb, Sam, *The Escape Motif in the American Novel*：*Mark Twain to Richard Wright*, Columbus：Ohio State University Press, 1972, p. 135.

② 袁可嘉：《欧美现代派文学概论》，广西师范大学出版社 2003 年版，第 35 页。

的火药味儿太浓"。虽然赖特遭到了文学家和评论家不同程度的批评，但是也有不少追随者继续沿袭他的"赖特式小说"写作模式。赖特凭借《土生子》奠定了其"非裔美国文学之父"的文学地位。

1938—1945 年的作品构成了赖特文学创作的第一阶段，奠定了赖特作为非裔美国文学之父的地位。这一时期的作品取材于赖特在南方贫困的童年生活和在芝加哥隔离区的早期青年生活，这段经历对于赖特来说刻骨铭心——充满饥饿、恐惧、愤怒。正是这种刻骨铭心的经历赋予了赖特创作的源泉，让他有了不得不说的强烈愿望。他要通过自己的笔对罪恶的种族歧视和种族压迫提出强烈的抗议，揭示白人社会的不合理、不公正、不道德。他的这些作品不仅受到文学评论界的广泛关注，而且宣布了一个时代的到来。

第二节　赖特对域外思潮及传统的接受

无论是被饥饿和恐惧困扰的南方童年生活，还是芝加哥及纽约的经历，留给赖特刻骨铭心的回忆就是：白人动不动就对黑人实行语言暴力和身体暴力。这些暴力现象让赖特身心受到重创，他不愿再看到类似的事情发生在自己面前。于是，1947 年以后赖特选择迁居至法国，并且成为一名永久性移居国外者。对于赖特离开美国，戴维·巴基什在《理查德·赖特》中指出，一方面是由于赖特意识到"如果不离开他生长的令人压抑的土地，他就不能扩展他的艺术和个人自由。为了有效地利用他的根源，他不得不用肉体的距离来补充心理的距离"。另一方面是由于他的妻子是白人，他的妻子和女儿在美国无法摆脱种族歧视带来的伤害。①

一　存在主义主题：来自法国的影响

早在 1946 年萨特在美国做有关二战后的美国研究时，赖特就与

---

① 王家湘：《20 世纪美国黑人小说史》，译林出版社 2006 年版，第 147 页。

萨特相识了。赖特与波伏娃的相识也发生在纽约：当时是 1947 年，波伏娃正在进行长达五个月的美国之旅。在美期间，波伏娃拜访过赖特位于查尔斯大街的公寓，和赖特夫妇建立了非常深厚的友谊。所以，后来当赖特夫妇移居巴黎时，他们与波伏娃及萨特的友情更加深厚了。萨特介绍赖特结识了许多法国作家，帮助赖特在法国期刊上发表文章，安排《土生子》与《黑孩子》的法文翻译等事宜。

政治上，赖特与萨特的观点极为接近，二者都强烈地受激进的左翼理想主义的吸引，主张通过建立一个马克思主义的无阶级社会来消除人与人之间的隔阂。但是二者都是个性鲜明的思想者，他们自身无法接受任何政治组织的刻板理念，所以很难长时间与任何政治组织保持观点一致。赖特从一开始对共产主义的信念就是矛盾的，所以当他意识到美国共产党摧毁了他作为一个美国黑人及作为一个作家的完整性的时候，就毅然决然地离开了美国共产党；而萨特虽然一直对共产主义可能的前景充满期待，但他始终没有加入共产主义组织。

对于波伏娃，赖特始终认为她是一位有社会责任感的作家，能够把自己的艺术当作是引发社会政治变革的手段。赖特高度认同波伏娃的存在主义主题，即如何在一个荒诞的世界里实现个人自由。他把自己的社会关注与之等同起来，比如一个充满压迫的种族主义社会如何使它的公民，尤其是作为少数族裔的黑人"非人化"。波伏娃有关"他者"的概念让赖特更深刻地反思自己作为一个黑人在种族主义社会里的经历。波伏娃在《第二性》中所指出的女性的困境不禁让赖特联想到黑人在以白人为主导的社会里的困境。

初到法国巴黎的时候，赖特广泛而深入地阅读欧洲存在主义哲学，除萨特和波伏娃以外，还包括克尔凯郭尔、海德格尔、加缪等人的作品；与加缪和萨特一道积极参与民主革命联合会的各项政治活动，既对美国的资本主义政体持怀疑态度，也不相信苏联的集权统治；同时致力于美国乃至全世界的种族问题，积极参与解放非洲各国殖民统治的各项活动。可见，离开美国本土拓宽了赖特的政治文化视野。

　　事实上，赖特在 1940 年以后创作的作品就已经体现出存在主义主题，诸如异化、人反抗世界、人在无序的世界里的荒诞存在、机遇与偶然、人对宿命的恐惧等。1953 年赖特关于存在主义的小说《局外人》问世了。《局外人》叙述了一位名叫戴蒙·克罗斯的厌世的黑人的故事，他觉得世上一切都无可留恋，对他来说，幸运的是一次地铁事件使他"死亡"了，他想借此割断与过去的一切联系，开始新的生活。但事实并未如他所愿，他依旧被无穷的烦恼和孤独所困，依旧是一个"局外人"。因此，赖特在研究主人公心理的同时融入了存在主义哲学的观点。罗纳德·桑德斯在评论《局外人》时指出："这是一部充满了从法国存在主义中借来的语言和概念的小说……从法国哲学感受的角度来观察戴蒙，他是别格·托马斯的新变体，他所犯下的一系列杀人罪读起来像是赖特在自己生活中所拒绝了的一系列事物的具有仪式意义的隐喻。"① 也就是说，与《土生子》中别格杀死玛丽相比，戴蒙一连串的谋杀带有很大的随意性。对于戴蒙来说，"上帝死了……他已经不再对任何东西怀有忠诚；他孤身一人，了无牵挂，他的赞成票既不投给家庭或传统，也不投给教堂和国家；他也不投给种族"。②

　　创作《局外人》之前，赖特阅读了大量关于存在主义哲学的书籍。小说的开头就是来自克尔凯郭尔的一段引文："恐惧是强加于个体的外在力量，是一个人无法摆脱的，也是无意摆脱的力量，因为一个人对自己的欲望感到害怕。"③ 可见，赖特不仅痴迷于这一哲学思潮，而且结合自己的背景和经历，他深刻理解了这一哲学思想。恐惧之于赖特，是他用一生都无法消除的魔咒。所以说，如果异化是存在主义的信条，那么赖特是一个真正的存在主义者，一个彻头彻尾的

---

①　王家湘：《20 世纪美国黑人小说史》，译林出版社 2006 年版，第 148 页。

②　同上。

③　Wright, Richard, *The Outsider*, New York: Harper & Brothers, 1953, p. 1.

"局外人"：在密西西比的童年时代，他感觉自己被排除在家庭之外；长大后又感到自己被排除在有特权、受教育、白人主流文化和资产阶级之外；作为一个美国人，他却被迫离开祖国，不得不过着流亡的生活；他感觉自己生活在一个荒诞的世界里，没有同伴的理解和同情，也没有人真正和他拥有共同的信仰，和他并肩作战。他甚至也不相信上帝的存在，即使上帝存在，也不会施与他任何恩典，而只会嘲笑和愚弄他；同样他也不相信天堂的存在，而只相信地狱，仿佛他的一生都是生活在地狱之中。

二 政论性文学的源泉：亚非经历

赖特在 1947 年成为法国公民之后，他不断到欧洲、亚洲和非洲进行考察。这些考察经历是他创作众多非虚构作品的源泉。在 1949 年，赖特为反共产主义选集《失败的上帝》做出了贡献。之后赖特被邀请加入文化自由议会，但是赖特怀疑这个议会与美国中情局有关，于是他拒绝了。事实上，身处法国的赖特一直处在美国中情局和联邦调查局监视之下。虽然被列入好莱坞电影工作室执行委员会的黑名单，42 岁的赖特仍于 1950 年在《土生子》的阿根廷电影版本中担任男主角。

1953 年，赖特到非洲黄金海岸旅行，参观了英属殖民地塔克拉地。在那里，他亲眼看见了时任黄金海岸总理的克瓦米·恩克鲁玛带领人民为摆脱英国的殖民统治和争取国家独立而进行的战斗。恩克鲁玛推行"泛非主义"，支持非洲民族独立运动。赖特把这一段见闻记录在了《黑色权力》中，文中揭示了基督教对非洲黑人和美国黑人破坏性的影响。赖特认为英帝国主义者和美国奴隶主们利用教堂来驯服这些"野人"，传教士们宣传白人优越、黑人不幸。如同美国黑人生活在白人的种族优越论下而倍感焦虑和沮丧一样，非洲人生活在西方殖民主义国家的敌视和压迫下也饱受贫穷之苦。

在回到巴黎之前，赖特给美国驻塔克拉地的领事馆写了一封绝密报告，报告中涉及他获取的一些关于克瓦米·恩克鲁玛以及他所领导的政党的信息。赖特在返回巴黎之后，与美国国务院的官员见过两次面。不管赖特给美国方面提供情报的政治动机是什么，他当时正处于不想回到美国，然而护照需要续签的境况。1955年，赖特旅行到印度尼西亚，参加了当时正在那里举行的万隆会议，并撰写了《肤色的帷幕：万隆会议报告》（以下简称《肤色的帷幕》）。为撰写《肤色的帷幕》，赖特拜访了印度尼西亚的艺术家和学者，正是这些艺术家和学者的讲解给予了赖特翔实的注释。《黑色权力》《肤色的帷幕》以及后来的《白人，听着!》都是非小说类的政论性文学文本。《哥伦比亚美国文学史》主编埃默里·埃里奥特教授在论及文学与权力政治之间的关系时指出："由于话语并无法决定性地表达任何内容，因而对政治所做出的结论也并非就是政治的话语，然而，文学作为一种激进的政治性声明，其性质却决定了文学有助于创建出一个崭新的和更为美好的世界。"①政论性文学文本基本上属于这类学科跨界的文本，在表达权力政治的诉求方面更加靠近政治学。

不论是具有伦理政治价值的文学作品还是体现权力政治的政论性文学作品，都在政治社会化进程中以间接或直接的方式，在一定的社会形态中为政治文化的发展发挥了教化与宣传作用。虽然文学的基本价值是文艺美学价值，然而在文艺审美的大概念下，文学的政治价值则体现在其意识形态功能在社会结构中的作用，这是因为意识一开始就是社会的产物，而且只要人们存在着，它就仍然是这种产物。文学是通过其独特的艺术感染力和强大的思想感召力来对社会的进步发挥其意识形态作用的，或者说，文学具有伦理道德教化甚至统治意识形态的作用。在以上这些作品中，赖特关注的视野扩展到美国以外的全世界被压迫人民，赖特深刻意识到种族斗争仅仅是全世界被压迫民族共同斗争的一部分。

---

① 埃默里·埃利奥特：《哥伦比亚美国小说史》，朱通伯等译，四川辞书出版社1994年版，第1076页。

三 英语俳句的创作：来自日本的影响

晚年的赖特身体每况愈下，尤其是 1959 年间深受疾病困扰。当他偶然看到当时流行于欧美文坛的四卷本《俳句》时，"他如获至宝，欣喜若狂地开始阅读这四卷本《俳句》"。① 读完四卷本《俳句》，赖特的心灵得到了净化和安慰。在熟悉日本俳句的创作后，他开始了英语的俳句创作。赖特在晚年沉浸于俳句的创作中是有原因的：首先，俳句中的禅意让赖特淡然看待世界，年迈的赖特喜欢这种心灵纯净的感觉；其次，当时深受病痛折磨的赖特"用长篇的话语来表达强烈的反抗思想和积极的抗争情怀已经非常困难"。② 俳句对晚年的赖特影响不止于此，还"成为他个人身心疗治的良药，东西文化传播的桥梁，通向理解美国俳句的一扇大门"。③ 赖特晚年创作的英语俳句充满了诗歌意境的优美与淡然，他执着于英语俳句带有诗意的创作，因为他坚信"诗歌之声是驻守在所有人灵魂里的永恒之声"。④ 之前对种族主义的不满和抗议让赖特身心俱疲，晚年的他在俳句的禅意平和意境中找到了心灵和精神的寄托，让内心归于平静，静静地享受人生的剩余时光。例如以下三则：

> 我是一个无名氏：
> 一枚即将沉落的秋阳
> 带走了我的名字。

---

① 李怡：《论理查德·赖特的俳句——一种对日本俳句继承与改良的文学新实践》，《当代外国文学》2011 年第 3 期。

② 钟蕾：《火车意象的二重奏：赖特俳句中的黑人美学与和谐生态》，《外国文学研究》2014 年第 4 期。

③ 钟蕾：《一"蛙"激起千层浪——评〈理查德·赖特的别样世界——赖特俳句研究的多维视角〉》，《外国文学研究》2012 年第 4 期。

④ Jackson, Blyden, *The Long Beginning* 1746 – 1985: *A History of Afro-American Literature*, p. 156.

为了你们，哦海鸥，

我备好了这凝重的水

和铅灰色的天空！

沿这个街区向前，

然后右转，你即可看见

一株开花的李树。①

四　以白人生活为题材的普世情怀

1954 年赖特出版了一部以白人生活为题材的小说《野蛮的假日》。小说讲述的是白人主人公厄斯金·福勒的故事。福勒是一名退休的保险公司的职员。由于退休后的忧郁与焦虑，福勒的心理发生了巨大的变化，而这种不健康的心理变化将福勒推向了毁灭。小说的题目《野蛮的假日》中的"野蛮"一方面指的是人性中的残酷与野蛮，另一方面指的是不受理性控制的无意识状态，或者说是不受"自我"控制的"本我"。福勒作为一个现代人，在退休时刻来临之际，如果不能根据现实的变化而适时地调整自己的心态，就难免造成焦虑。在一次接受记者采访时赖特说，"我写白人时，选了一名白人商人的故事，目的是要揭示一个普遍存在的问题"。赖特这里所说的普遍问题是要揭示一些人类社会发展过程中的普遍现象。他认为非裔美国作家不应该总是哀鸣非裔美国人的种族不幸。通过《野蛮的假日》，赖特向人们揭示了美国现代社会的一个基本现象：非裔美国人所遭遇的心理、道德、伦理等方面的问题，白人也在所难免。赖特从心理分析的角度解析了人在现代社会发展中面临的巨大生存压力，以及人在退休后可能产生的抑郁与失落、焦虑与狂躁。

如果说《野蛮的假日》突破了种族的局限，那么 1958 年出版的

---

① 倪志娟：《渊源与成就——论理查德·赖特的俳句》，《世界文学》2016 年第 6 期。

《长梦》则跨越了阶级的藩篱。在《长梦》中，赖特试图进一步探索黑人的身份认同问题。为此，他塑造了一个努力向白人靠拢，向往白人生活方式，生活并不贫困的黑人青年形象，并从他的悲剧性的成长中，表现黑人在以白人为主导的美国社会中的挣扎与困惑。这表明赖特开始拓展自己的文学视野，不再局限于底层黑人贫民的生活，而是转向描绘富裕的中产阶级黑人生活；而其批判的矛头也不再仅仅指向白人的狭隘，而是对于黑人自身的问题的正视。

　　所以，《长梦》虽然也是抗议题材，取材于作者生于斯长于斯的美国南方，但是与之前的抗议小说中饱受贫穷和饥饿的穷小子不同，这部作品描写的是一位中产阶级黑人青年的心路历程。他目睹了父亲从事的不道德的商业活动、对无助黑人劳动的剥削以及与白人的勾结。所以《长梦》与前期抗议小说的不同是：一方面涉及了中产阶级黑人的存在，另一方面描写了主人公一段时期内心理上和情感上的成长历程。但是，赖特却在重复着一个主题：在美国黑人与白人之间存在着一道难以逾越的鸿沟，这不仅是种族偏见的直接衍生物，也阻碍了黑人与白人之间的对话与交流。① 赖特的法国生活经历证明了一个亘古不变的真理：一个作家抛弃其文化之根也就意味着其文学创作开始由巅峰走向下坡。评论界一般认为，赖特在法国创作的这些小说都无法与之前的作品相比。脱离了黑人的生活，赖特的文学创作也就失去了生命力，就如同一棵大树如果没有了根，就只剩下记忆了。②

　　虽然赖特早期的创作是生涩的，没有把握明确的写作方向和写作立场，但是在哈莱姆文艺复兴时期，赖特的写作方向已然确定，那便是为黑人种族争取平等权。在哈莱姆文艺复兴后期，他开始塑造与"汤姆大叔"截然不同的新黑人形象。到了经济大萧条时期，在国际和国内经济受到重创的情况下，黑人的处境每况愈下，赖特开始萌发

----

　　① 刘海平、王守仁：《新编美国文学史》（第三卷），上海外语教育出版社 2002 年版，第 546 页。

　　② 王家湘：《20 世纪美国黑人小说史》，译林出版社 2006 年版，第 147 页。

"抗议小说"的写作思路。"抗议小说"主张黑人同胞奋起反抗，但是其宣扬的暴力思想遭到了众多评论家的质疑与反对，他们认为暴力不是解决问题的根本办法。到了芝加哥文艺复兴时期，赖特接受了文艺复兴的先进浪潮，对"抗议小说"的创作越发熟练，在对小说内容的运筹帷幄中，为广大黑人同胞的平等与自由做出了自己的贡献。在晚年，赖特以自然主义和俳句创作寻求心灵的慰藉和平静，同时也为黑人文学宝库提供了优秀的作品。在以上各个阶段中，赖特由温和婉转的写作风格转向犀利刻薄的写作风格，把自然主义与现实主义相互靠拢和结合。赖特对俳句创作的尝试，彰显了对美国社会以及黑人处境的精确把握，凸显了他对语言运筹帷幄的能力，同时也体现了他在文学创作上的张弛有度。

　　1940年到1957年被某些评论家称作"赖特时代"。在这段时期，"赖特式"写作风格风靡整个黑人文学领域，他所主张的自然主义更是倍受推崇。理查德·赖特并不重视文采的堆砌，也不重视创作意图，相反，他用自己现实主义的笔触将美国的社会生活原原本本地反映到作品中。他的写作风格崇尚真实，他尽最大努力把社会中的方方面面忠实地反映给读者，用典型环境下的人物和情节刻画的真实来反映美国社会现实。赖特认为，自从非洲沦为欧洲的殖民地以后，黑人再次返回非洲那片故土已经不太现实。所以，他渐渐接受了自然主义的世界观与写作手法。赖特在晚年推崇的自然主义比他在早年推崇的现实主义在文风上大有不同，现实主义在揭露社会问题时尖酸刻薄，而自然主义则比较擅长以大自然的规律来解释社会中的问题。相比于现实主义强调抗争，自然主义显然更能接受既定结果，这与赖特在晚年的平和、与世无争的性格转变有极大的关系。

　　综上，赖特生活的20世纪上半叶，是人类历史上最为动荡不安的一段时期。他的创作大致可分为四个阶段，即：早期的启蒙期，大萧条时期"抗议小说"的尝试期，芝加哥文艺复兴时期"抗议小说"的发展及成熟期，以及在1945年以后的域外创作期。在不同阶段内，由于社会背景变化巨大，因此赖特的创作风格和创作主题也不尽相同。基于不同时期黑人文学的发展背景，赖特在不同时期做出的文学记录以及文学反击也各有特色。值得一提的是，这四个创作阶段的分界线并不是很明显，且有相互交织的地方，但无论在哪个时期，"黑人在许多领域都遭受到挫折，几乎没有黑人去奢谈平等权利问题"。①所以，赖特要为他的种族代言，为黑人同胞去争取平等权利，为黑人同胞发出属于自己的声音，为他们争取足够的话语权，这是赖特作为一个文学家的历史和政治使命。在这四个阶段中，赖特的思想不再局限于黑人种族的血泪史，也不再专注于他们的苦难史，而是以更加细腻的笔触把整个美国社会的全貌展现给读者，并且开始分析黑人在美国社会中的地位问题。对于赖特来说，四个阶段的历史事件都是新鲜的写作材料，无须杜撰。因此，理查德·赖特是美国黑人文学史上不可或缺的代表人物之一，对新生代黑人作家产生了难以磨灭的影响，无愧于"非裔美国文学之父"的称谓。

---

① Logan, Rayford W. and Irving, S. Cohen, *The American Negro*: *Old World Background and New World Experience*, Boston: Houghton Mifflin Company, 1967, p. 153.

第二章　赖特小说的文化逻辑与伦理政治

在当代文化批评语境中，文化逻辑是指社会成员共同认可的信仰、价值、传统、行为、规范及话语模式。作为一种符号表征的语法系统，其深层结构则呈现为主体的"心理蓝图或心理结构"，通过主体的习得、互动、成型，最终内化为主体的习性或认可的公理，成为主体的第二本质。①

1937年，赖特写了一篇文章《黑人创作蓝图》。这篇文章是一个宣言书，表明非裔美国人的文学形式和主题内容不同于主宰美国文坛的白人资产阶级创作。赖特指出非裔美国文学创作应该从表现中产阶级黑人的理想和挫折转向表现生活在社会底层的黑人的愤怒和不满。赖特式的"抗议文学"开始出现，"抗议"成为那个时代非裔美国文学批评的重要标准。由于历史原因，写作对于黑人作家来说一直是一种政治行为。赖特呼吁非裔美国作家接受马克思主义关于现实与社会的思想，认为马克思主义可以使非裔美国作家最大限度地获得创作灵感和表达黑人情感的自由。

小说作为一种文化产物，是基于作家所处年代的政治、经济和文化状况而创作出来的。有责任感的作家必须关心社会生活、政治生活中的重大问题，而政治、社会和历史也永远是一个作家所要描写的最

---

① 方文开：《人性·自然·精神家园——霍桑及其现代性研究》，上海外语教育出版社2009年版，第20页。

主要的题材。这一点可以在波林·E.霍普金斯的这段话中得到印证："小说对于任何民族保持其生活方式和习惯，包括宗教的、政治的和社会的，都具有十分重要的价值。它是一代又一代人成长和发展的记录。任何个人都无法为我们办到这一点；我们必须自己培养用全部热情和传奇忠实地描绘黑人内心深处的思想和感情的男人和女人，这些思想和感情潜伏在我们的历史里，还没有被盎格鲁—撒克逊族中的作家所认识。"① 理查德·赖特生活在20世纪初期到20世纪中期的美国社会，作为黑人群体的一分子，赖特深刻地感受了作为一个黑人在当时的美国意味着什么：城市的藩篱与禁闭，法律上的约束，政治经济上的压迫和排挤，这些都使当时的美国黑人苦不堪言。也就是在这个种族主义泛滥的年代，作为知识分子的赖特用笔墨表达了他对这个社会与时代的愤懑和控诉。从这个意义上说，理解赖特小说类型定位所遵从的文化逻辑最适合的方式是探讨他的创作意图和作品内涵，特别是从小说中塑造的黑人形象入手，分析赖特笔下黑人的内心活动、行为模式与话语表述，这既有助于理解赖特作品的主题阐发与手法运用，也为观察美国20世纪前半叶的种族主义社会现实提供了更为清晰可感的视角，具有重要的研究价值。

赖特在小说中所展现出的人物形象极大提高和丰富了黑人文学在美国文学中的地位与面貌，并深刻影响了美国当代文学的构成。黑人种族在美洲大陆繁衍生息三百年，已经形成特有的语言与文化体系，其对独立性的诉求不只是政治和经济意义上的，同样也包含了对文化的独立与种族个性的张扬的呼声。由于长久受白人的压迫，黑人已经对白人世界及其文化产生恐惧心理，对白人整体持警觉态度，对白人文化有了自我意识的批判，而不是一味地膜拜与接受。另外，正因为白人种族对黑人种族的歧视一直存在，白人不愿黑人融入符合自身传统的生活和文化中来，这一方面使得黑人群体长期无法融入主流社

---

① 伯纳德·W.贝尔：《非裔美国黑人小说及其传统》，刘捷等译，四川人民出版社2000年版，第52页。

会，另一方面却也为黑人文化的传承与发展创造了条件。当然，黑人种族意识的觉醒在黑人保持其种族独立性上也起到很大的作用。在这样的时代背景下，赖特通过在小说中塑造鲜活的"新黑人"形象，阐明了在当代美国社会中黑人的地位问题，发掘了黑人文化所具有的鲜明价值，并从根本上建构出能够与现代美国文明平等共存的黑人文化逻辑。

第一节 "赖特时代"美国黑人的生活状况

作为非裔美国文学史上重要的现实主义作家，赖特十分擅长以精确冷静的笔触描绘美国黑人的生存状态，特别是城市贫民在物质和精神生活上的极度匮乏，并探索这一状态背后的历史根源与现实状况。赖特移民法国之前创作的以美国本土为背景的文学作品无一例外地向读者展示了城市贫民区中黑人的生存困境，以及黑人在面临苦难和贫苦时的挣扎。当然，对于强调反抗的赖特来说，黑人族裔的反抗运动一直是他所关注的焦点，那些字字泣血的描写黑人悲惨遭遇的文本，既在唤醒黑人的反抗意识，同时也在警示白人，他们对黑人的歧视不结束，黑人的反抗就不会停止。

一 城市聚居区的藩篱

南北战争结束后，美国黑人似乎在表面上摆脱了奴隶的身份。事实上，战争可以消灭奴隶制度，但并不能保证黑人在社会中能够获得完全自由和平等的公民身份与权利。即使是颁布废奴宣言的林肯总统本人也不是彻头彻尾地主张黑人与白人的平等，甚至"反对在国家生活中给予黑人比白人还高的地位"。① 换句话说，黑人的自由仅仅局限在作为劳动力流动的自由，而不是社会生活中法律、人格和权利的

---

① Graebner, Norman A. and Fite, Gilbert C. eds, *A History of the American People*, New York: McGraw-Hill Book Company, 1970, p. 602.

自由。黑人的地位没有取得实质性的改变：只是从原来南方的种植园辗转至北方的工厂。19世纪末期，随着美国工业化与城市化进程的爆炸性发展，社会生产机械化，大机器代替手工作坊，小手工业迅速解体，农业比例迅速下降，南方种植园的佃农被大量解雇，纷纷前往北方工业城市，于是诸如芝加哥、纽约等大城市新移入人口激增。但是，随着工业化进程的结束，美国失业状况开始加剧。黑人受教育程度本来就不高，在就业方面受到诸多限制，只能做一些繁重的体力工作。也就是说，黑人并未获得真正的自由，仍饱受种族歧视的毒害，在政治、经济和文化等方面仍受到白人的压迫和排挤。

黑人迫于生计涌向了北方的大城市，然而不在自己的故土上，他们又能做些什么呢？美国根深蒂固的种族歧视没有消失，黑白不可能实现真正意义上的融合。白人统治者在黑人和白人之间筑起了一堵无形的墙，将黑人隔离在外。微观的种族隔离表现在社会隔离甚至人与人之间的隔离与冷漠。由于肤色的不同，黑人享受不到和白人一样优越的居住环境，也不能获得平等的教育机会。在就业方面，黑人缺少公平竞争的机会。更加可悲的是，白人通过制定法律，将黑人本已无比弱势的地位正式"合法"地确立下来，令这一充满歧视的黑暗制度更加牢不可破。"赖特时代"的美国黑人好似生活在藩篱之中，外面的白人世界永远地向他们禁闭着。

来到北方城市的黑人只能生活在贫民区内，因为住宅隔离问题在北方城市尤为突出。美国学者马克·纽曼说："贫民区的居民住在破旧的房子里，还被迫缴纳高额房租。美国北方尽管没有种族歧视的立法，但是黑人儿童还是只得在质量低劣的学校接受种族隔离的学校教育。"①住宅隔离进一步疏远了黑人和白人的关系，黑人哪怕是无意中踏入白人居住区，也会遭到白人的粗暴对待。住宅隔离法把非裔美国人的购房区域限制在某些特定的地区，因为一旦一家黑人出现在白

---

① 庞好农：《非裔美国文学史（1619—2010）》，中央编译出版社2013年版，第139页。

人居住的街区，"不管这家人是多么有教养和守规矩，也足以加速人们的逃离"。① 一直以来，白人就认为黑人具有暴力的天性。在他们看来，白人和黑人一起生活将是非常危险的，白人的人身安全得不到保护，这势必会引起不必要的冲突。因此，白人认为让黑人与白人分开居住是很有必要的。作为统治阶级的白人并没有采取积极的态度去改变黑人恶劣的居住环境。白人普遍认为，作为黑奴的后代，黑人已经得到了足够好的生活环境。这个结论是基于他们拿黑人现在的处境和过去的处境相比较，而不是拿黑人现在的处境和白人的处境相比较而得出的，这明显是带有种族偏见的结论，也是无法让黑人接受的结论。

20 世纪上半叶，美国黑人的居住环境远远无法与白人相比，他们大多生活在城市中心区最肮脏、最混乱、最拥挤的街区，房屋的居住面积也小得可怜。因此在赖特的小说中，关于黑人恶劣居住环境的描写总能成为主要的空间表述。尽管黑人聚居区的环境不断恶化，他们还是坚持生活在这里，总是希望会有奇迹发生，希望能够带着祖辈的热血来实现自己的美国梦。随着经济的发展，城市的不断扩大，黑人聚居区的人口不断增加，原本就紧张的住房资源更加紧张，交通更加拥堵，空气更加污浊，基础设施资源更加匮乏。增加的人口对就业、医疗都造成了极大的挑战，这一切都使黑人聚居区中的社会矛盾空前激化，随时处于崩溃的边缘。

作为美国人的黑人在职业的寻求方面，根本得不到公平的机会，不得不沦为二等公民。在白人固有的狭隘思想里，他们认为自己的族群拥有高贵的血统，具有勤劳、勇敢、聪明和积极向上的品质，所以白人就理所当然地从事高等的职业。相反，白人认为黑人生来懒惰、怯懦、愚昧、无知，消极且迷信，所以耗费体力、不用思考的低等工作应该留给黑人。黑人总是干着那些白人不愿意干的工作。甚至是知

---

① 黄卫峰：《哈莱姆文艺复兴研究》，外语教育与研究出版社 2007 年版，第 84 页。

名的黑人领袖布克·T. 华盛顿也认为美国黑人应该通过辛勤的劳动来证实自己的社会价值，表明自己在法律面前应该得到公平的待遇，从而以这种方式逐渐改变黑人的政治地位。第一次世界大战结束后，普通的工人阶级地位有所提高，黑人经济得到了发展。"但好景不长，狭隘的种族主义和隔离政策却遏制了这一发展趋势。"① 在赖特的小说中，他所刻画的黑人人物大都找不到比较体面的工作，司机、仆人、工厂的雇佣工人等更多地出现在他的小说中。由于种族歧视，黑人即使勉强被雇用，他们也得不到和白人一样的工资待遇。这种职业的隔离直接导致他们经济地位的低下，促使黑人生活境况更加窘迫。

如果说居住区的空间划分事实上造成了黑人与白人的隔离，那么在教育上的严重不平等则进一步加大了黑人与白人之间的差距。"南北战争以前，黑人的受教育程度只有10%，这些人的知识大都是由主人或女主人教授的，而且只限于读写。"② 虽然20世纪上半叶黑人的受教育情况有所改善，但教育不公的现象还是普遍存在，即黑人和白人儿童享受非同等的教育资源。教育的歧视体现在如下几点：第一，白人对黑人教育没有投入诚挚的感情。一些白人根深蒂固地认为黑人不应该接受教育，文化教育会破坏好的"黑鬼"，也会使黑人忘记自己的"身份"。此外，在一些州的法律中也没有对适龄儿童进行强制教育的规定，这就使得黑人儿童的失学率变得很高。同时，黑人孩子在学校得不到应有的关爱。从赖特的中篇小说《大小子离家》中我们就能看出学校对于黑人孩子来说并不是天堂，而是地狱。第二，在教学条件与教学资源上，白人主导的美国政府远未能做到公平。黑人学校无论是硬件设施还是师资力量、管理水平等均低于白人学校，这就意味着，黑人孩子享受到的学习资源要远远少于白人孩

---

① 詹姆斯·埃伦：《美国黑人问题与南部农业经济》，张友松译，中华书局1954年版，第246页。
② 吴泽霖：《美国人对黑人犹太人和东方人的态度》，中央民族学院出版社1992年版，第84页。

子。在有些地区，黑人学校没有应有的教学设备，甚至连地球仪、图表等都是由任课老师自己来准备。此外，在教学计划的设置安排上，黑人学生所能接触到的课程类型与知识水平也远不及白人学校。以同期黑人和白人学生的授课日期做比较的话，不仅黑人学生的授课时间要短于白人学生，而且授课的内容深度也低于同龄的白人学生。显然，这种不公平的教育制度使得黑人无法得到知识的武装，从而削弱了黑人反抗暴政的政治能力。在黑人争取合法权利的问题上，布克·T. 华盛顿一向主张妥协政策，他提倡把职业培训作为黑人获得政治经济地位的手段。他的主张得到了一些带有种族偏见的白人的认同。按照他们的观点，黑人不需要接受高等教育，初等教育和实用的工业训练就足够了。教育的不公平使黑人失去了认识自己、认识世界的能力，使他们从一开始就输给了白人压迫者。这就在制度上和思想上无形地把白人和黑人隔离开来，加深了种族歧视的鸿沟。

黑人奴隶是否应皈依基督教信仰成了进退两难的问题。尽管基督教义中有使非信教者皈依的精神，然而统治者又恐惧基督教信仰威胁奴隶制度的永久性。于是在 1667 年弗吉尼亚议会通过了一项法律："洗礼不改变奴隶地位。"① 殖民地时期，黑人和白人共用教堂，两种子民共同信奉一个上帝，唱同一首赞美诗，但必须分开落座。然而具有讽刺意味的是，20 世纪人类已经进入高度发达的文明时期，种族主义却在美国更加肆虐，黑人不能进入教堂，甚至黑人神父都被赶到走廊里去。白人自称是上帝的选民，他们从宗教上进行种族隔离，这对当时的黑人来说是巨大的精神迫害。迫于形势，黑人开始集中力量组建自己的教堂。对于在美国社会政治、经济、文化上都被隔离在外的黑人来说，教堂不仅仅是一个宗教场所，还是学习文化的地方；不仅仅是集会的地点，还是培养黑人领袖的摇篮。

法律规定在平等的原则下，强制公共设施依照种族的不同而隔离

---

① Reuter, Edward Byron, *The American Race Problem*, New York: Thomas Y. Crowell Co., 1927, p. 313.

使用,但事实上黑人所能享有的权利与白人相较往往是少之又少的。吉姆·克劳法案泛指"1876 年至 1965 年间美国南部各州以及边境各州,主要针对非洲裔美国人,但同时也包含其他族群的有色人种所实行的一种种族隔离制度法律"。[①] 严格意义上讲,对有色人种行为的限制范围极其广泛:从公共设施使用到婚姻制度,从学校教育到人们的休闲娱乐,几乎覆盖了有色人种生活的方方面面。

赖特时期,在美国许多地方,运输公司所经营的所有车站都为白人和有色人种提供分离的候车室和分离的售票窗口。在一些州的法律中涉及黑色人种的明确规定包括:黑人儿童不能和白人小孩儿出现在同一个教室上课;黑人男性不可以与白人女性通婚;白人和黑人不能享有同样的娱乐设施,包括垂钓场、公共餐厅等;白人和黑人要被分开服务。在种族主义一向泛滥成灾的密西西比州,所有宣传种族平等的书籍、报刊等流通物都是被法律严厉禁止的,一经发现,必有重罚。持有种族主义观点的白人认为:奴隶制带给黑人卑劣性,他们身上的卑劣性又反过来证明他们是低等的种族。这种看似完美的逻辑,其实恰恰是因果倒置的诡辩,其目的无非是进一步将这种种族歧视制度在精神文化层面确立下来,从而维持白人优越的社会地位。

二 政治经济上的"二等公民"

政治权利是实现独立和平等的必要条件。尽管南北战争以推崇平等自由、倾向废奴的北方的胜利而结束,之后 1865 年第 13 条宪法修正案使 400 万黑人奴隶获得了解放,1868 年第 14 条宪法修正案赋予了黑人公民权,1870 年第 15 条宪法修正案给予了黑人选举权[②],然而事实上,美国黑人的参政之路并不平坦,宪法条款形同虚设,根本

---

① George, Charles, *Life Under the Jim Crow Laws*, Farmington Hills: Green Haven Press, 1999, p. 1.

② 陈铭道:《黑皮肤的感觉——美国黑人音乐文化》,世界知识出版社 1991 年版,第 293 页。

没有给黑人带来多大的好处。

南北战争结束后，解放的黑奴并没有过上他们想象中的生活。由于受到种族主义和种族优越论的影响，白人根深蒂固地认为黑人是劣等种族，不应享有和白人平等的政治经济地位。政治上，黑人的公民权、选举权根本无法得到法律的保护，美国黑人的政治权利受到了白人统治者的侵犯。经济上，黑人本就是从奴隶主的魔爪中逃亡出来的，他们既没有生产资料，也没有土地，"他们中很少人受到良好的教育，从而不会得到好的工作，这就使黑人的经济实力远远落后于白人，并因此受到白人的嘲笑"。① 经济地位低下本已非常糟糕，更令黑人处境雪上加霜的是，长期以来黑人就是政治经济上的二等公民，这使得他们陷入了悲惨命运的恶性循环。尽管黑人曾为自己的权益进行过斗争，但白人的势力是压倒性的。要想真正改变黑人的境况，黑人必须取得和白人平等的政治经济地位，这是毋庸置疑的。美国第一位获得博士学位的黑人政治家杜波依斯发起了尼日加拉运动，提出了比较明确的政治要求：第一，投票选择权；第二，停止公共场所的歧视；第三，黑人有自由行走、谈话、选择朋友的权利；第四，要求法律上的平等，无论是对黑人还是白人，无论是对资本家还是穷人；第五，黑人孩子要和白人孩子一样拥有受教育的权利。② 这些要求反映了美国黑人最主要最迫切的政治要求。因此，杜波依斯成为他那个时代著名的黑人领袖。

1870 年，迫于形势，美国国会通过了第 15 条宪法修正案给予了黑人选举权。但是这条修正案中存在着许多的漏洞，这些漏洞正是白人统治者侵犯黑人政治权利的有力证据。第 15 条宪法修正案规定"允许一切种族有选举权"而不是"允许一切种族有平等的选举权"。③ 白人试

---

① Meltzer, Milton, *The Black Americans—A History of Their Own Words* 1619 – 1983, New York：Harper Collins Publishers, 1987, pp. 187 – 188.

② Ibid., pp. 151 – 152.

③ Ibid., p. 258.

图通过文字游戏来侵犯黑人的政治权利，使黑人不能完全行使自己的公民权。"再者，美国南部各州大都对第 15 条修正案附加了补充条款，以密西西比州为例：第一，黑人要参加选举必须要以牺牲自己的财产为前提，即首先要交纳一笔费用。第二，要求投票者能够听懂、看懂、理解并且能够解释宪法，这是对投票者文化水平上的硬性要求。第三，投票人如果有 1866 年曾参与过选举而未经考试的祖父，这个人就可以进行投票，这就是著名的'祖父条款'。第四，黑人必须通过严格的教育考试。"① 南方诸州所附加的条款显然是滑稽可笑的：第一，赤贫的黑人贫困得连饭都吃不上，让他们交纳费用来选举简直是天方夜谭。第二，黑人大都没有接受过文化教育，要想他们听懂、看懂、理解并能解释宪法难度相当之大。由于社会地位低下，黑人接受政治术语的能力也很低。想让他们通过教育考试简直是比登天还难。第三，祖父条款更是滑稽，如果上两代人有权利投票，还用这一代的人去拼命争取吗？在总统选举方面，黑人再次失去了自己的平等权利。总统拿法院当借口阻碍黑人选举。② 白人的这种做法不禁让人们想起了黑色幽默作家约瑟夫·海勒笔下的"第二十二条军规"，看来美国白人政治家制定似是而非的愚民政策的做法由来已久。

政治感是后天习得的，也是可以变化的。白人奴隶主深知这一点，所以他们禁止黑人学习文化知识和接受教育。白人经常发表关于黑人学习和熟悉政治危害性的言论，他们认为：学习知识会毁坏"最好的"黑人，当他们有自己的思想的时候，就不再听从白人主人的命令。对于黑人自己来说也是没有好处的，"知识会让他们忘了自己的身份，使他们不快和不满"。③

---

① Meltzer, Milton, *The Black Americans—A History of Their Own Words* 1619 – 1983, New York：Harper Collins Publishers, 1987, p. 258.

② Coleman, James W. and Cressey, *Donald R. Social Problems*, New York：Harper Collins College Publishers, 2008, p. 5.

③ Meltzer, Milton, *The Black Americans—A History of Their Own Words* 1619 – 1983, New York：Harper Collins Publishers, 1987, p. 37.

　　在美国，黑人长期被视为贫穷的代名词。由于政治经济体制不完善，教育就业不公平，黑人长期处于贫困的境地。在这片美洲大陆上，黑奴自被贩卖到这里就失去了为自己争取经济利益的自由。在农场主的剥削下，黑奴过着悲惨的生活，他们每天勤苦劳作，却得不到任何报酬。由于他们的黑奴身份，他们失去了作为一个社会人应该拥有的所有权利。即使在黑奴解放之后，他们的经济地位也没有得到应有的保证。白人的种族歧视以及有色人种的受教育程度普遍偏低，使得美国黑人找不到高等的工作。然而，"工作是黑人的经济保障，找不到相对高等的工作就促使黑人陷入贫困，长此以往形成恶性循环的怪圈"。① 因而，黑人与白人之间的经济差距越来越大。

　　内战后，大量获得解放的黑奴必须自谋生路。他们在没有生产资料、没有土地的情况下来到北方城市谋求生路，常常过着衣不蔽体、食不果腹的生活。"美国南方各州自行立法，变相恢复奴隶制时期的体制，阻碍黑人的迁移，强迫他们在种植园工作，而他们所服务的农场主大都就是原来他们的奴隶主，但他们所得到的报酬低得离谱。"② 1895 年，布克·T. 华盛顿在亚特兰大发表演讲时呼吁黑人放弃争取政治和社会权利的斗争，敦促白人雇佣黑人劳工，把工作重心调整到发展经济上来，以此来改善黑人恶劣的经济状况。为了刺激黑人发展商业，华盛顿在 1900 年组织起了全美商会，但由于资金不足和白人竞争者的挤压，黑人商人发现在经商方面他们也是很无力的。③

　　20 世纪 30 年代，美国处于大萧条阶段，黑人的经济状况更加恶化，他们又一次面临大规模失业；更糟糕的是，黑人再就业的机会比

① Issel, William, *Social Change in the United States* 1945 – 1983, New York: Schocken Books, 1985, p. 133.
② 程巍：《〈汤姆叔叔的小屋〉与南北方问题》，《外国文学》2004 年第 1 期。
③ 陈铭道：《黑皮肤的感觉——美国黑人音乐文化》，世界知识出版社 1991 年版，第 295 页。

白人少两到三倍。① 严酷的经济状况激励了黑人的政治要求，圣路易斯城市协会发起了全国范围的"黑人就业"运动，他们对那些顾客是黑人但却只雇用白人的连锁商店进行联合抵制，并于1936年建立起了全国黑人协会。20世纪30年代中期，产业机构联合会组织大批的黑人工人加入各种劳工组织，到40年代末的时候，加入该组织的黑人数量是非常巨大的。②

三　文化上的"真空"和精神上的压抑与困惑

美国黑人生活在世界上最发达的工业国家，他们的文化地位最能体现美国文化的阶级性、侵略性、渗透性、种族性与压迫性。文化冲突是因为道德标准的不同而导致的意识形态和生活方式的对立，其结果往往是一种文化体系凌驾于另一种文化体系之上，从而居于统治地位。在美国社会，长期以来欧洲白人文化居于统治地位。由于黑人和白人的伦理传统与世界观、价值观均不尽相同，导致两个种族在许多问题上观点的差异很大。在两个种族的文化冲突中，各方都竭力争取掌握最大可能的文化支配权、对后代的影响权以及对意识形态和生活方式的主导权。美国人认为美国在文化上分为两大派别，即保守派和自由派。这两大派别在政治和经济上是可以进行妥协的，但在文化方面，这两大派理论上是不可调和的。这也就是黑人与白人之间文化冲突得不到解决的原因所在。白人和黑人在文化上争论的本质在于两个种族都想按照自己的意愿来界定美国社会构成的意义。正如亨特所说："任何种族和国家的文化容忍程度都是有限度的，它总是和意识形态的容忍、种族的容忍同时发生。"③

文化是形成民族认同的一个根本条件。对于美国黑人而言，其文

---

① 陈铭道：《黑皮肤的感觉——美国黑人音乐文化》，世界知识出版社1991年版，第301页。

② 同上书，第302—303页。

③ J. D. 亨特：《文化战争：定义美国的一场奋斗》，中国社会科学出版社2000年，第42页。

化所面临的挑战包括三个方面：即美国黑人以什么样的面貌生活在美国；美国黑人向白人主流文化的融合与同化；如何面对白人主体对黑人主体的歧视。一方面，美国黑人文化基本同化于主流文化，但又被主流社会的制度所排斥；他们接受主体文化，但又被主体文化所歧视。显然，美国黑人的文化地位是复杂的，也是尴尬的。"种族偏见是基于错误的、僵化的概念的一种憎恨。它也许可以直接指向一个种族集团整体，也可因为个人是这个整体的一员而指向个人。"① 甘斯的这段话道出了种族歧视的本质。在美国社会中，黑人常常受到歧视，受到主流文化的排斥。自认为血统高贵的美国白人高喊着"白人优人一等"的口号，对美国黑人的种族歧视合法化、常规化。白人对黑人的偏见来源于主导地位的文化优势，他们自负而褊狭，不承认其他民族所具有的优秀品质。20 世纪 30 年代，大多数的美国白人大学生都认为美国黑人懒惰又迷信。到了 20 世纪 50 年代，白人对黑人的看法只是换了一些词汇，例如，没有上进心、不积极向上等，但从中我们还是能读出种族偏见的意味。甚至直到 1963 年，仍有高达 66%的白人认为黑人在事业上缺乏上进心。由此可见，在历史上的大多数时期，美国黑人想靠自己薄弱的力量来改造或重构美国的文化体系是不可能的；而无论是美国白人还是美国黑人，他们都不愿生活在这种多种族和多文化类型的社会中，却又不得不承认这个事实，并尝试以自己的方式去理解和改变。

所谓美国黑人在文化上被同化的问题是指美国黑人接受白人文化的特点，把白人的语言、宗教、思想观念和生活方式吸收为自己的文化内涵。在任何多民族、多语种国家，单一的文化是不会独自发展的，它必然是多种文化的融合体或交错体。虽然在同化过程中，黑白两种文化会有所交汇交融，但由于历史发展水平、经济结构、文化模式等方面的客观原因，这种融合通常并非平等的交流，而是占据优势

---

① Gans, Herbert J., "Deconstructing the Underclass: The Term Danger as a Planning Concept", *Journal of the American Planning Association*, Vol. 56, 1990, p. 271.

地位的一方对另一方的改造、压制乃至消灭，使得弱势文化失去了生长的土壤，甚至彻底消失在历史长河中。在美国社会，从美国建国至今，居于优势地位的显然是白人文化，生活在白人主流思想的社会中的黑人的文化就有被同化的危险。事实上，大多数的非裔美国人身上已经找不到他们从非洲大陆带来的文化印记。美国黑人的文化内容随着时代的发展而发展着。另外，这种同化本身同美国文化自身的性质有关。应当说，这种大众化、通俗易懂的美国文化也更容易融入并改造其他民族的传统，甚至使其他民族放弃自身的文化特性。

美国文化通过自然而然的方式，渗透到每个人的内心：美国文化是最好的文化，美国的生活方式也是最好的。在白人文化居于统治地位的美国社会，白人利用自己的文化优势重塑美国黑人的价值观和行为方式，使美国黑人的思想行为都服从美国白人的整体利益。尽管黑人一直以来都在进行着不懈的抗争，但在白人看来，黑人就应该全盘接受他们的文化，既不要怀疑，也不要反抗。因为受到不断的压迫，美国黑人演绎着不断抗争、拒绝同化的历史。这种抵抗一方面取得了一定的成功，但也确实有相当一部分黑人以放弃自身文化身份为代价，寻求融入主流白人文化当中。

由于长期处于社会、经济、政治和文化上的多重弱势地位，许多美国黑人接受白人的美学观念，使自己能够符合白人的审美需求，进而快速地融入美国主流社会中。虽然有时他们也表示对主流文化的厌恶，但终究是无法脱离美国的主流文化。即使他们中的有些人采用反抗的方式来抵制这种文化上的压迫，但他们本身的反抗方式还是美国式的，这便是被文化塑造的主体所面临的困境。显然，美国黑人无法剔除自己身上白人主流文化留下的烙印。

同时，美国黑人在捍卫自己种族文化方面一直做着巨大的努力。他们寻求建立多元平等的文化氛围，重视自身的文化遗产。可悲的是，白人对此表示强烈的不满，并且狭隘地排斥。客观地说，黑人文化也曾对白人主流文化产生过一些影响，例如"黑人从古老的非洲带来的布鲁斯、踢踏舞、根雕、木雕等都是美国黑人文化中的精髓"①，这些都对欧美的现代音乐、美术等产生了重要的影响。但毕竟这些影响只存在于很有限的范围，就整体而言，黑人文化仅仅被视作某种浪漫的"异域风情"，代表着原始和野性，而与占据主流的现代文化并不契合；同时，虽然随着黑人族群的不断壮大，白人客观上无法忽视黑人文化的存在，但必须指出的是，白人的对异己文化的容忍程度是有限度的，一旦超出这个限度，白人就会不择手段地施以镇压。

由于长期受到来自政治、经济和文化上的多重压迫，美国黑人的精神长期处于压抑和困惑的状态。在寻求自尊心和被白人承认的同时，美国黑人产生了怨恨和自卑的心理，甚至有时白人不经意的举动都会让黑人们把这种行为和种族歧视联系在一起。在内心深处，黑人一代代的经历早已让他们深知自己和白人生来就是不平等的。这表面看起来是扭曲的、病态的，但这种现状的产生并不能怪罪于黑人。长期以来的种族歧视使得黑人形成一种思想惯性，他们敏感地生活在这个充满不公正的社会，心中充满了仇恨。这种仇恨心理使得黑人与白人之间的隔阂越来越大，这是黑人和白人矛盾冲突时有发生的原因之一。这种仇恨是对白人的，同时也是对自己的，即自我仇恨。自我仇恨就是自卑的体现，这种自卑的心理阻碍了美国黑人争取自己政治、经济和文化权益的进程。当然在黑人种族里，也不乏一些有思想与行动力的人，理查德·赖特即是其中的杰出代表。他们在寻求被美国社会所承认的同时也想通过写作来唤醒同胞们的种族意识。美国黑人或麻木或困惑，不知如何来改变他们恶劣的生活现状。这一点从许多非裔美国文学作品中可见一斑。几百年来，不公正的社会氛围使得美国黑人精神上饱受折磨。如何更好地解决白人和黑人之间的种族问题是一个艰巨的任务，要完成这个任务需要美国白人和黑人共同的努力。关于这一点，19 世纪非裔美国小说家查尔斯·沃德尔·切斯纳特在

---

① 顾兴斌：《二战后美国黑人的社会地位研究》，江西人民出版社 2003 年版，第 191 页。

其早期的日记中这样写道："我的写作目标与其说是激励有色人种，倒不如说是激励白人——因为我认为种姓的不公正精神如此阴险，以至于弥漫整个白人国家，如此强大以至于征服一个完整种族，使与之相联的一切受到蔑视和社会排斥——我认为这对美国人民的道德进步是一种阻碍……"[①]

赖特时期，美国黑人的种种遭遇，正是种族主义危害性的实际体现。种族主义渗透到衣食住行等社会生活的方方面面。在吉姆·克劳法的制约下，黑人不仅在政治经济上受到白人的压迫，而且在精神文化上被排斥和同化。精神极度空虚的环境下，美国黑人好似玩偶与机器，根本没有人身自由，这种状况只是他们奴隶生活的另一种形式。生活在种族歧视的社会环境中，美国黑人享受不到和白人一样的住房条件、教育机会和工作机会；他们没有言论自由、婚姻自由和活动自由；尽管在国籍上，黑人属于美国并极力融入美国社会，但却始终不被美国主流文化所接受，不仅如此，其古老的传统文化更处于被同化的危险之中。他们的黑皮肤已经成为他们的文化标记，擦不去，也抹不掉。这些悲惨的境遇对黑人来说都是极其不公平的，但狭隘的种族主义已经麻痹了白人统治者的内心。白人试图通过肤色划分社会等级，以满足他们贪婪的统治心理。在这种种族压迫下，一些仁人志士意识到要用文字来表达自己对这个社会与时代的不满和反抗。理查德·赖特正是在这样的社会形势下，以自己的笔锋做武器，写出了大量载入史册的伟大作品。

第二节 非裔心理转型形成的文化逻辑

就生产方式而言，美国属于典型的资本主义国家，然而由于美国独特的历史、地理和文化背景，在文化逻辑的构建上，美国有着自己

---

① 伯纳德·W. 贝尔：《非裔美国黑人小说及其传统》，刘捷等译，四川人民出版社2000年版，第84页。

独到的特点。钱满素教授在《美国文明散论》中从"清教中的民主基因""作为美国民族精神的实用主义"以及"大众社会的诞生"等多个方面论述了美国文化历史演进的内在逻辑，并指出美国文化一方面"观念很多，诸如个人主义、实用主义等等，但其国民意识的核心是自由平等，尤其是自由"，凸显出平等和开放包容的特点；另一方面由于自身多民族共存、崇尚多元化的特点，呈现出"部落化"的倾向，甚至会出现"黑人文学不能用白人文学的标准来衡量，必须有自己的标准，自己的文学理论。如此，统一的文学评价也就不存在了，文学史成了族裔文学的汇编"。① 实际上，族裔和文化上的多样性是美国作为移民国家在文化领域上的先天优势，但这种优势也有可能成为阻碍不同族裔之间融合和交流的潜在力量——特别是在白人文化占据主导地位的情况下，过分强调保护族裔文化的"纯洁性"与独特性，最终只会使原本强弱分明的文化结构被进一步巩固和强化，使得弱势文化趋向于更加保守和简单化，从而丧失融入主流文化的能力。赖特所居住的黑人聚居区，以及在以"保护"之名建立的印第安人保留地等，实际上都是这一文化逻辑的产物。

从《大小子离家》开始，赖特就十分擅长塑造充满力量感的黑人。虽然这些黑人常常最终犯下杀人或其他暴力罪行，但赖特会以细腻的笔触去揭示产生这种悲剧结果的内在社会原因，同时赖特并没有一味将责任归咎于白人的歧视，而是客观地坦露黑人自身的局限性，透视族裔文化中的内在缺陷。在赖特看来，黑人一方面要坚持同白人进行斗争，捍卫和争取自己应有的权利；另一方面也理应重新审视黑人传统文化中的历史遗留问题，并从中寻求改进的方向。

不同时期的黑人形象具有不同的特点。自 1619 年第一批黑人出现在北美市场上作为商品出售给南方的种植园主，黑人族裔就开始了长达几百年的被奴役生活。美国独立战争后，随着美国蓄奴制的确

---

① 钱满素：《美国文明散论》，东方出版社 2010 年版，第 219 页。

立，拥有黑人奴隶在美国成为合法行为。被贩卖到美国的黑人不但失去了行动的自由，思想也受到了控制。但是美国各地的自由黑人受到的待遇与黑人奴隶也没有什么差别，他们享受不到美国的物质财富，更享受不到作为美国公民应有的政治权利。南方的殖民法明确地限制了黑人的自由，其中南卡罗来纳州的黑人法典中就有关于限制黑人选择行业的明文规定。在南卡罗莱纳州黑人只允许根据劳动合同在种植园的土地上从事耕种，不可以从事医务、艺术、工商业及其他行业或职业。无论是自由黑人还是黑人奴隶，在生活上几乎处处没有自由选择的权利。黑人的反抗斗争一直时有发生，但都被白人残酷地镇压下来。在美国内战发生之前更多的黑人选择顺从地听命于白人。19世纪现实主义作家比彻·斯托夫人的小说《汤姆叔叔的小屋》中的"汤姆大叔"这一文学形象便成为忠厚、老实、逆来顺受的黑人形象的典型代表。

自斯托夫人《汤姆叔叔的小屋》首次发表以来，其对社会的刺激性影响延续了一个半世纪之久。小说中的汤姆"身材魁梧"，"善良又仁慈"，最初在奴隶主亚瑟·谢尔比家里勤勤恳恳地劳动。让人没有想到的是，亚瑟遭遇债务危机，决定变卖黑人奴隶来解决经济问题。汤姆就是被卖的黑奴之一，他内心极不情愿离开，他一旦离开就意味着要长时间地远离妻儿，再也没有人给他熨烫衣服，没有人给他缝补袜子上的漏洞，再也不能跟儿女们嬉戏，代之而来的将是顶着南方的烈日在奴隶主的种植园中辛勤地劳作，拿着与他汗水极其不相符的微薄工资，遭受种植园监工的毒打，以及在黑暗中感受对妻儿无尽的思念。而且，不光是他本人，留在亚瑟家的妻子和孩子也会失去丈夫和父亲的依靠，需要相依为命并承担起整个家庭，尤其是他们不知道未来相见的日子会在何时。即使如此，汤姆也没有请求亚瑟把自己留下来。汤姆兢兢业业地为亚瑟做事情，被卖掉的时候也只是平静地接受。可见汤姆在身份上主动承认了自己就是白人的奴仆，要为白人奴隶主分忧，这是长期受白人压迫的黑人对自我的放弃。妻子担忧南方的环境太辛苦的时候，他反而劝慰妻子"上帝无处不在，包括那里，所以，不要瞎想，情况没那么糟"。这种对不公正的苦难所做出的自我化解，使得汤姆的善良已经成为一种事实上的软弱。他的不反抗不仅给自己带来日后的灾难，也让爱他的妻儿陷入痛苦，生活也会更加艰难。在多年的奴隶生活中，他早已习惯了听从白人奴隶主的吩咐，他早已放弃了自己的权利而遵从奴隶主的利益选择。

作为早期美国黑人形象的代表，汤姆大叔一生都在一心一意地为白人工作。在亚瑟·谢尔比的农场里的日子应算是汤姆最幸福的时光，妻子勤劳能干，不仅要在农场里做活还要照顾家人，每天早起给汤姆叔叔和孩子们做早饭，还要洗衣、缝缝补补，孩子们还小却都很懂事，虽然日子过得辛苦，但却是温馨的家庭生活，一家人一起面对贫困，一起享受简单的食物。汤姆大叔的内心也渴望让家人过上更好的生活，但是，由于传统的影响与白人的奴化教育，汤姆天真地认为黑人就应该老老实实替白人做事，甚至认为黑人理应世世代代听命于白人，这样愚昧的见识导致他不可能清醒地认识到自身的处境，更不会为自由而提出抗议，遑论反抗和斗争。在精神层面上，汤姆大叔是一个虔诚的基督徒，他在圣经中寻求安慰，以解决奴隶制给自己带来的鞭笞之苦和精神上的迷茫。他的善良已经成为一种软弱，作为一家之主，他不能选择陪伴在妻儿身边，而要听从奴隶主的安排，任由白人把他当作商品一样挑来选去地买卖。他从不去想黑人和白人应该具有平等的权利，共同分享上帝赐予的资源。汤姆虽然也渴望自由，但他没有付出实际的行动，没有为自己争取自由而奋战。詹姆斯·韦尔登·约翰逊在其小说《一个前有色人种的自传》中直言不讳，"他从来都不是汤姆叔叔的崇拜者，也不是那种善良的人；但他相信，有很多黑人和汤姆一样蠢，因为他们在种植园劳动创造的收益是在筹集军费，以使白人更好地奴役黑人在种植园劳动"。①

汤姆大叔的悲惨结局不仅仅是他一个人的悲剧，也是许许多多黑

---

① Johnson, James Weldon, *The Autobiography of an Ex-colored Man*, Penguin Books: 1990, p. 112.

人奴隶生活的真实写照。美国黑人受到白人歧视，他们被剥夺了选择生活方式的权利，没有人身自由，没有接受教育的权利，也没有自主选择工作的权利。虽然同样是人，但是白人却远没有给予黑人同样的尊重。当黑人被放在台子上任由白人奴隶主挑选的时候，他们是被当作一种有力气、会说话的劳动工具。长期的压制与非人的待遇，使黑人不得不在困境中寻求生存下去的方法，而很多意志薄弱、见识短浅的黑人，选择了甘心接受为奴的命运。"汤姆大叔"式的黑人把每一个赎买自己的白人当作主人，一心一意地为主人操劳卖命而毫无怨言。白人奴隶主在选择将他们出卖甚至拆散他们家庭的时候，他们都不会请求留下来，也不会选择逃跑。像汤姆大叔一样，长期以来形成的黑人奴性使得他们选择把悲伤留在心里，选择顺从主人。在黑人族裔里这样大范围出现的奴性心理是白人对黑人长久的严酷压迫和虐待的结果。

显然，"汤姆大叔"式的种族心理并不能解决黑人的实际问题。汤姆大叔的委屈求全并没能给自己带来幸福，相反，在经历了三次被贩卖之后，他遭到了命运最残忍的考验。尽管他有着健壮的体魄，但汤姆大叔仍没能躲避被虐待致死的命运。黑人为求暂时的安全而对白人逆来顺受，也许可以获得暂时的安稳，但却不能改变黑人族裔长久被奴役的命运。也正是因为"汤姆大叔"式的黑人的存在，白人才更加鄙视黑人种族的懦弱，更加把他们当作会说话的劳动工具。黑人的逆来顺受让白人误以为他们没有自己的思想，不会思考，只会接受白人的指令，白人需要对他们的一切进行掌控才能做好事情。因此，消除白人对黑人的种族偏见，既需要建立完善的法律制度，更需要广大黑人对自身奴性的祛除。

既是杰出的黑人领袖，又是极具影响力的黑人作家杜波依斯出生于1868年，此时美国国内的南北战争已经结束，奴隶制在表面上也已经废除。这为他后来成为美国历史上第一个黑人哲学博士提供了有利条件。当时他居住在马萨诸塞州大巴林顿城。北方长大的他到南方的菲克斯大学求学，这是他亲身接触南方种族迫害的开端。随着杜波依斯对南方美国黑人社区生活的了解，他开始注意美国的种族问题，并日渐成为 20 世纪初期的黑人运动领袖之一。杜波依斯的"双重意识"最早在 1897 年的《大西洋月刊》发表的文章《黑人的奋斗》中提出；1903 年，杜波依斯在他的著作《黑人的灵魂》中对此进一步加以阐释。杜波依斯在书中指出："美国黑人戴着面纱出生，对美国这个世界天生具有超人的眼力——这个世界并不给他真正的自我意识，只允许他通过揭示出的另一个世界来看他自己。这是一种奇特的感觉，这种双重意识，这种永远通过别人的眼睛来看自己的感觉，用怀着怜悯与蔑视的、冷眼旁观的世界的尺度来衡量自己的灵魂的感觉。他永远感受到自己的双重性，自己是一个美国人，也是一个黑人；两种灵魂，两种思想，两种互不妥协的追求；在一个黑色身躯中有两个互相战斗着的理想，只有他的顽强力量才使他没有被撕碎。"①

　　"双重意识"将更多的注意力放在美国黑人成长与发展过程中的自我意识问题上，表现出黑人对于自身生存状态与社会地位的反思。"双重意识"主要涵盖两方面的问题：其一是黑人如何看待自我。到 19 世纪末，美国白人对黑人的误解已久，白人用自己的眼光看待黑人、定义黑人，而黑人受到这一话语系统的影响，接受甚至认同白人的观点，从而错误地认识自我与种族。其二是"双重意识"也旨在探讨黑人如何在美国生存的问题。黑人在美国受到白人的种族歧视，黑人不能与白人共享美国的物质资源和社会资源，因此也很难融入美国社会中。自由与融合相互依赖，不可分离。融合的实质在于权利分享——在教育、住房、就业等各方面平等地分享机会。② 黑人处于白人的奴役控制之下所产生的效应，使得黑人在奴隶制废除后的地位依然处于劣势，无法得到白人社会的平等接纳，黑白之间依然存在界限

---

① Du Bois, W. E. B., *The Souls of Black Folk*, New York: Bedford, 1997, p. 5.

② King Jr, Martin Luther, *Where Do We Go from Here: Chaos or Community?* Boston: Beacon Press, 2010, pp. 63 – 64.

分明的隔阂。几百年在美洲的生活，使得黑人渴望在美国得到更多的权利，渴望白人占主导地位的美国社会消除种族隔离制度，不再有种族歧视存在。"双重意识"是一种矛盾心理，是一种奇特的感觉，双重意识总是让人通过别人的眼睛看世界，以看似轻松的蔑视和怜悯，衡量一个人灵魂中的自我。

面对美国多年来奉行的种族隔离与种族歧视政策，面对已经形成社会风气的不平等待遇，黑人既想保留住自我，又想融入与自己差异巨大的白人社会，而"双重意识"正体现了美国黑人在自我身份构建的过程产生的迷茫。斯皮瓦克和霍米巴巴认为，"身份是一种主体间的，演现性的行动，它拒绝公众与私人、心理和社会的分界。它并非是给予意识的一种'自我，而是自我通过其他领域——语言、社会制度、无意识'——进入意识的"。① 在杜波依斯提出"双重意识"之后，"双重意识"得到黑人问题研究学者的广泛关注和引用。"双重意识"涉及的黑人问题，实际上是美国黑人在白人社会中努力生存时经常会遇到的困境。黑人评论家尼克·阿伦·福特在谈到黑人的文化身份时说道："每天我都会被提醒我是一个黑人，我并不需要有意去寻找能够提醒我身份的东西：它们会自然地被强加于我。我到处都会受到提醒：在加油站、在商店、在医院、在银行、在邮电局、在剧院，甚至于在教堂。"② 这一论述，既深刻揭示了种族主义在美国的无孔不入，也表明黑人挣脱歧视牢笼之艰难。

面对"双重意识"的困境，美国黑人需要面对文化身份的思考。乔纳森·卡勒指出："在身份的建构上，文学提供了丰富的材料来解说那些复杂的政治和社会因素。"③ 文学成为这一时期美国黑人思考自身的重要武器。面对纷繁复杂的社会现状，黑人作家在作品中展现

---

① Chambers, Iain and Curti, Lidia, *The Post-colonial Question: Common Skies, Divided Horizons*, London: Routledge, 1996, p. 12.

② Chase, Richard, *American Novel and Its Tradition*, Baltimore: Johns Hopkins University Press, 1980, p. 1753.

③ Culler, Jonathan, *Literary Theory*, New York: Oxford University Press, 1992, p. 112.

了不同的选择。20世纪非裔美国文学中较有影响的作家及其作品都有关于黑人对文化身份的探寻。这一时期较有影响的小说中体现的黑人身份倾向主要以坚持"黑人性"和"融入"白人社会为主。坚持"黑人性"的小说中的黑人主人公发扬黑人族裔文化，以黑皮肤为荣，热爱黑人同胞。而那些主张积极"融入"白人文化的黑人则希望通过自己的努力提高素养，渴望白人社会放下种族歧视观念接纳自己及黑人种族。在这两者之外还有另外一种黑人，他们希望在继承黑人传统文化的同时也吸纳白人的文化，从而构建一种新的美国黑人身份。

黑人在美国的生活是艰难的。美国黑人"仅仅希望有可能使一个人既是黑人又是美国人，不受同胞的诅咒和唾弃，而不至于让机会之门在他面前砰然关闭"。① 美国黑人是美国人，但又因其黑肤色或黑人血统而被排斥在美国主流社会以外。主流社会要求黑人遵循美国价值观，又阻止黑人享受物质利益和社会利益。20世纪上半叶，美国白人对黑人的歧视依旧严重。美国黑人在教育、就业和医疗等生活各方面都得不到平等的待遇，在基本的生活得不到保障的情况下，美国黑人的经济处于贫困状态。他们被剥夺应有的受教育的权利，导致大多数黑人只能从事低级的工作，挣微薄的工资，在贫民窟过着贫困的日子。"现在，我的人，也就是我们农民来到城市，这就是说，我们和它的价值生活在一起。部落旧的价值观念和新的城市观念之间存在着冲突，令人困惑。"② 这样的生活无疑令广大黑人极为不满。黑人作家们用手中的笔表达自己的满腔怒火，揭露社会对黑人的不公待遇，抗议白人的种族歧视，用活生生的案例来控诉种族歧视把美国分成两个世界，而黑人生活在炼狱般的低等世界里。

正如黑人桂冠诗人兰斯顿·休斯在其自传《大海》中所阐释的那样：在黑人心灵深处有一种神秘性，一种自发的和谐。"黑人是把美国与纯朴大自然连接起来的伟大纽带，黑人心灵中有一种奇异的东

---

① Du Bois, W. E. B., *The Souls of Black Folk*, New York: Bedford, 1997, p. 246.

② 托马斯·勒克莱尔：《语言不能流汗》，少况译，《外国文学》1994年第1期。

西，蕴含着精神的力量和自然的和谐，可以为西方世界提供珍贵的东西。"① 美国黑人在美国一直在寻求一种生活方式。他们来自非洲，有着与白人不一样的社会文化，宗教信仰，以及生活方式。尽管他们渴望在美国获得舒适的生活，但是他们始终没有完全融入白人的生活。这一方面是由于白人不会允许黑人完全融入他们的生活，白人种族主义有效地阻止了黑人完全融入白人的文化中去；另一方面是由于有着黑人种族特有文化的黑人无法放弃自己的种族文化而融入另外一种全然不同的文化中去。

随着非洲独立运动的蓬勃发展，黑人种族的自豪感逐渐增强。杜波依斯对非洲的发展做出过这样的评价："白人从非洲撤出就像任何其它社会巨变一样，这会给非洲带来困难甚至资金匮乏，但是从长远看，黑人将会得到尊严和创造力，并且会像比利时和法国以及其他国家一样取得独立和自由。"② 随着非洲国家的独立，黑人种族的国际地位逐步提高。在美国黑人种族聚居区的形成推进了黑人种族意识的发展。有"黑人文艺复兴运动的联络官"之称的阿兰·洛克，是非裔美国文学史上一个重要人物。他认为美国黑人与其说在事实上，还不如说在名义上是一个种族，或者准确地说，与其说在经历上还不如说在情感上是一个种族。他们之间的纽带是所处的相同环境，而不是一种共同的意识；是一种共同的问题，而不是一种共同的生活。马尔科姆谴责"白人书写历史著作时，黑人总是被丢弃在一边"。③ 马尔科姆曾提出，黑人进一步要做的事情是提高自己的种族认识，应该注重传承本种族的传统文化，发扬黑人种族的悠久文明。

黑人在美国的艰辛生活，让他们不能不对白人保持警惕。杜波依

---

① Hughes, Langston, *Autobiography*: *The Big Sea*, Columbia: University of Missouri Press, 2002, p. 79.

② Weinberg, Meyer, *The World of W. E. B. Du Bois*: *A Quotation Sourcebook*, Westport: Greenwood Press. 1988, p. 125.

③ Malcolm X. and Haley, Alex, *The Autobiography of Malcolm X.*, New York: Ballantine Books, 1992, p. 268.

斯的双重意识反映了美国黑人对自身在美国的矛盾地位的某种认识，即阻止美国黑人融入白人社会的最重要因素之一是白人的种族歧视制度。黑人清醒地知道"直到现在我们仍旧是奴隶，我们是工业的奴隶，我们是社会的奴隶，我们是政治的奴隶，而现在黑人希望得到没有界限没有限制的解放"。[①] 长期以来，恐惧心理一方面拉开了黑人与白人的距离，另一方面则对黑人种族取得相对独立起到了积极的推动作用。

作为美国的公民，黑人希望能与白人比肩前行，共同追寻美国梦，在平等的制度下去实现自己的理想。"文化和种族一样，从本质上讲没有贵贱优劣之分。不过，当两种或两种以上的文化在同一社会背景下相遇，却可因各自的经济、政治实力和影响力的差异而形成强势文化和弱势文化的区别。强势文化往往会强化现存社会的政治、经济结构，并凭其有利的地位，对弱势文化发起一轮轮的冲击。"[②] 虽然黑人在白人的不公正待遇下勉强生存，但黑人文化的发展没有停滞不前，自 19 世纪中期以来取得了长足的发展。以白人评论家公认的 20 世纪前期最为成功的两位黑人作家保罗·劳伦斯·邓巴和查尔斯·米德尔·切斯纳特为例，前者作为第一个具有艺术成就的黑人作家，开创了运用美国黑人口语进行创作的传统，同时他对城市底层黑人的关注拓宽了黑人艺术创作的题材；后者关注种族问题，善于挖掘黑人民俗，展示了黑人民间素材的丰富多彩。他们的创作为哈莱姆文艺复兴时期非裔美国文学的发展指明了方向，为其被美国主流社会所接受奠定了基础。到了 20 世纪哈莱姆文艺复兴时期，黑人文学家开始用"新黑人"的形象传达出黑人对自身身份的定位。兰斯顿·休斯对美国黑人文化的独特性予以充分肯定。他以诗歌书写黑人的苦难，而且毫不讳言自己的

---

①　唐大盾：《泛非主义与非洲统一组织文选（1900—1990）》，华东师范大学出版社 1995 年版，第 205 页。

②　王守仁、吴新云：《性别·种族·文化——托妮·莫里森与美国二十世纪黑人文学》，北京大学出版社 1999 年版，第 26 页。

诗歌大都"带有种族性"。以休斯为首的哈莱姆文艺复兴时期的黑人作家都意识到黑人应该认清自己，正确对待自己种族的问题。黑人的存在感不能完全依靠美国来解决，黑人自己要努力地去争取。从非洲大陆到美洲的三百年间，大部分的传统文化都是依靠黑人间的口口传授遗留下来。为了更好地认清自己，黑人需要从黑人祖先在非洲大陆的文化溯源而起，从根源开始探寻属于黑人的文化身份。黑人从非洲到美洲，跨越的不仅是地域，也是两种文化。由于黑人在美洲受到白人的严格限制，普遍受教育程度很低。他们对语言的习得并非来自课堂或教师，而是来自生活及生产劳动过程。某种程度上，恰恰是白人对黑人的限制使黑人保留非洲文化成为可能。

"新黑人"向白人种族优越、黑人种族低劣的种族主义理论发起了挑战，指出"种族问题的棘手与其说是黑人的实际情况，不如说在于白人的心理态度"。[1] 作为哈莱姆文艺复兴向芝加哥文艺复兴过渡时期的作家，赖特秉承了之前的文学传统。他的作品取材于真实的黑人生活，力图用他的笔触描画出黑人艰辛又无奈的生存状态。在《土生子》中，赖特掀开了美国大城市的假面具，让人们重新认清种族主义给黑人带来的不公及造成的艰难。在他的自传式小说《黑孩子》中，赖特揭示了美国南方城镇中黑人的非人生活，他们吃不好却做最累的活儿，做得不好还会被虐待，黑人在这里被排斥，成为"局外人"，同在美国的土地上生活却无法同白人一样追寻同一个美国梦。《黑孩子》中赖特提到自己曾经拥有的美好理想，但活生生的社会现实带给他的只有失望，最后他愤而走上用笔做武器的反抗之路。如果白人在内战后像承诺的那样还给黑人自由，支持黑人族裔的发展，不用种族隔离等制度来歧视黑人而是共同享受美国的文化和资源，黑人也会在追寻美国梦的路上留下自己的脚印。《土生子》的主人公别格·托马斯曾经也有自己的理想和抱负。他渴望成为一名飞行员，

---

① 黄卫峰：《哈莱姆文艺复兴研究》，外语教学与研究出版社 2007 年版，第 383 页。

"要是给我机会，我也能驾驶飞机……上帝，我真想在那边天上飞"。① 对于他的理想，甚至连他的同伴也觉得可笑。同伴们对于别格的理想的反应是，"要是你不是黑人，要是你有钱，要是他们让你进那所航空学校，你也能驾驶一架飞机……等你上了天堂，上帝给了你两只翅膀，那时候他就会让你飞了"。② 在一个健全的社会，像别格一样向往蓝天的黑人孩子本来可以有机会实现自己成为一名飞行员的梦想，不用为学费愁苦，不会因白人的歧视而被挡在门外。但是，别格及其朋友们清楚地知道他们自己的生活境地是多么的无助。别格和朋友们在被歧视与被压迫的环境下成长，他们的内心有着青少年不应有的自卑与胆怯。他们的心理在种族压迫之下逐渐发生着扭曲。当他们在黑人中时自卑与胆怯都只是模模糊糊的存在，但当他们接触白人时，一切都开始放大，自卑成为他们在白人面前恭顺的样子，胆怯成为他们明知白人不公却又不敢声张的恐慌神情。别格讨厌和憎恨自己，但却无法控制自己。憎恨和恐惧是如此强烈，当别格还小的时候父亲就死在白人的手里，致使别格从小就对白人感到恐惧，即便长大后，恐惧感也始终伴随着他。③

当别格的家人劝他去白人道尔顿家里当司机时，他百般不愿。他不愿与白人接触，尽管他知道自己怎样做可以取悦白人。正是由于黑人明确无误地感觉到白人对自己的漠视，对自己的不公，才会有别格这种希望能逃避与白人接触而不触发内心的悲观与痛苦的心理。但是生活没能给别格更多的选择，迫于生活的困苦，他不得不伪装起来，做出恭顺的样子，就像白人所期望的：做一个没有思想、没有自主意识、没有反抗精神的黑人。

别格失手杀死玛丽是由于黑人被白人长久地排斥在美国主流生活

---

① 理查德·赖特：《土生子》，施咸荣译，译林出版社 2008 年版，第 18 页。

② 同上。

③ Joyce, Joyce Ann, *Richard Wright's Art of Tragedy*, Iowa City: University of Iowa Press, 1986, p. 56.

之外和黑人普遍对白人的恐惧感造成的。他清楚地知道如果被发现玛丽死于他的手里，自己难逃一死，所以在惊慌中选择了毁尸灭迹。他的种种极端、残暴的行为实际上有其社会根源，小说名为"土生子"，暗示别格即是美国社会土生土长的人物。小说的情节反映了其"抗议"的性质，面对歧视和排斥，黑人的身心承受着极大的痛苦，他们在抗争，但同时也发出警告，若是种族主义继续猖獗下去，黑人会"反击伤害的"。这同时暗含了赖特以及普通黑人想融入主流社会但却遭遇断然拒绝之后而产生的愤怒之情。

别格被认为是新黑人的代表、存在主义式的英雄、悲剧人物、现代反英雄、环境的产物和野蛮的黑人原型的再现等等。① 别格是白人眼中的"坏黑鬼"，他在两起命案中使用的手段的确让人不寒而栗，但他短暂的人生轨迹透露出来的对人生的无助，对家庭困苦的无力，对社会不公的愤恨更让人同情。欧文·豪认为："《土生子》是对白人的迎头一击。它迫使每位白人认识到自己就是压迫者。"② 透过别格的故事，赖特向读者阐释的是造成黑人不幸处境的原因来自社会。同时，作者掀开美国大城市的光鲜外衣，让我们看到生活在大城市角落的贫民窟中黑人的真实生活。赖特用《土生子》向美国社会发出抗议，同样身为美国公民，黑人的权利不应当被无视，黑人的存在不应当被无视，一切种族歧视与种族隔离制度都应该被彻底消灭，被歧视的黑人不会永远躲在墙角哀怨。根据贝尔在《非洲裔美国黑人小说及其传统》中的资料显示："20世纪40年代，美国黑人文学界共出版了28部小说，其中近一半的小说带有《土生子》的影响痕迹。"③

① Butler, Robert, *Native Son. The Emergence of a New Black Hero*, Boston：Twayne, 1991, p. 23.

② Marowski, Daniel G. and Matuz, Roger eds, *Contemporary Literary Criticism*, Detroit：Gale Research Company, 1988, p. 15.

③ 伯纳德·W. 贝尔：《非裔美国黑人小说及其传统》，刘捷等译，四川人民出版社2000年版，第205页。

虽然别格最终没能找到解决问题的途径，但他的内心开始萌发出不同于"汤姆大叔"式的忍气吞声的黑人的想法。

《土生子》在白人和黑人中间都产生了很大了影响，尤其是"坏黑鬼"的形象开创了非裔美国文学中一个历史性的新纪元。赖特在看到读者对《汤姆大叔的孩子们》的反应时，他意识到自己犯了一个极其天真的错误，他发现自己写的书连银行家的闺秀们也会去读，甚至会为之掉泪，并感觉良好。于是他发誓日后的"小说要写得冷酷而深刻，读者必须直面这部书，毫无泪水的慰藉"。①

白人称别格是"坏黑鬼"，原因是他残忍地将白人小姐玛丽·道尔顿窒息致死，而后将其头颅割了下来，最后焚尸灭迹。单单看这一件事情，别格无疑是一个大恶人，任何人都没有剥夺另外一个人生命的权利，而别格不但杀死了一个手无寸铁的女人，并且还用极其残忍的手段毁尸灭迹，其场面之血腥、恐怖实在令人发指。但仔细思索不难发现，这是通常情况下人们的惯性思考，然而，对于一个黑人青年来说，在什么前提下，并且在多大程度上他才能做出这样的决定呢？别格最初并不是有意要伤害玛丽，他害怕道尔顿夫人看见自己在玛丽小姐的房间会给自己带来处以私刑的惩罚而想捂住醉酒说话的玛丽的口，情急之下用力过猛，失手杀死了玛丽。别格对白人的恐惧在他意外杀害了玛丽之后发生了变化，他试图掩藏自己杀人的真相暴露后，整个芝加哥甚至整个美国都震惊了，他们没想到黑人有这样的残暴，没想到黑人有这样的头脑。白人对黑人感到害怕，大规模警力对别格进行搜捕，而这非但没有令别格感到害怕，反而让他感到从未有过的激动，甚至兴奋不已。这是因为一向被白人歧视的他，作为一个被白人世界视而不见的黑小子，终于有了真正的存在感。尽管别格犯下了不可饶恕的罪行，也令自己失去了生命，但恰恰是这种行为"实际上是向整个白人社会敲响了警钟"。②

---

① Wright, Richard, *How was Bigger Thomas Born*, New York: Harper & Row, 1966, p. 9.
② 李公昭：《20 世纪美国文学导论》，西安交通大学出版社 2000 年版，第 16 页。

当别格杀死玛丽后，他"坐在车上，眼望着人行道上的黑人，心里觉得，要消除恐惧和羞耻只有一个办法，那就是使所有这些黑人采取一致行动，统治他们，告诉他们怎么做，并要他们去做"。① 虽然这一想法只是"他模模糊糊地觉得"，但我们可以看到别格的心理发生了转向，他不再对白人感到恐惧，不再不停地寻找自我在他人眼中的感觉。他开始期待有一个强有力的黑人领袖出现，带领黑人同胞共同努力消除黑人心中对白人的恐惧和自身的羞耻感。这时别格已经意识到黑人对白人的恐惧心理是不应有的，也意识到自己对自己的否定是不正确的，但这种想法仅仅停留在潜意识的层面，他还没有找到那个尚且模糊的方向。

赖特"从小在充满敌意的环境长大，深感自己是受歧视的黑人，又是'弃儿'和'局外人'，对社会、对周围的白人世界既恨又怕"②，所以他深知黑人对白人的恐惧感。在别格失手杀害了白人玛丽小姐后，他从惧怕白人的阴影中走出来。为了避免自己被白人发现，他巧妙设局，让大家误认为是玛丽的男朋友——共产党员简绑架了玛丽，他生平第一次感受到了作为一个人的自由，可以主导自己的想法，可以让白人像无头苍蝇一样忙得团团转。别格在这场案件中得到了作为一个人的心理上的满足，他在这场血腥的案件中感受到的从未有过的实实在在活着的感觉。与此同时，犯罪、被追捕的现实催生了他强烈的求生欲望，激发出他对自由平等的渴望。至于别格对女朋友蓓西的情感，也谈不上对爱情的背叛，因为别格显然在心里并没有把蓓西当作真正的女朋友，他们不是因为爱情而走到一起，别格从蓓西那里得到的是性，作为交易提供给蓓西的是酒，这样一种建立在不言说的交易之上的"爱情"实则充满危险。所以，当别格带着知情的蓓西一起出逃的时候，意识到了她的害怕彷徨，于是他选择了保全

---

① 理查德·赖特：《土生子》，施咸荣译，译林出版社 2008 年版，第 129 页。
② 董衡巽、施咸荣、朱虹、郑士生：《美国文学简史》，人民文学出版社 1986 年版，第 331 页。

自己，残忍地杀害了蓓西。他刚刚感受到作为一个"人"生活在这个世界上，这种感觉不同于以往在恐惧和无奈的重压之下的生活。他不想就这样结束自己的生命，不想告别刚刚获得的心理上的自由。别格在心理上获得了极大的突破，他为自由抗争，也为自由不择手段。但是不得不指出的是，别格在长期的压抑下，心理发生了明显的扭曲。他没有珍视陪伴在自己身边的女友，无论有没有爱情，她都是自己的同胞，都有生存的权利。别格爆发出的反抗精神是以自己为中心的，没有顾及身边的人。在他用死耗子吓昏自己的亲妹妹的时候，我们就可以看到他心理的扭曲。由于种族歧视所导致的生活的贫困使别格没有一个温馨而幸福的家庭，贫困和无知主宰了这个普通的黑人家庭。别格的母亲不顾别格的不满，为了生计而强迫他去白人道尔顿家工作，应该说不幸的家庭生活塑造了别格冷漠的情感，别格对生活现状是无能为力的。正如赖特在另外一部作品《黑孩子》中刻画的理查一样，"要想成为正常的、真正的、有我自己个性的人，除了用抵制、反抗、好斗的方法以外，南方还会允许我用什么别的方法吗"？①别格正是从躲避白人走到了反抗白人的方向上来，但是一个人的反抗也只是释放他自己内心的压抑，无法给黑人族裔带来彻底的解放。

作为白人眼中"坏黑鬼"的别格，他暴力、冷漠而又充满智慧与行动力。他的形象一改美国及世界大众眼中熟悉的黑人经典形象——"汤姆大叔"式老老实实、忍气吞声、恭顺听话的黑人。不论是表面上善待黑人的北方白人还是严重歧视黑人的南方种植园主，在利益面前都会出卖黑人。杜波依斯提出关于黑人心理的"双重意识"解释了黑人如何看待自我，如何在美国生存的问题。生活在美国的黑人不被白人认可，更找不到生存的出路，迷失在种族歧视的黑色旋涡里。白人的种族歧视让黑人无法融入美国社会，只能挣扎在社会边缘。别格正是因为受困于身份认知的迷茫，从而对一切都抱有愤恨的心理：

---

① 理查德·赖特：《黑孩子》，程超凡译，长江文艺出版社1985年版，第319页。

对家人的痛恨源于没有能力为家人提供更好的生活，使得他不愿去面对家人；对白人的痛恨源于恶劣的生存环境与歧视；同时，别格又畏惧白人的力量与权势。但是当他采取反抗行为后，他发现白人并非不可战胜。残忍的杀戮场面虽然显得过于暴力，但这正是黑人复仇心理的外化。从这个意义上说，黑人形象从斯托夫人的"汤姆大叔"到赖特的"坏黑鬼"的转变，正表现出随着社会的发展，黑人开始寻求平等地位，反抗意识愈演愈烈的心理。"赖特认为，文学的作用不是使人们置身社会之外去观察和考虑社会生活模式及其含义，而是帮助人们直接进入社会去清除窒息社会的种种丑恶现象。因此，他的作品用直截了当的语言把社会问题（尤其是种族问题）展现在读者面前。"① 赖特细致地描写了别格对白人的恐惧。别格不愿意为白人工作，不愿意接受玛丽小姐的邀请一起吃饭都是由于在成长的过程中强烈地感受到了白人对自己的歧视，特别是别格的父亲惨死于白人之手成为别格挥之不去的梦魇。别格误杀玛丽小姐正是因为他对白人的强烈恐惧，害怕种族歧视下的不合理制度将给自己带来杀身之祸。不仅黑人对白人有恐惧感，白人对黑人也同样有恐惧感。但不同于黑人的恐惧，白人认为黑人没有教养、没有理性的思维，这样错误的传统观念导致白人对黑人的定位不准确，不能正确对待黑人，也不能正确处理与黑人之间的关系。

第三节　伦理政治在赖特小说中的反映

文学与政治的关系，一直是文学研究所探讨的热点。一般认为，政治文化是实现文学伦理政治价值的主要方式。作为文艺形式之一的文学，除其文艺美学价值外，同时还具有更加直观和形象的政治舆论宣传作用，从而构成了政治美学的价值，因而也被视为"意识形态助

---

① 秦小孟：《当代美国文学：概述及作品选读》（中册），上海译文出版社 1986 年版，第 159 页。

手"，被赋予了伦理道德教化与传播某种思想意识的重大作用。无论"文学是人学"的论点是否准确，文学对人的普世关注却是国内外学术界所公认的，因为文学家在创作中给予更多关注的是人与他人、家庭、性别、种族、民族、阶级、社会、国家以及国家与国家、人类与自然等关系。人在由自然存在走向社会存在的过程中，就必然在社会存在的人际关系中形成一定的关系。受生产关系的制约，人际关系在发展到一定程度时就必然会在社会的结构中形成人类群体的各种社会关系和政治关系。

文学是通过其独特的艺术感染力和强大的思想感召力来对社会的进步发挥意识形态作用的，因为文学"自古以来就承担着诸多的伦理道德教化甚或统治意识形态的社会功能"。① 文学的政治价值体现在其意识形态功能在社会结构中的作用，因为"意识一开始就是社会的产物，而且只要人们存在着，它就仍然是这种产物"。② 扛起"抗议文学"大旗的赖特，其作品中蕴含的政治内涵十分丰富。作为一种文化现象，政治通常有两种分支：一是表现社会伦理的"元政治"；二是代表社会群体即利益集团的"权力政治"。前者考虑的是政治的正义性，后者则指权力关系中依托硬权力对国家机器的掌控。显然，除政论性文学、乌托邦文学和反乌托邦文学以外，绝大多数文学作品中所体现的政治价值均在于前者，即作家的文学创作是对伦理政治所做的文学思考。因而，心理层面的政治文化是文学与政治结缘的主要接合部。③

属于文化范畴的政治文化在政治认知、政治情感和政治评价方面影响着人们在政治活动中的政治心理。属于社会科学范畴的政治学文本与属于人文科学的文学文本之间并无本质上的区别。如果人们非要

---

① 董学文、陈诚：《"审美意识形态"文学本质论浅析》，《湖南师范大学学报》（哲学社会科学版）2006 年第 3 期。

② 马克思、恩格斯：《马克思恩格斯选集》（第 1 卷），人民出版社 1995 年版，第 81 页。

③ 胡铁生、张晓敏：《文学政治价值的生成机制》，《山东大学学报》（哲学社会科学版）2015 年第 4 期。

在两者之间做出区别的话，那么就会在公有制与私有制、社会与心理、政治与文学、历史或社会与个人之间，人为地开掘了一道其自身无法逾越的鸿沟。然而，文学文本在本质上具有意识形态的内在功能，由于文学文本在形式上属于寓言层面，因而其象征意义也呈多元化特征。作家通过自身经历及想象力来反观社会结构或历史的集体逻辑关系，通过寓言叙事的方式形成了文学和文化文本，进而构成了作家对历史和现实的集体思考和集体幻想。在文学作品与其社会基础或国家内在动力及其经济基础之间，文学是一种中介性的力量。从中介的概念出发，西方马克思主义学派认为"阐释"有助于打破学科专业化之间的隔障，进而把表面上看似没有任何联系的社会生活中的各种现象联系在一起。阐释也是一种文化符码转换的过程，借助这种文学批评的手段，可以将意识形态与政治之间的相互脱节、宗教与经济之间形成的矛盾、日常生活中的现实与学术研究之间的空场有机地联系在一起，进而使文学或文化批评的中介作用通过阐释得以实现，因为"这些阐释的可能性说明了中介实践对于寻求避免各种形式主义平静而禁闭的文学或文化批评是尤其重要的，这种批评旨在发明不像机械因果律那样粗暴和纯粹偶然的一些方法，以便把文本向文本外的各种关系敞开"。① 属于上层建筑的文学不能脱离物质基础而独立存在，这也是马克思主义唯物认识论的基础。事实上，不唯资产阶级意识形态的重要标志在于将物质作为其概念的基础，无产阶级的意识形态作用也摆脱不了这一运行机制。因而，通过作家的创作和批评家的阐释，原属人文科学范畴的文学就被赋予了政治的意义。

美国内战之前，黑人主要集中在南方种植园里劳动。这主要和南方的经济结构有关。南方的经济以种植园经济为主，种植园主经营大面积的种植园，靠农作物的收成获利。大规模的种植使南方种植园主发展了蓄奴制度来满足大量的人力需求。随着南方种植园规模的扩

---

① 胡铁生、张晓敏：《文学政治价值的生成机制》，《山东大学学报》（哲学社会科学版）2015 年第 4 期。

大，对黑人的需求量也在急剧增长，从非洲贩卖黑人的白人增加了对非洲黑人的跨地域转移。有资料记载，黑人在从非洲到美洲的路途中死亡率非常高，其原因是船上的环境极度恶劣，狭小的空间使肆意滋生的细菌得以泛滥，造成大批的黑人死于途中。健康的黑人在去美洲的途中能活下来是一种幸运，但不幸的是他们还要遭受更多的活着的苦难。

种植园时期的黑人在生活上是极其艰苦的。从黑人离开非洲大陆那一刻起，他们就已经陷入生存困境之中。物质上的贫苦只是他们的痛苦之一。在欧洲殖民者到来之前，非洲大陆的生活已经进入一个稳定期，黑人原本过着幸福、简单的生活，文化上也有了长足的发展。在这种情况下黑人却从非洲被贩卖到美国，被当作劳动的工具在种植园中为白人获取经济利益。美国南方在地理位置上处于亚热带和热带，夏天热浪袭人，黑人每天都在棉花田里耕种，在甘蔗林里忙碌。白人奴隶主只提供给他们简陋的住宿环境和最基本的食物，仅能维持黑人的生存，完全谈不上生活的幸福与否。种植园的悲惨生活是对黑人精神的一种摧残。黑人在种植园的劳动对他们是噩梦一般的存在，他们在劳动的时候会有监工拿着皮鞭在周围监视，监工对他认为表现不好的黑人施以惩罚，对此黑人没有申辩的权利。由于黑人被严格地限制人身自由，他们之间的交流不多，因此黑人斗争都是小范围的，效果也不明显。黑人笃信基督教，他们把自己对幸福的渴望倾注在上帝身上。

美国内战之后，黑人名义上得到解放，表面上获得了自由的身份。但南方整体的经济并不乐观。在战后很长的时间内，南方并不能适应旧的种植园经济已经解体的现实。南方成为北方原材料的供应地，其经济实力明显低于工业化的北方，可以说南方从曾经的极盛时期转入发展滞后的阶段。与充满变革气息的北方不同，美国南方依旧在传统的边缘徘徊，对黑人的歧视在白人中仍很普遍，他们无法正视曾经是自己奴隶的黑人现在可以拥有自由权利的现实。在他们的眼里，白人的优越与生俱来，就像黑人是劣等种族不可改变一样。20世纪 30 年代的经济大萧条使整个美国的经济遇冷，数百万人流落街头，寻找工作，这对南方低迷的经济更是雪上加霜。总统富兰克林·罗斯福于 1938 年宣称"南方问题现在是美国的头号经济问题"。[①] 整个南方的经济环境都是如此糟糕，南方黑人的生活境况可想而知。

面对如此畸形的社会结构，主人公别格的内心是孤独的。埃利奇·弗洛姆认为人类最深切的需要就是克服分离也包括友爱。[②] 别格的父亲被白人杀害了，他的家里还有母亲、妹妹和弟弟，他并没有因为家庭的存在感到幸福。母亲每天都在为一家人的吃住犯愁，这样的生活使别格感到讨厌。一家人挤在一个狭小发霉的房间里，对家里的每一个人来讲都很不便。但即便是这样简陋的房间，有些黑人仍然住不上，这使得别格的母亲满足于现状，不敢有任何其他的奢望。面对待业在家的儿子，别格的母亲劝说他去接受道尔顿提出的工作，否则救济会要停止给他们家提供救助金，那么全家人就没有地方住，也没有饭吃了。其实，别格的母亲希望别格能够到白人道尔顿家工作的原因之一，就是希望一家人可以住好一些的地方，不用像猪一样生存。别格对这样无可奈何的选择感到愤怒，他不知道怎么才能释放心中的怒火，于是他跟母亲顶嘴，对妹妹冷言冷语，用这样的方式排解心中的苦闷。别格的母亲和妹妹对白人的做法并不感到痛恨，她们的头脑中想的是听白人的话，白人提供给什么样的工作就去做什么，还要努力地认真地做。别格的妹妹被别格拿着的死老鼠吓昏了过去，醒过来还惦记着去学缝纫，她不会像别格一样考虑是否喜欢白人提供给她的工作，因为她知道，她早日可以帮家里挣钱，家里的贫困就会有所改善。别格的母亲和妹妹跟别格想法的不同让别格感到无从交流，虽然有家人在身边，但他却是孤独的。别格是个有感情的人，但是却放任

---

① 王晓姝：《哥特之魂——哥特传统在美国小说中的嬗变》，知识产权出版社 2010 年版，第 126 页。

② 芮渝萍：《美国成长小说研究》，中国社会科学出版社 2004 年版，第 212 页。

自己远离家人，独自感受孤独。即使是别格的朋友们，也并不能真正让别格感到开心。他和朋友都意识到白人对自己种族的歧视，但当他抱怨"他们干嘛让我们住在城市的一个角落里，他们干嘛不让我们驾驶飞机，管理轮船"时，别格的朋友盖斯对他说，"嘿，黑鬼，别这么想啦，你会发疯的"。① 尽管别格的朋友对白人的歧视都很愤怒，但是他们却都选择不去思考，把注意力转移到其他事情上。别格的朋友们聚在一起时偶尔会抢劫，但他们都是只对自己的同胞黑人的店铺下手。当别格提起去打劫曾经提过的白人店铺时，大家用各种理由阻止他，最终别格的计划也没能实现。别格朋友的内心里对白人的惧怕和别格的母亲和妹妹一样根深蒂固。他们缺少别格的反抗精神，不敢去挑战白人的权威。别格虽然每天都和朋友们一起虚度，但他们并不能给予别格任何精神上的慰藉。

在论及文学与政治两者之间相关的联系时，《哥伦比亚美国文学史》主编、美国学会前主席埃默里·埃里奥特教授指出："话语不能决定性地表达内容，所以在政治言说中做出的任何结论不一定就属于政治方面的话语，但是，文学作品以激进的政治声明形式出现，却使该类文学作品的性质有助于建立一个更加美好的全新社会。"② 文学具有意识形态层面舆论宣传的内在功能，同时又以虚构方式作为创作的基本途径，所创作出来的文本在形式上属于寓言或神话的层面，因而其象征性意义并非是单一性的。文学家通过自身的经历、丰富的想象力以及科学的推理能力，反观现实社会中的结构或反观历史中人类群体的集体意识，通过寓言叙事的方式创作出具有集体思考与憧憬意义的作品，使文学形成了一种舆论的媒介力量。从这个意义上说，赖特的抗议文学，其背后的政治蕴涵并不仅仅是反抗暴政和压迫，更在于推翻暴政后的建设，在于如何将美国——事实上已经成为非裔美国

---

① 理查德·赖特：《土生子》，施咸荣译，译林出版社 2008 年版，第 150 页。

② Elliot, Emory ed., *Columbia Literary History of the United States*, New York：Columbia University Press, 1988, p. 1076.

人的真正故乡——建设成为真正美好的国家。

　　20世纪初黑人文化在世界范围内得到广泛关注，哈莱姆文艺复兴运动如火如荼地发展起来，黑人的艺术才能开始受到白人的重新认识。来自中产阶级的黑人作家致力于描写生活在美国底层的黑人的生活，他们不再回避描写黑人贫民区的食不果腹的生活及肮脏的居住环境。这时期的黑人作家让作品中的黑人"表现自我，振兴美国黑人文化，寻求以尊严的姿态进入美国主流社会"。[1] 这场文艺复兴运动不仅为美国黑人带来了丰富多彩的文学和音乐，更激发了他们埋藏在心底对自己种族的认同感，增强了黑人反抗白人、获得自由的信念。哈莱姆文艺复兴运动虽是以文学和艺术为主题的复兴，但是参与到哈莱姆文艺复兴中的相当一部分作家都受到黑人反抗运动的影响，使得这一时期的许多作品表现出黑人作家对反抗运动的高度认同。阿兰·洛克认为黑人文学革命的使命是：黑人应该用文学来建构美国黑人的社会身份，黑人文学艺术的使命在于重新阐释和塑造黑人的自我形象。[2] 尽管黑人作家们并没有将战斗的矛头直指白人，但在作品中所宣扬的黑人种族的自豪意识已渐入人心。

　　以赖特为首的"抗议小说"作家受到哈莱姆文艺复兴的巨大影响，普遍以美国底层黑人的悲惨生活为主题，但是"抗议小说"不再单单是为了向美国白人及世界展示真正的黑人生活，也不是为了提高黑人的自豪感，而是为了控诉白人社会的不公正，以及白人对黑人的歧视和压迫。除了黑人作家的努力，还有政治运动在黑人中推进。这一时期，马克思主义及其左翼理论在美国的影响逐步扩大，黑人工会雨后春笋般相继成立，黑人逐渐开始认识到政治权利对自己种族的重要性。不仅如此，随着黑人文化的不断丰富与发展，黑人文学开始出现了明显的自身特色，有了艺术上的自觉，这使得黑人文学不再仅

---

　　[1]　黄卫峰：《哈莱姆文艺复兴研究》，外语教学与研究出版社2007年版，第2页。

　　[2]　Napier, Winston, *African American Literary Theory*, New York: New York University Press, 2010, p. 241.

仅是一种另类的族裔文学——或者说，是黑人文学自身的"新奇感"在逐渐减弱，而本质上的文学性在不断提高，甚至开始影响美国以白人为主导的主流大众文化。应该说，这些都是黑人文学发展的必然内在逻辑。随着黑人文学与艺术的不断完善，美国黑人作为一个种族本身获得了更多的了解和尊重，这是艺术的重大社会功用之一，这一功用促进了民权运动的发展。

　　非裔美国文学最突出的美学特征是隐喻性。隐喻就是以事物间的某种时空的邻近性，特别是以某种抽象形态的相似性为基础，通过广泛的类比作用，构成的隐喻性的表意程序。① 小亨利·路易斯·盖茨在《黑人文学与文学理论》中指出："美国黑人传统中开始阶段就是隐喻性的。在白人统治的社会里，他们不这样就无法生存。黑人是比喻大师，他们说的是一件事，指的是完全不同的另一件事，这是他们在白人文化压抑中求生存的一种基本方式……"② 对生活在白人统治下的"二等公民"黑人来说，言论自由很容易给自己和家人带来意想不到的灾难。黑人在这样没有言论自由，也没有人身自由的社会中找到了一种表达自己的极佳的方式，即采用他们所擅长的隐喻的话语模式，使表面上说的和其隐喻或意指的可能是完全不同的两件事情。在黑人文学传统中，隐喻的使用具有黑人种族特殊的生活方式和特殊的文化特色。例如在《土生子》中，几次出现"墙"的隐喻：别格在道尔顿家认识了在读大学的白人小姐玛丽，后者对别格的关心、帮助令别格感到尴尬，生怕因为玛丽小姐的原因而丢了这份工作；玛丽小姐和她的男朋友邀请别格去饭店更加让别格感到难堪、不自然。在种族隔离的制度下，白人与黑人的公共区间的界限分明，别格在百般无奈下和白人坐在了一张桌子上。玛丽认为自己对别格是善意，但这一"善举"却给别格带来了意想不到的困扰——别格坐在那里，身边

---

　　① 罗虹：《当代非裔美国新现实主义小说论》，中国社会科学出版社 2014 年版，第176 页。
　　② 同上书，第 326 页。

却像有两堵墙，让他感到窒息。玛丽近似于强迫别格一起吃晚餐的行为本身就是对黑人"二等公民"地位的承认。黑人与白人之间不仅仅有种族隔离的分界线，无形的障碍也是阻碍黑人融入美国社会的主因。在这里，"墙"的隐喻不仅表现出主人公内心的困扰，更可视作社会上对黑人的普遍歧视与敌意。在黑与白的二元对立世界中，"白色"的隐喻无处不在，如同巨大的网一样。《土生子》中主人公别格与他的黑人伙伴玩的一种游戏叫作"做白人"：别格和朋友们扮成白人军官和士兵的样子说话，别格和小伙伴们都对白人怀有恐惧的心理，但是内心却又对白人自由的生活很是向往。白人可以当官，可以对别人发号施令，但这样的生活对底层的黑人来说只能是孩子们口中的游戏而已。种族歧视这只拦路虎挡住了贫穷的黑人孩子们成长为一名长官的可能性，种族隔离制度严重损害了黑人孩子们接受更好教育的权利，而即便是教育本身，也更多地带有白人所构建的意识形态色彩，其目的在于为白人的无耻披上合理化的外衣。同时，小说中也有许多白色隐喻，例如玛丽的两只白色的小手，道尔顿太太的"飘荡的白衣服"、白脸、白发与她的白猫这些无处不在的白色将小说笼罩在了白色的压抑与恐怖之下。在这里，无处不在的白色隐喻着社会普遍存在的白种人优越论，这一冰冷的色调更象征着社会氛围的冷漠与顽固。与之相反，黑皮肤的别格代表着千千万万的受压迫的黑人：如果说别格的杀戮、分尸象征着黑人压抑已久的爆发，那么他的死亡本身则带有为种族牺牲的悲剧色彩，激励着黑人族裔更大规模的反抗斗争。

非裔美国文学的现实性值得关注。这里的"现实性"既指叙事本身所具备的写实性与现实主义美学，也强调作品本身的现实意义，特别是其政治方面的贡献。真实的文学才是能打动人的文学，也只有真实反映现实生活的文学才能流传下去，获得人们永恒的赞誉。马克思主义经典文艺理论十分重视和强调现实主义的真实性。马克思和恩格斯主张艺术要从生活中起步，用艺术表现普通人最普通的生活，把生活中的人物重现在文字中，用生活中的真实事件展现现实的问题。艺术作品应当具有现实性与真实性。马克思和恩格斯认为文艺的真实性是指文学艺术将社会生活原原本本地再现出来，以文字的形式将生活及人物真实地刻画出来。作家在展现文艺的真实性时首先要摸清客观现实，能够真实地反映生活的现实场景。作家要客观真实地厘清现实社会关系，揭示生活的本质和规律。作家在作品的真实性方面需要注意艺术描写技巧的生动性，将静态的生活场面动态化。值得一提的是，马克思和恩格斯还强调作品的政治倾向性不能脱离真实。在这里，"倾向性"指的是作家在作品中展现的个人的阶级立场、道德意识、爱憎情感、理想追求等。赖特等"抗议小说"作家以抗诉美国社会对黑人的不公待遇以及唤醒沉默中的黑人奋起反抗，争取黑人种族自身的权利为倾向性。

赖特小说中的美学特征服务于赖特"抗议小说"的本质。赖特小说在美学特征的修饰下，宣扬的是在白人的歧视和压迫下，黑人不会停止抗争，不会停止对黑人应有的与白人平等的权利的争取。"政治权利是每个人向社会赋予他在自然状态中所有的权利，由社会交给它设置在自身上面的统治者，附以明确的或默许的委托，即规定这种权利应用于为他们谋福利和保护他们的财产。这一权利既为每个人在自然状态中所拥有……"① 别格的反抗不只是他一人的反抗，而将是千千万万黑人迸发出的反抗。从这个意义上说，赖特小说中的美学风格与政治内涵是高度统一的，前者是后者在文学实践上的体现，后者是前者形成的背景与内在推动力。

文学的基本价值是文艺美学价值。然而，文学除文艺美学价值以外，还有多层面的价值，或称文学价值的增值。政治学是研究国家理论的一个学科，其价值体现在采用某种形式将社会无法解决的矛盾控制在一定的范围内，使社会能够形成良性运转。文学的意识形态作用

---

① 洛克：《政府论》，叶启芳、瞿菊农译，商务印书馆 2003 年版，第 105 页。

恰恰有助于解决或缓解人类社会中存在的方方面面的矛盾，进而促进社会的有序发展。这个契合点就在于文学的学科包容性，因为无论是从反映论还是从本体论出发，文学作品涉及的领域都是广泛的，政治也在其中。① 尽管就文学是否可以完全与政治脱钩而成为纯粹的"美学形式"这问题尚存争议，但对于黑人文学等少数族裔文学而言，政治性是其不可分割的一部分。正是对政治现状的不满催生了黑人文学中的反抗精神以及冷静的现实主义笔触，而与现实政治的呼应也增进了黑人文学的社会价值。

西方思想史上有着悠久的政治伦理学传统。作为古希腊哲学家亚里士多德所开创的政治学的一个分支，政治伦理关注幸福和德行问题上的涵盖论（统一论）和理智论（分裂论）之间的争论②，并将政治构建的合理性问题与关注个人与整体利益的伦理思辨相结合，以讨论广义上的个人、家庭或狭义上的政府、立法领域上的"至善"为目标。亚里士多德指出"人类所不同于其他动物的特性就在他对善恶和是否合乎正义以及其他类似观念的辨认（这些都由言语为之互相传达），而家庭和城邦的结合正是这类义理的结合"。③ 实际上，在这段论述中，亚里士多德已经暗示了文学作为一种伦理叙事的可能：由于言语是人类本质的特征，因此在表达观念和义理等方面，文学具有先天的巨大优势。现代学者对于文学的伦理属性也有着清晰的认识。文学就其本质而言，如勒内·韦勒克在《文学理论》中所述，乃是一种包含着伦理的叙事，因为"严肃的艺术暗示着一种人生观，这种人生观可以用哲学术语甚至各种哲学体系来加以表述"。④ 由于文学具

---

① 胡铁生、张晓敏：《文学政治价值的生成机制》，《山东大学学报》（哲学社会科学版）2015 年第 4 期。

② 程新宇：《亚里士多德政治伦理的内在张力》，《山西大学学报》（哲学社会科学版）2015 年第 1 期。

③ 亚里士多德：《政治学》，吴寿彭译，商务印书馆 1997 年版，第 8 页。

④ 勒内·韦勒克、奥斯汀·沃伦：《文学理论》，刘象愚等译，江苏教育出版社 2005 年版，第 28 页。

有意识形态层面舆论宣传的内在功能，同时又以虚构方式作为创作的基本途径，因此所创作出来的文本在形式上属于寓言或神话的层面，因而其象征性意义并非是单一性的。文学家通过自身的经历、丰富的想象力以及科学的推理能力，从描绘个人心理意识出发，进而反观现实社会中的结构或反观历史中人类群体的集体意识，通过寓言叙事的方式创作出具有集体思考与憧憬意义的作品，使文学形成了一种舆论的媒介力量，达成内在的伦理需求，或对现有的伦理秩序提出质疑。

对于文学创作来说，伦理政治可以是其最终目的与主旨，而由于文学终究是以塑造人物为主要手段，这就使得通过人物心理因素表达政治伦理要求成为可能。尽管弗洛伊德将人的心理压抑主要揭示为性需求得不到满足，或童年时期所遭受的心灵创伤；荣格将人类的某些心理活动融入更加玄妙的"集体无意识"，这一切都使得文学中的心理描写看似与现实政治并无关联。但是，正如马克思的"人是社会关系的总和"所揭示的那样，任何心理因素都不能完全脱离社会环境的塑造；反过来，心理因素也是促成各类社会现象发生与社会结构调整的内在原因，二者是互相作用的二元关系。从映射关系的角度来看，人物的心理压抑、自我与超我之间的斗争等方面，与社会对个人或某一族群在经济、政治和文化上的压迫，具有隐喻意义上的同构，这也是作家通过个人的经历反映社会现实的基础。胡铁生教授指出《土生子》"由本我达到自我，为现代小说中的现实主义开了先河。特别是在对人的心理机制方面，从社会存在入手，对主人公别格作了深入细致的探索，尤其是在别格的变态心理描写上，赖特一方面跳出了弗洛伊德性本能压抑说的圈子，突出了来自社会的内心压抑的因素；另一方面，又打破了萨特存在主义关于人的'自由选择'理论的局限性"。① 这进一步说明赖特笔下的心理描写不仅仅关乎人格的塑造，

---

① 胡铁生：《社会存在与心理动机——论〈土生子〉别格的人格裂变》，《外国文学研究》1997 年第 4 期。

更包含丰富的政治意蕴。

赖特的小说创作实践可以被视作是赖特政治观念与伦理判断的重要表达方式，值得进行深入探讨。对于赖特来说，其黑人的种族属性与无产阶级的政治立场，无疑使他一方面更多地站在弱者一方，为弱者发声，充分地、真实地描绘社会弱势群体的生存状态，号召弱者的团结与反抗；另一方面对于弱势群体中的一些固有缺陷与顽疾，赖特也并不讳言，并给予了善意的批判。值得注意的是，赖特的伦理政治观念并非一成不变，如果说早期的《大小子》和《土生子》等作品更多地倾向于为黑人族裔发声，控诉白人对黑人的压迫，那么到了后期的《野蛮的假日》以及《长梦》等作品，应该说，赖特已经在相当程度上突破了种族意识的限制，既对原本处于对立面的白人族群予以理解和同情，也对黑人族裔中的败类哀其不幸、怒其不争。赖特的政治伦理是站在弱者一边的伦理，但他绝不是认同弱者自身的全部的价值观，而是从人类社会与历史的整体出发，探讨弱势群体（如退休职工、妓女等）如何与强势群体沟通和抗争，最终获取应有的尊重和权益，并克服自身的内在缺陷，从而求得社会的整体进步。

西方的种族歧视观念由来已久，这与古希腊以来便已根深蒂固的主/客二元观念密不可分：正是由于区分他/我、主/客、高/低、贵/贱的需要，在所谓的文明发展史上，发展相对滞后的黑人自然被视作劣等，而其外貌体征上与白种人的差异则更进一步被种族主义者借题发挥，冠以"人种学"之名对黑人进行"合法"地歧视；一系列种族隔离、街区空间规划等制度的建立，则试图将这种看似稳固的主/客二元关系延续下去。事实上，不止是黑人，任何基督教文明之外的文化都有可能被归纳进这种僵化的二分体系中，遭到毫不留情地打击甚至屠杀：从中世纪的十字军入侵阿拉伯地区，到二战前后多个欧洲国家对犹太民族的驱逐、压迫和屠杀，无不体现出这一主/客二元观念所带来的巨大危害。值得注意的是，这种二分法实际上并非仅仅局限于西方，随着西方现代性在全球的扩张，许多被压迫的民族同样也落入了这一思维陷阱。虽然这些原来被划入"客体"的弱势民族或弱势族群试图"反客为主",但只不过是将原有的关系颠倒过来,本质上并未改变这一不平等关系。实际上,赖特相对早期的作品《大小子》及《土生子》基本仍延续了这个框架,无论是朴实的大小子还是冷酷的别格,他们都扮演着被压迫者的角色,而他们的反抗,无论出于被迫还是有意识地还击,仍然无法摆脱你死我活的对立局面。相比之下,白人在这些作品中依旧占据着主人的位置,既能置黑人于死地,同样也能对死刑犯施以援手。从这个意义上说,赖特在中前期的思想,就小说创作而言,依然受限于西方的二元对立思想。

但是,随着赖特对美国现状及种族问题的思考日渐深入,在他的《野蛮的假日》及《长梦》等中后期作品中,白人与黑人不再是简单化的强/弱二分,而是呈现出一种较为复杂的"镜像"关系。例如在《长梦》中,黑人青年菲希利一家来自一个黑人中产阶级家庭,他们不再像大小子和别格那样生活在社会底层,扮演着被压迫者的形象——恰恰相反,他们同白人一样通过压迫其他黑人获取经济利益,其残酷性与不平等性打破了传统抗议文学中"黑人等于弱者"的思维定式,也表明赖特对于人性有了更深刻的洞察。在《长梦》的世界里,金钱成为控制人物行为、决定人物命运的终极力量,这表明了赖特更倾向于从普遍的经济利益角度去理解人性,而不仅仅是从不同族裔间固有的隔阂与偏见的角度去理解人性。更能体现赖特超越二元对立政治伦理的小说自然是《野蛮的假日》,在这部小说中赖特舍弃了黑人主人公,转而塑造一个出身底层、同周围白人环境格格不入的白人形象福勒。实际上,福勒对于他人的冷漠与虐待,某种程度上恰恰与《土生子》中的别格互为镜像,这一点十分耐人寻味,表明赖特不再简单地把白人视作对立面,而是试图去寻找酿成社会惨剧的根源——即冷酷的权力关系与不平等的资源分配,正是这些因素加深了福勒的生存危机,从而最终导致了暴力血腥的结局。福勒的焦虑心理与暴力倾向,恰恰又是一系列二元对立结构所致,从工作上的在职/

退休，到财富上的富有/贫穷，再到男女关系上的控制/被控制，他本身既是某些关系中的客体，又试图在这些关系中占据主导的地位，这种权力关系既来自他个人的性格特质，同样也来自社会整体的话语结构。

从总体上看，赖特小说中体现出的伦理政治始于展现黑人与白人的二元对立，之后逐渐超越种族、阶级与文化对抗，进而向透视社会权力关系的深层结构迈进。在这一发展过程中，赖特逐渐超越了以往黑人作家倾向于表现白人压迫黑人、黑人奋起反抗的传统模式，而以更加客观、非脸谱化的方式描绘真实的美国底层社会状况，这使得赖特不仅作为黑人作家为黑人族裔贡献良多，同时也对现代社会的诸多问题提出了有益的见解。

英国学者雷蒙·威廉斯在《文化与社会：1780—1950》中指出："从18世纪末的最后几十年到19世纪上半叶这段时间内，一些现在来看非常重要的词汇首次进入英语常用语的行列，或者原本已经普遍使用的词汇在此时期获得了新的重要意义……它们便是工业、民主、阶级、艺术和文化。"[①] 这段论述明确表明，文化作为一个独立概念，实际上是随着资本主义与现代性的发展而产生的，即"包括物质、智性、精神等各个层面的整体生活方式"。[②] 从这个意义上说，文化是人类对社会、经济、政治生活等领域之变革所产生的一系列回应。美国文化以其多样性和大众性风靡世界，对内有着强大稳固的统治力。但就其本质而言，乃是建立在资本主义工业生产的基础上，带有冷酷的资本逻辑，对于历史上长期以来存在的种族歧视等问题采取"存而不论"的默许态度。对于赖特等黑人作家来说，如何用笔做武器，推翻这种看似牢不可破的文化霸权，是摆在他们面前的紧要问题。赖特以其《土生子》《长梦》等一系列优秀的小说作品，塑造了具有行动

① 雷蒙·威廉斯：《文化与社会：1780—1950》，高晓玲译，吉林出版集团有限责任公司2011年版，第1页。
② 同上书，第4页。

力与反抗精神的新黑人形象，以此冲击了美国白人所主导的、以西方为中心的文化观；而《野蛮的假日》等以白人为主人公的小说则具有相当大的突破意义，它表明赖特不再仅仅局限于种族主义的表象，而是试图以白人男性主人公的精神焦虑映射出资本主义社会下被扭曲的人际关系，其锋芒直指美国社会的种种积弊，具有强烈的批判色彩。这表明，赖特一方面作为黑人作家的代表，倡导黑人的权利，探索黑人文学的自身特点；另一方面，其视野并不仅仅局限于黑人种族，随着他理论与视野的丰富，赖特小说的表现题材与手法均有了很大拓展，开始站在更为抽象与全面的高度思考人与社会、人与存在之间的关系。

第三章　赖特小说政治哲学的文本解读

现实主义小说是 19 世纪各种社会文化、政治经济因素共同作用的产物。这类小说主张真实地反映社会现实，真实地反映典型情境中的典型人物。人物的真实可信甚至可以大于情节的真实可信，因为人物是传递思想的载体，要想确保人物的真实可信就必须展示人物性格的复杂性。对于深受马克思主义影响的赖特来说，只有准确地再现黑人群体的物质生活与精神状态，才能在此基础上把握美国社会的运行逻辑与内在危机，进而使更进一步的社会改革、提高黑人地位、弘扬族裔文化成为可能。因此，只有通过文本细读的方式对赖特小说中的人物形象进行阐释，才能更深刻地理解赖特所观察到的美国社会，从政治哲学的高度来理解作为思想家的赖特是如何把握黑人与美国社会之间关系的。

第一节　《大小子离家》对"私刑"的揭露和抨击

美国白人种族主义者发明了各种各样不受法律约束的刑罚以确保种族隔离政策得以顺利而有效地实施。其中最耸人听闻的就是私刑——愤怒的暴徒用以折磨、戕害甚至肢解被害人身体的一种仪式化的行为。"私刑"一词可以追溯到美国革命战争时期南方弗吉尼亚州的查尔斯·林奇（Lynch）上校，他当时通过在人的身体上涂抹沥青、粘贴羽毛来惩罚托利党人。可见，从一开始，私刑就是一种以虐待人身体为目的的惩罚行为。虽然绝大多数私刑都是用枪打死或用绳子吊死，或两者兼而有之。但许多针对黑人的私刑性质非常恶劣，实施者还使用捆在树上烧死、致残、肢解、阉割等身体折磨的方式。关于私刑的数据资料直到19世纪80年代才被记录在案。因为各种原因，实际记录在案的私刑案例远远少于实际发生的事件数目。尽管如此，有关私刑案件的数量还是多到令人咋舌的程度。据统计，从1882年到1950年，有据可查的私刑案件数量是4739起，主要集中在南方，绝大多数受害者为黑人男性。从1882年到1899年的18年中，年平均案件150起，而1892年达到峰值230起。20世纪头30年，年平均案件84起。[①] 尽管美国政府颁布立法限制私刑，民间也有各种组织反对私刑，但收效甚微。

对于美国这个向来以民主和法治自称的国家来说，私刑作为其历史上最惨无人道的国内种族恐怖主义行为之一，是对民主和法制的极大的讽刺。然而，有很长一段时间，这段丑恶的历史就像没有发生过一样，没有受到美国民众应有的关注。直到2000年年初，亚特兰大古董商詹姆斯·艾伦在纽约一个小型画廊展出了68张私刑照片，参观的人群络绎不绝，这才引起了人们对美国私刑问题严重性的重新关注。《纽约时报》发表长篇文章对此进行了评论，接着又发表了社论，声称其画面惨不忍睹，可与德国纳粹分子的大屠杀相提并论。

赖特就是在私刑泛滥的美国南方长大。据报道，在他的家乡密西西比州从1882年到1989年共有539起私刑案件被记录在案。[②] 虽然此类案件通常的起因都是所谓的强奸白人女性，但事实上大多数的私刑案源于盗窃、纵火、辱骂白人或诸如此类的行为。因此，在赖特的作品中，私刑是不可或缺的题材之一，并在作品中起着至关重要的作

---

① Ward Jr., Jerry W. and Butler, Robert J., *The Richard Wright Encyclopedia*, Westport: Greenwood Press, 2008, p. 245.

② Ibid., p. 246.

用。他的诗歌《在世界和我之间》生动地描绘了一次私刑事件以及给围观的黑人所带来的心理创伤。中篇小说《大小子离家》里的主人公因为亲眼看见了自己的朋友被施以私刑而受到心灵重创。别格·托马斯杀死白人女孩玛丽，并将其尸体肢解后焚烧，实际上是对私刑的颠覆性效仿。赖特之所以以文学的方式来触及私刑这一社会问题，原因就在于童年时代的赖特曾对此有过不止一次的亲身经历。赖特九岁时曾目睹几千白人暴徒将一名黑人施以私刑，将他活活烧死后把其尸体肢解。此外还有《黑孩子》中霍斯金斯姨夫因生意做得好而被白人枪杀，以及赖特认识的一个在杰克逊酒店做杂役的朋友雷·罗宾逊因与白人妓女有染而被阉割，这一事件被他写到最后一部小说《长梦》里。

《大小子离家》是赖特收录在《汤姆大叔的孩子们》中的最脍炙人口的一篇中篇小说。在《大小子离家》中，赖特以一个黑人小伙子的视角，准确地展示出美国黑人所遭受到的不公正待遇，并通过人物的命运起伏，表现出黑人种族在面对苦难枷锁时的不屈精神。因种族歧视，主人公大小子及其伙伴遭遇到许多本应避免的厄运。出于孩子的天性，四个小伙伴在天气晴朗的日子逃学到森林中玩耍。文中提到，白人老头哈维是不允许黑人在自家的水塘游泳的；大小子的黑人小伙伴波波就曾经因为在那游泳，差点被枪射死。但是孩子们无法抵制游泳池的诱惑，于是脱光衣服，痛快淋漓地游了一阵子。游完之后，他们仰卧在美丽的池塘边，一边晒太阳一边欣赏蜂蝶飞舞。当大小子和他的三个小伙伴想从树下拿回自己的衣服时，却无意间惊吓到了白人女人伯莎。伯莎的男友吉姆听到了女友的尖叫声后，不问青红皂白，更确切地说，他根本没有给这群黑人孩子们一个开口说话的机会，而是像"猎杀兔子"一样扣动了扳机，结果其中两个男孩儿巴克和莱斯特当场死在吉姆的枪口下。在白人看来，黑人就是比他们低等的种族，黑人没有权利和他们一样享用公共资源。在黑人威胁到白人安全的时候，就应该格杀勿论。出于自卫的本能，大小子打死了吉姆，使得波波和他本人有机会逃生。逃回家后，大小子的家人决定让他第二天早上搭乘他父亲的朋友山德斯之子威尔的货车逃离这里。为了等到第二天早上，大小子带上了妈妈做的干粮藏到了自己和小伙伴在山坡上挖的洞穴里面。在遭遇了毒蛇的恐吓后，大小子又亲眼看到了自己的朋友波波被白人找到并处以私刑痛苦而死的全过程。在度过了痛苦的一夜之后，大小子成功地逃离了这个可怕的地方。大小子和他的家人之所以没有选择报警或其他公开的方式来处理这个事情，而是选择逃跑，正与当时畸形的社会制度有关：因为黑人知道如果他们伤害了白人，不管出于什么原因，他们都将是法律制裁的对象，以及最终意义上的事故承担者。

在美国历史上，私刑的主要对象是处于受压迫、受歧视地位的黑人，其中绝大多数是黑人男子。私刑在不同的历史时期有不同的形式和理由，但始终不变的一点就是，私刑总是或在绝大多数情况下与黑人男子对白人女性的性侵犯指控联系在一起。躲在山坡上的窑洞里，大小子亲眼看见了黑人小伙伴波波是怎样被白人施以私刑活活烧死的，他感到了前所未有的恐惧。"他第一次看清了波波，一个在火光中闪动的黝黑的躯体。波波挣扎着，扭动着；那些人在捆绑他的手脚……一阵颤抖的尖叫传来，他知道柏油倒在了波波身上。暴徒们向后退去，只见一个淋满柏油的身体扭动着，翻滚着……一团红白色的羽毛盘旋着，越来越大，像一阵疾雪，被风吹进夜空。火苗高高蹿起，跃上了树梢。又一阵尖叫传来，大小子浑身哆嗦地注视着……他看见黄色的火焰中晃动着一个翻滚扭动的白团，听见了声声尖叫，一声盖过一声，一声比一声尖利，一声比一声短促……此时大小子已经失去感觉，不知恐惧了，只觉得麻木、空虚，仿佛全身的血都已被抽光。"① 不仅如此，白人暴徒在大小子家找遍了所有的屋子也没有发现大小子时，他们竟然放火烧了整个房子，在谈及黑人时他们扬言应

---

① 理查德·赖特：《大小子离家》，史永红、朱庆译，《译林》2009 年第 5 期。

该把全国所有的"黑杂种"都烧光。赖特以简单质朴的语言,展现了白人对黑人令人发指的摧残和迫害。

　　具有讽刺意义的是,小说以四个黑人孩子的歌声开始,他们欢快地唱着,在草丛中嬉戏打闹,四个孩子的天真与梦想跃然纸上。文中出现的歌词能够反映出黑人们对美好生活的诉求,例如"四号火车开走了!挂满了六节车厢!沿线全速开去。开向北方,主啊,开向北方";又如"七号火车开走了!是去北方的。一路闪耀着奔驰而去。主啊,总有一天我也要去北方。我也要去,兄弟。他们说在北方有色人种拥有和白人平等的权利"。① 大小子和小伙伴们用光着的脚跟敲打着草地,唱着看似天真的童谣,然而童谣的背后是美国残酷的社会现实。这种强烈的对比,更凸显出社会现状的不可理喻。小说中,赖特并没有明确指出这个故事具体发生在什么地方,但我们可以猜测出,他们应该是生活在种族歧视严重的美国南方。孩子们渴望逃离自己生活的地方,前往他们歌里唱到的北方。他们幻想着北方是一个可以做自由人的地方,他们不用因为自己的肤色而烦恼,他们也不用因此受别人的歧视。更令人动容的则是孩子们对食物的渴望:"再见,再见,我想吃口馅饼,馅饼味太甜,我想吃块肉片,肉片色太鲜,我想吃个糕点,糕点色太深,我想去趟城镇,城镇路遥遥,我想乘车奔跑,汽车跑得快,我屁股摔两瓣,从此我会更加明白,再见,再见。"② 对于美国黑人来说,音乐不仅是他们表达情感、相互交流的语言,也是他们族裔文化身份的体现。通过音乐,他们深切地表达出内心的欢乐、痛苦以及对美好生活的向往。

　　深受现实主义文学影响的赖特,在小说中十分注重细节的刻画。当大小子的三个小伙伴围攻他时,他巧妙地取得了胜利,并向伙伴分享经验:"当一群家伙围攻你的时候,你要做的就是集中力量对付其

---

① 理查德·赖特:《大小子离家》,史永红、朱庆译,《译林》2009 年第 5 期。

② 同上。

中一个，让他去告诉其他人停手。"① 显然，赖特在此强调了大小子相对于其他黑人孩子更加早熟，这也为他的反抗和成功逃离埋下了伏笔，令小说情节变得丰满可信。在赖特时期，"吉姆·克劳法"下的种族歧视十分严重，黑人不能和白人享用同样的公共资源，在小说中的孩子们说道"我多么希望自己能有个大点儿的地方去游泳""白人有很多游泳池，而我们却一个也没有"。② 生活在种族歧视和隔离下的黑人们是多么的悲惨，连最基本的娱乐权利都被剥夺了。当吉姆发现他们并且射杀他们的时候，大小子表现出了勇敢的一面。他用枪射杀了吉姆，保住了自己和波波的生命。与事后因为害怕而哭泣的波波相比，大小子则表现出了青少年少有的冷静和勇敢，他告诉波波要回家。"在返回家的路上，他决定沿铁轨走，因为对他来说躲开火车比躲开一群暴徒更容易些。"③ 机智的大小子安全地逃回了家。面对家人，他再也忍不住自己内心的恐惧而大哭起来——直到此时，大小子才能放下成人般的冷静与冷酷，重返青少年的本真状态。为了第二天能够顺利逃到芝加哥，他必须在自己和小伙伴在山坡上挖的窑洞里待上一晚，他先是勇斗了一条六英尺长的毒蛇，后是忍受白人的搜寻带给他的恐惧。在基督教文化中，毒蛇一直是邪恶的象征，而大小子与毒蛇的斗争，也隐喻着黑人同白人之间的对抗关系。当大小子感到饥饿的时候，他却不想吃面包，他要等波波来，和他一起吃。这种善良和乐于分享的精神正是赖特对于黑人同胞所寄予的希望。大小子的人物刻画十分鲜活，在他身上除了有对伙伴的关爱，更有对压迫者的仇恨，而且这种仇恨刻骨铭心。他在内心深处十分厌恶白人，他曾说："那些该死的白人！他们生来只会追赶黑人，就像追赶兔子一样！他们把你逼进角落，让你受尽屈辱！"④ 大小子看到可怜的波波被白人

---

① 理查德·赖特：《大小子离家》，史永红、朱庆译，《译林》2009 年第 5 期。
② 同上。
③ 同上。
④ 同上。

抓到，并被残忍地处以私刑烧死。这些不忍直视的画面刺激着大小子的每一个神经，恐惧过度的他已经麻木了，他只能尽自己的能力来控制自己的恐惧情绪。当一只搜山的猎犬靠近他的洞穴的时候，大小子已无处可退，他振作精神，和猎犬扭打在了一起，出于本能，他摸索到了狗的喉咙并且集中全身的力量掐住了狗的脖子直至把它掐断了气。同毒蛇类似，赖特在此又一次将白人隐喻为凶恶的猎犬，而黑人只有通过勇敢的斗争，才能换取生存权，否则只能坐以待毙。在洞穴中，大小子回想到如果自己听妈妈的话，不去和伙伴们游泳而是去学校上学，可能就不会惹上这么大的麻烦。但转而想到"谁会不讨厌学校呢？让学校见鬼去吧！大人老是逼着孩子去学校，这是最大的麻烦"。① 与其说是大小子本身厌恶学校生活，不如说是校园和社会上严重的种族歧视氛围令大小子既享受不到正常的学习生活，也让通过学习改变命运这一途径本身变得荒谬而无意义。在大小子逃亡的路上，"他想到了那枝猎枪。如果他有件武器就好了！如果有人和他说说话就好了"。② 文中的这句话是主人公大小子的内心写照，同时也是美国黑人群体的内心写照，在种族歧视的社会氛围里，黑人希望拥有武器来保护自己，这种强烈的反抗精神，正标志着黑人独立意识的觉醒。

但《大小子离家》并非只是一味渲染白人残酷的统治，而是以大小子的成长昭示一种觉醒与反抗的可能。赖特通过他擅长的对话和动作描写，展现出一个少年的真实可信的成长历程。个人的成长经历隐喻黑人种族从弱小、蒙昧走向成熟、自省并争取合法权利的历史进程。大小子作为一个未经世事的孩子，在小伙伴和自己处于危险境地的时候，他勇敢地举起了枪射杀了吉姆。这种反抗精神正是美国黑人在争取种族平等，反对种族歧视和隔离的过程中需要的一种精神。文中所描写的在逃离白人迫害的过程中，大小子表现出来的坚强勇敢十

---

① 理查德·赖特：《大小子离家》，史永红、朱庆译，《译林》2009 年第 5 期。

② 同上。

分令人钦佩。在白人统治的社会，黑人反对不公的社会制度是需要勇气和坚强的意志的。在大小子的身上我们正好能找到这种精神。除了智慧和勇敢之外，大小子在小说中所展示的善良十分让人动容，显然赖特借机想向世人展示黑人美好的品质。如此善良天真的孩子都会遭到迫害，这足以显示出白人的残忍与丧心病狂。在小说中，大小子多次表示一定要"回家"，这暗含着黑人向往一片充满公正和谐的沃土，在那个世界里，他们不会受到白人的歧视，他们的孩子能够和白人孩子一样拥有受教育的权利，他们能和白人兄弟姐妹坐在同一张桌子旁享用午餐。但这一切对于美国黑人来说都只是一个梦想。小说的最后，大小子逃离了白人的魔爪，在金色的阳光中，侧身进入了梦乡。梦境的结尾不禁令人想起海明威的《老人与海》，现实虽然强大而残酷，但总要有希望，美国黑人终将迎来光明的未来。从这个意义上说，大小子既是一个具有独特鲜活个性的黑人少年，同时也是整个黑人种族的缩影。

第二节　《土生子》中的权力压制和个体行动

《土生子》是赖特出版于 1940 年的一部长篇代表作品，他也因这部作品而蜚声文坛。用文学评论家埃尔德里奇·克里夫的话说，《土生子》表明"在所有的黑人作家中，实际上在一切不同肤色的美国作家中，理查德·赖特因其涉及政治、经济和社会之深而占有主导地位"。① 丹尼尔·S. 伯特将赖特誉为有史以来最有影响力的 100 位文学大师之一，称他的《土生子》"第一次为一位黑人作家赢得世界范围的读者"。② 这部小说以 20 世纪 30 年代的芝加哥为背景，讲述的是一位名叫别格·托马斯的年轻黑人男子因失手杀死了一位白人雇主的

---

① 王家湘：《20 世纪美国黑人小说史》，译林出版社 2006 年版，第 144 页。
② 丹尼尔·S. 伯特：《世界 100 位文学大师排行榜》，夏侯炳译，海南出版社、三环出版社 2005 年版，第 403 页。

女儿最终被判死刑的故事。《土生子》分为三个部分："恐惧""逃亡"和"命运"。文中塑造的黑人青年别格生活极度困难，一家四口挤在一间破败的小房子中。他的父亲在别格很小的时候就死在了南方白人暴民的手中，这为别格的童年蒙上了一层阴影。他从内心深处对白人世界充满了极度的恐惧和仇恨。迫于生计，别格只能无奈接受自己不愿意接受的工作：到白人雇主道尔顿家做司机兼锅炉工。别格在接洽工作的当晚就被安排开车送道尔顿小姐去学校。可是道尔顿小姐"有点儿野，老出乱子。让家里人操心得要命，她跟一伙又野又疯的共党一起厮混"……①就是这位"有点儿野"的小姐没有去学校，而是让别格开车前往闹市区和她的男友简约会。结果道尔顿小姐喝酒喝得烂醉如泥，根本无法自己行走，不得已别格只好扶着喝醉酒的玛丽回房间，正好赶上眼盲的道尔顿太太经过。为了避免被发现深夜进入白人小姐的闺房而带来责罚，别格唯恐玛丽发出声响，于是用枕头捂住了她的嘴，结果却失手杀死了她。当发现玛丽已经没有了呼吸之后，别格的思想和感情都麻木了。他的恐惧促使他编造出一套理由，让人们相信这是玛丽的男友简干的。于是他销毁了一切痕迹——移尸到锅炉间进行焚毁。事后害怕女友蓓西说出自己杀人的秘密，他又有计划地谋杀了蓓西。最后，别格被警察抓捕投入监狱并被判处死刑。

《土生子》的出版在美国具有里程碑式的意义。赖特塑造了别格·托马斯这样一个新型的黑人形象，他既是社会压迫的牺牲者，也是实现自我反抗的英雄。与以往的黑人形象相比，别格具有十分鲜明的性格特点，他的行动力与坚定意志彻底否定了逆来顺受的"汤姆叔叔"型的黑人形象。赖特在这部小说中运用现实主义的笔触，深刻地挖掘出美国黑人生活的真实状况，揭示了美国大城市的林林总总。在《土生子》这部作品中，我们能看到黑人展现出前所未有的丰富人性。

《土生子》开篇，赖特就对别格的生活环境进行了描写，别格一

---

① 理查德·赖特：《土生子》，施咸荣译，译林出版社 2008 年版，第 65 页。

家四口住在一间小小的毫无私密的房间里。大老鼠穿行于屋内，吓得人心惊胆寒。这只大老鼠就是别格在贫民窟生存环境的真实写照——穷困潦倒、暗无天日。同《大小子离家》中的毒蛇、猎犬类似，赖特在此将人类的生存状态比作动物。从文中别格的抱怨里，我们可以体会这一点，"我向上帝发誓，我就是受不了。我知道我不应该想这件事，可我没法不想。每次只要我一想起来，就觉得好像有人拿了烧红的铁塞进我喉咙似的。他妈的，瞧！我们住在这儿，他们住在那儿。我们是黑人，他们是白人。他们什么都有，我们什么都没有。他们干啥都成，我们干啥都不成。就像关在监狱里似的。有一半时间，我觉得自己像是在世界外边，巴着篱笆眼儿往里看"……①这里指涉的是黑人与白人居住区隔离的现实。由于种族歧视的原因，以别格为代表的黑人青年和白人生活在城市的不同区域，得不到和白人一样体面的工作机会。在作品《土生子》中，别格企盼自己能像白人青年那样成为一名驾驶员，或是干些体面的工作，但那种社会制度下他只能从事那些白人不愿意从事的低等职业。就连军队也充满了种族歧视，黑人只能干挖壕沟、洗碗刷盘子和擦地之类的下贱活儿。作为年轻人的别格，怀揣着高远的梦想，但只能生活在这样一个毫无希望的世界中。

在美国社会中，白人天生要优越于黑人，他们是有权者，而黑人生来低白人一等，处处受白人的压迫和剥削。既然白人从一出生就被造物主赋予了若干不可让与的权力——生存权、自由权和追求幸福的权利，那么他们就可以自由地表达思想；美国宪法里所说的"人生而平等"并不包括黑人，或者说黑人并不具备白人的各种权利和自由，他们既不能自由行事也无法自由言说。在现实生活中，他们处于失语状态。"福柯认为，在权力关系上，统治者和被统治者之间不存在作为普遍模式的二元对立，权力在家庭、受限的团体和各类机构中形成

---

① 理查德·赖特：《土生子》，施咸荣译，译林出版社 2008 年版，第 21—22 页。

并运作,具有多重关系,渗透到整个社会机体中。"① 也就是说,话语和权力是一种相互包容的关系。根据福柯的观点,"在任何社会里,多重权力关系充塞并组成特色的社会体,但是如果没有话语的产生、积累、流通和作用,这些权力关系是无法自我建立和巩固的,也不可能发挥什么作用"……②在福柯的理论中,话语与权力是不可分割,共生共存的。在小说中,别格在白人面前多数是沉默少言,几乎处于失语状态。可见别格作为黑人,没有言说的权力。当初在道尔顿先生家,道尔顿先生问他话时,他的回答总是"是的,先生","他悄没声地说,事实上并没有说话,他只听到他的话自动地脱口而出,仿佛光靠着它们自身的力量迸发出来似的"。③ 在白人的特权统治下有一种强大的白色力量攫住了黑人,使他们无法言说。这是几百年来的种族制度使然,正如小说中别格在狱中翻看的《论坛报》上所写的那样:"还有心理上的威慑因素,要做到这一点,平时就得制约黑人,让他们对平时接触的白人毕恭毕敬。这就是说要对他们的言行进行管制……"④在白人种族主义者眼中,最受美国白人喜爱的南方黑人必须"温顺、无害、老咧嘴笑着"。无言状态或失语状态说明言说者的缺席或被另一种力量强行置于"盲点"之中。

在权力运作过程中,知识起着重要的作用。白人统治者通过学校、宗教、监狱等对黑人实施控制。在福柯看来,"权力的策略产生了知识,权力与知识之间有一种微妙的关系……知识与权力融合在一起,裹有一层现代面具,而使得统治的结构获得合法性。这种统治总是具有压迫、监禁和权力的分割等特征"。⑤ "权力制造知识……权力和知识是直接相互连带的;不相应地建构一种知识领域就不可能有权

---

① 杨卫东:《"规训与惩罚"——〈土生子〉中监狱式社会的权力运行机制》,《外国文学》2002 年第 4 期。
② 同上。
③ 理查德·赖特:《土生子》,施咸荣译,译林出版社 2008 年版,第 53 页。
④ 同上书,第 313 页。
⑤ 王岳川:《后殖民主义与新历史主义文论》,山东教育出版社 1999 年版,第 25—26 页。

力关系，不同时预设和建构权力关系就不会有任何知识。"① 福柯的知识即"所谓真理的话语"，那么，知识也就成为承载话语的载体。"话语生产是有某些权力程序控制、选择和重新分配的，其程序是消除其所具有的超权力危险，控制其导致的偶然事件后果。"② 显然，在白人统治阶级话语生产过程中，别格成了超越权力的危险对象，他触怒了那些生产话语的社会机体的掌控者，所以，他必然要被消除掉。

学校和宗教是白人统治阶级攫住黑人心灵的重要途径，它们将处于社会主流的白人的意识形态灌输到黑人的头脑中，以便自己永远站在权力的制高点。法侬说过："殖民者不仅奴役、买卖和控制黑人，还使黑人接受其所控制的文化教育，加以意识形态的灌输和心灵的置换术，使黑人从精神到肉体都服从于殖民者所希望的意识塑型，在心灵上烙上被殖民的痛苦烙印……"③ 别格在学校受过的教育要他在白人面前毕恭毕敬，卑躬屈膝。白人让黑人受教育不是为了提升黑人的文化地位，也不是为了陶冶黑人的心性，而只是想将白人至上的思想植入他们的大脑。别格在学校里上到八年级，却还听不懂道尔顿先生和太太对他的品评，因为"他们用了那些难懂的奇怪字眼，他听了觉得毫无意义，它是另一种语言"。④ 不仅如此，白人对黑人的蔑称，例如"黑鬼""黑猩猩"等字眼，总会挂在一些黑人的嘴边上，实际上这些字眼已经被这些黑人在潜意识当中内化了。白人统治阶级利用宗教来实施对黑人的摄控，劝诫黑人要忍耐顺从，要相信来世等，以此来维持和巩固自己的统治。别格入狱后，他的母亲和哈德蒙牧师劝他祷告，可别格对此十分恼怒，因为他认识到，

① 杨卫东：《"规训与惩罚"——〈土生子〉中监狱式社会的权力运行机制》，《外国文学》2002 年第 4 期。
② 王岳川：《后殖民主义与新历史主义文论》，山东教育出版社 1999 年版，第 26 页。
③ 同上书，第 16 页。
④ 理查德·赖特：《土生子》，施咸荣译，译林出版社 2008 年版，第 54 页。

"所有的黑人都这么做，可他们什么也得不到，白人得到一切"。①
宗教是传播白人社会知识的媒介，是形成权力的工具，是白人话语的
传输器。

根据福柯对权力"凝视""监视"的解析，"在现代权力技术中，
注视、凝视具有重要地位"。小说中，别格初到道尔顿家时，发现女
佣"正盯着他，他就困惑地把目光移向别处"。之后，见到道尔顿先
生，发现"那人正凝视着他，像是在看什么好玩的东西似的，面带笑
容，那笑容使别格意识到自己身体上每一平方英寸的黑皮肤"。② 还
有，道尔顿家的那只白猫总是监视着别格的一举一动。就在别格打算
烧掉玛丽的尸体时，他感到"两道晶莹的绿光……从一个坐在箱边沿
上的白色形体上向他射来……原来是那只白猫，它的两只圆圆的绿眼
睛越过他凝视着从锅炉火门边软绵绵的耷拉下来的那张白脸"。③ 杰
克·泰勒认为，白人的凝视就是福柯所说的那种"带有生命政治内涵
的规训技术"。④ 根据福柯的理论，"中心权力话语通过一种凝视的方
式去监视每个个体时，就可以贯彻到个体的身体、姿态与日常行为之
中"。⑤ 不仅是道尔顿先生、他家的女佣以及他家的白猫在凝视别格，
还有那些白人种族主义者和那些法官都在注视着别格。在验尸时，
"房间里不少眼睛这时都盯在别格的身上，冷酷的灰色和蓝色的眼睛，
为了逃避集中于自己的凝视，他不再观看"……⑥另外，街上的巡逻
警察警惕着黑人们的行为，在夜晚的街道上只要黑人碰到警察，他们
就会被认为图谋不轨。"权力可以通过这种简单的模式得以实施，即
在一种'集体匿名凝视'中，人们被看、被凝视。凝视是一种话语，

---

① 理查德·赖特：《土生子》，施咸荣译，译林出版社2008年版，第413页。
② 同上书，第53页。
③ 同上书，第72页。
④ 陈后亮：《"被注视是一种危险"：论〈看不见的人〉中的白人凝视与种族身份建构》，《外国文学评论》2018年第4期。
⑤ 王岳川：《后殖民主义与新历史主义文论》，山东教育出版社1999年版，第36页。
⑥ 理查德·赖特：《土生子》，施咸荣译，译林出版社2008年版，第54页。

一种压抑，一种权力摄控的象征。"① 几百年来，美国黑人就是被看、被凝视的对象，而处于特权地位的白人则是凝视主体，其凝视"充满规训力量的视觉暴力，它规定着黑人身体的意义，主导着对黑人他者的想象和身份建构"。② 作为黑人一分子的别格，无时无刻不处于这种凝视和摄控之中。所以说，处在一个严密的监视系统下的别格是无论如何也逃脱不掉的。

小说的第三部分标题为"命运"。别格"因失手杀人而陷入一种境遇，使他在与周围人们的关系中意识到一种可能的秩序和意义。他也对这次杀人承担了道德上的罪责，因为它使他这辈子第一次感到了自由"。③ 但是，在面对死亡的恐惧时，"他是赤裸裸的，毫无防卫的，他得像地球上的任何其他生物那样走向前去，迎接他的结局"。④ 打着人道主义的大旗，现代监狱的出现标志着"文明社会刑罚方式"的诞生。"监狱从一开始就是一种负有附加的教养任务的合法拘留形式，或者说是一种在法律体系中剥夺自由以改造人的机构。"⑤ 可见在福柯看来，监狱的作用不仅仅是囚禁犯人，而且可以对其进行改造。"曾经降临在肉体的死亡被代之以深入灵魂、思想、意志和欲求的惩罚，即惩罚打击的不再是肉体，而是灵魂。"⑥ 所以，当别格最终落在警察手里，不可避免的"改造"便开始了。他们把他从一个地方押到另一个地方，他不得不面对来自各方的问讯和提审——验尸官、州检察官、牧师、律师、陪审团、法官等，从而接受各种各样、没完没了的"改造"。监狱的首要原则是隔离，即"单独禁闭"，"因为孤独是影响孩子道德本性的最好手段。尤其是在孤独时，宗教的声

---

① 王岳川：《后殖民主义与新历史主义文论》，山东教育出版社 1999 年版，第 36 页。

② 陈后亮：《"被注视是一种危险"：论〈看不见的人〉中的白人凝视与种族身份建构》，《外国文学评论》2018 年第 4 期。

③ 理查德·赖特：《土生子》，施咸荣译，译林出版社 2008 年版，第 306 页。

④ 同上书，第 306—307 页。

⑤ 米歇尔·福柯：《规训与惩罚》，刘北成、杨远婴译，生活·读书·新知三联书店 2015 年版，第 261 页。

⑥ 同上书，第 17 页。

音，即使以前从未进入他们的心灵，现在也会恢复全部感人的力量"。① 但是，在别格被捕入狱的时候，母亲找来白人牧师，试图用宗教帮助别格洗脱精神上的罪恶。面对白人牧师，别格几次把十字架扔到窗外以表示他不再需要它了，因为它要是继续挂在他的胸口"就可能燃烧起来"。可见即使在死亡面前，他也不愿意向宗教低头，不屑得到所谓的灵魂上的救赎。因此别格的行为不仅让白人牧师无计可施，更是对代表现代文明的监狱发出了挑战。作为实施惩罚的国家机器，监狱在小说中多次出现。别格曾经被送进过少管所，萦绕他脑际的是那堵巨大的白墙。这种白墙的意象反复出现在别格的意识中，让他喘不过气来。当他坐在玛丽和简两人中间时，就"仿佛坐在两堵隐隐约约的白色大墙之间"。② 在他逃命时"他奔向另一堵墙，经过那个隐约出现的白色大物，它现在耸立在他头顶上"……③这种反复出现的大墙的意象，无论是在监狱里，还是在道尔顿家，都折射出别格在白人的世界里没有出路的状态。

权力和反抗是并存的。"没有反抗就没有权力关系；反抗正是在权力关系发挥作用的地方形成的，因此也越加真实有效。"④ 小说中，别格杀死白人小姐玛丽这一行动唤醒了他的个人意识。在行动后，他觉得自己获得了新生力量："他是黑人，他是在社会的最底层，但他现在有了一股新生的力量，足以使他忍受这样的处境。过去他佩带刀枪才觉得心里踏实，现在他知道自己曾悄悄地杀害了玛丽这个事实也在他内心起同样的作用。不管他们如何讥笑他是个黑人，样子像个小丑，他都能正眼看着他们，心里不觉得愤怒。他过去常有一种受压抑的感觉，仿佛有一看不见的力量紧紧抱住他，快要把他憋死，现在这

---

① 米歇尔·福柯：《规训与惩罚》，刘北成、杨远婴译，生活·读书·新知三联书店 2015 年版，第 338 页。

② 理查德·赖特：《土生子》，施咸荣译，译林出版社 2008 年版，第 79 页。

③ 同上书，第 308 页。

④ 杨卫东：《"规训与惩罚"——〈土生子〉中监狱式社会的权力运行机制》，《外国文学》2002 年第 4 期。

种感觉也离他而去了。"① 别格获得了某种解脱。不仅如此，通过反抗并实施行动，别格也获得了某种权力，"他有了某种权力感，这权力产生于生活的潜力……想到他曾杀死一个他们所爱的、视作美的象征的白种人姑娘，他就觉得自己处于和他们平等的地位，就像一个受过欺骗的人，这会儿已对仇人进行了报复"。② 在别格的意识中，他觉得已经对压迫他的白人实施了报复，与他们掌握了同等的权力，他可以支配自己的命运。正如福柯所说的那样，"权力不是给定的，不是用来交换的，不是可以恢复的，而是在行动中也仅仅在行动中才得以实施的"。③ 也就是说，只有通过行动才会获得权力。因此，对于处在社会底层的黑人来说，别格的行动意义重大。

美国的种族主义由来已久，根深蒂固。科威尔认为："种族主义是从最广为传播、最顽强的美国人的经验中勃发出来的。"④ 黑人对白人的憎恨也是由来已久。这种世代的仇恨是各种种族歧视和种族隔离行径所带来的必然恶果。自 17 世纪黑人被贩卖到美洲大陆，几个世纪以来，黑人都生活在白人奴隶主的疯狂压迫之下。尽管 1863 年林肯颁布了《废奴法案》，黑奴名义上得到了解放，但他们并没有获得真正的自由。为美国的政治经济做出巨大贡献的美国黑人长时间被排挤在主流社会之外，他们享受不到和白人平等的生活资源和教育资源。对美国黑人来说，《土生子》所传达的信息再清楚不过：黑人应该得到和白人同等的对待；如果没有人来帮助黑人维护他们的个人尊严和种族身份，那么暴力是唯一行得通的解决途径。同样，对美国白人来说，这部作品要传达的信息也很明显：正确面对黑人问题的时刻到了，他们应该做好充分的准备，否则就是搬起石头砸自己的脚。

小说《土生子》令人印象深刻的一点是别格充满憎恨与不满的个

---

① 理查德·赖特：《土生子》，施咸荣译，译林出版社 2008 年版，第 169 页。
② 同上书，第 186 页。
③ 王岳川：《后殖民主义与新历史主义文论》，山东教育出版社 1999 年版，第 27 页。
④ Kovel, Joel, *White Racism: A Psychohistory*, New York: Columbia University Press, 1984, p. 31.

性。别格与他的家人和朋友不同，他心中充满了对这个社会及其制度的质疑，他希望自己能改变些什么，而不是屈辱地接受不公平的社会现实。他清醒地意识到他所处的困境，但他的贫穷与低人一等的地位只能让他忍受这一切的不公。久而久之，别格就变得叛逆，他不听从妈妈的建议：不信仰宗教也不找工作。这种看似十分懒惰的行为令别格在家中也常常受到指责。但对于别格而言，除了黑人在就业时所遭受的种种歧视外，强烈的自尊心才是令他放弃工作，也就是不情愿为白人雇主服务的原因。虽然出身贫民窟，但别格也有自己的梦想，他想当飞行员，正如他所说的"要是给我机会，我也能飞那玩意"。①然而，他所处社会的种族歧视使他根本没有机会去驾驶飞机。在这里，飞行成为自由的象征，但现实生活中的歧视与压迫却将别格一次又一次压回地面。格拉斯哥对这种情况评论说："一些年轻黑人在很小的时候就因受教育不足，没有工作从而被烙上了失败的印迹。"②在那个时代，别格不能像白人孩子一样进正规的学校学习高等的课程。作为一个生活在种族歧视的社会氛围中的黑人青年，他虽满怀志向，却只能通过一些非常规的手段来发泄心中的怒火，那就是暴力。他失手杀死玛丽后并没有报警，而是把玛丽的尸体分解扔到了锅炉里，这种暴力的行为既表现出别格冲动的一面，也源于他长期所遭受的不公与委屈。最后他因为害怕女朋友蓓西说出自己杀人的秘密，而不惜用砖头将其活活打死，这将别格性格中的暴力本质暴露无遗。

除了憎恨白人统治者，也憎恨懦弱的同胞。由于别格出生在黑人家庭，他始终无法摆脱白人对他的歧视与压迫，残酷的现实总是让他感受到自己的努力都是白费的，他的愿望永远得不到实现。于是他开始鄙视和厌恶他自己。"是的，他可以接受道尔顿家的工作倒霉，也

---

① 理查德·赖特：《土生子》，施咸荣译，译林出版社 2008 年版，第 17 页。

② Glasgow, Douglas G., *The Black Underclass: Poverty, Unemployment, and Entrapment of Ghetto Youth*, San Francisco: Jossey-Bass, 1980, p. 8.

可以拒绝这个工作挨饿。他一想到自己没有更多的选择余地，就不由得直冒火。"[1] 当他越认识到自己的悲惨处境后就越加憎恨自己。别格也曾经努力抑制对自我的仇恨，但社会结构本身的残酷与畸形，却令这种愤恨缺少化解与发泄的渠道，只能愈演愈烈。他憎恨这个家，因为他知道家人在受苦，而他却没有能力改变这一切。这种无助感吞噬了他的心灵，最终导致了他对家人的冷漠。他的反抗精神在内心深处徘徊却找不到出路，这正是当时普通黑人的心理反应。他们渴望生活的自由，渴望尊严，可是现实中的一切都明白无误地告诉他们这不可能。"持续、坚定的黑人领导不可行；白人社会的敌视使黑人融入美国主流社会不可能；然而，黑人在经济上和数量上的劣势使其诉诸武力的民族主义不现实是黑人面临的现实情况。"[2] 别格同时也憎恨他的黑人同伴，因为他们都惧怕白人。小说中多次描写别格和他的朋友格斯等人谋划着抢劫黑人商店。"如果黑人抢劫白人，黑人将会受到白人狠狠地惩罚。但是，如果换做黑人抢劫黑人，白人警察从来不会认真搜索，并假装什么事情都没有发生过。"[3] 别格对白人的憎恨是毋庸置疑的，这也是别格在杀死玛丽之后内心不感到内疚反而感到自豪的原因所在。他的暴力证明了自己的存在。憎恨已经完全扭曲了别格的心灵，使他一步步走向了灭亡。

以白人为主导的美国社会对黑人的思想和感情设置了太多的条条框框，黑人被严格地隔离在一个与白人迥然不同的世界里。因此，别格对于白人的情感既包括憎恨与恐惧，也包括由此带来的不信任。在别格和他的黑人同胞看来，"白人不仅仅是人，而且是一种很大的自然力量，就像暴风雨前在头顶上出现的乌云，或者像黑暗中突然伸到你脚旁的又深又汹涌的河流"。[4] 别格从一个社会上的无名小卒到谋

---

① 理查德·赖特：《土生子》，施咸荣译，译林出版社 2008 年版，第 13 页。

② Huggins, Nathan Irvin, *Harlem Renaissance*, New York: Oxford University Press. 1971, p. 49.

③ 理查德·赖特：《土生子》，施咸荣译，译林出版社 2008 年版，第 15 页。

④ 同上书，第 128 页。

杀案的嫌疑人，再到后面被捕入狱、判处死刑，可以说，他的人生是悲剧的人生。别格的悲剧固然有其受教育程度低、性格多疑暴力等内在缺陷的原因，但就其根本原因来说，还是在于极度不公正的社会机制，使得黑人无法获得足够的尊严，更得不到充分的信任，因而导致代表社会既得利益者的白人最终被之前遭受他们欺凌的黑人所反噬。所以说，赖特创作《土生子》，不单单是要唤醒他的黑人同胞，告诉他们该是行动的时候了，同时也给白人敲响了警钟——如果白人种族主义者一如既往地对黑人施暴，他们将会自食恶果。

在《土生子》中，别格的憎恨主要是通过杀人前后两大转折点对比进行描写。杀人前的憎恨是一种量的积累，使心理不断产生变化，而杀人后则是达到了质的飞越，将憎恨释放，得到自我内心的解放与满足。"他憎恨这个家，因为他知道她们在受苦，而他自己却无力帮助她们。他知道一旦让自己充分体会她们在如何生活，以及她们的生活有多么可耻和悲惨，他就会恐惧和绝望地失去自持。因此他对她们采取铁一样的保留态度；他跟她们一起生活，但隔着一堵墙，一幅帷幕。他对待自己甚至更加苛刻。他知道，一旦让自己充分意识到他所过的是什么样的生活，他就会要么自杀，要么杀人。因此他尽量克制自己，装得很强横。"① 可见，其实在别格的内心深处他非常希望通过自己的努力让家庭摆脱现在的生活环境与生活状况。尽管别格的想法是美好的，但这个冷酷的社会却给了他沉重的打击，他无力改变家庭的生活状况，也没有足够的勇气真正争取自己心中所想的美好生活。"当他一想起自己没有别的选择余地时，就气得火冒三丈。"② 面对这种无力感，他只能自我憎恨甚至讨厌自己的黑色皮肤，认为这一切都是源于自己的肤色。

别格的妈妈托马斯太太经常批评儿子不务正业，是个十足的"混蛋"，对他极其失望。她总是对他说："别格，说实话，你是我这辈

---

① 理查德·赖特：《土生子》，施咸荣译，译林出版社2008年版，第11页。
② 同上书，第14页。

子遇到的最没有志向的一个男人！"① 她让别格对这个世界做好充分的心理准备，不要进行徒劳的反抗与挣扎，劝诫他最重要的事情就是要对她和这个家负责。当别格对救济所提供的工作犹豫不决时，她做的并不是询问别格是否愿意去做或者想要做什么，反而是责备他的无所事事、毫无担当、没有肩负起作为这个家顶梁柱的职责。除此之外，别格的母亲还是一个虔诚的基督教徒，用宗教麻痹自己，认为宗教是一切力量的来源，信仰宗教就能得到想要的幸福。但她没有意识到正是这些使别格渐渐地远离她甚至憎恨她。对于别格来说，宗教只会让人变得懦弱，并不能拯救人们的灵魂，只会教给他们要无条件地服从社会的安排，而不能按照自己的意愿寻求发展。别格的妹妹是一个无知、无理想、循规蹈矩的宗教信仰者。她每日的生活就是无条件地顺从白人，为白人干活。每天都在想着怎么做才能不出错，让白人满意，没有任何的反抗意识。家人的态度使别格更加压抑，使他对家人也逐渐产生憎恨之情。

别格的女朋友蓓西希望自己能像白人一样做自己喜欢做的事，追求属于自己的自由。但她却不能改变自己的生活状况，每天只是为白人工作，只有酒精才能使她的身心得到真正的放松，忘记不开心的事情。她整天喝酒，用酒精麻痹自己的神经，教唆别格去抢劫黑人的钱。"只要一有休假，她就会出去找乐子，拼命地纵情狂欢，似乎那样就能使本来贫乏的生活得到了补偿。"② 其实她与别格之间没有真正的爱情，只是一种相互交易而已。在蓓西的眼里，别格带来的金钱和酒才是她真正渴求的。而蓓西对于别格来说，也只是一个发泄性欲的工具，因为"人得有个女朋友"。当畸形的社会结构封死了黑人所有向上的出口，颓废的享乐与生理欲望就成为生活中唯一的释放。

对于那些黑人同伴们，别格也是与他们渐行渐远。一开始别格经常和他的好朋友盖斯和杰克一起玩耍、偷东西。有一次他们为抢劫白

① 理查德·赖特：《土生子》，施咸荣译，译林出版社 2008 年版，第 10 页。
② 同上书，第 156 页。

人布鲁姆的熟食店而筹划多日，但最终还是因为害怕、犹豫不决而没有实施，这一切只因为"在他们的头脑中抢劫黑人要安全并容易得多"。① 在当时的美国社会，他们知道抢劫白人就只有死路一条。同伴因懦弱而不能与自己联合起来对付白人，这使别格的仇恨感愈发强烈。"在这次抢劫中，他已经说服了其中两个哥们了，对于那个依然坚持自己意见的人，他感到憎恨但也恐惧；他将对白人的恐惧全都移到了格斯的身上。"② 其实别格是矛盾的，一方面他希望伙伴们能与他想法一致，争取自由，而另一方面却害怕他们真的同意自己的计划，暴露出自己的胆小怕事。"他恨格斯，因为他知道格斯和他一样都很害怕，他也害怕格斯，因为如果格斯同意的话，就非抢劫不可了。"③ 在文中我们同样可以看出别格的自尊、敏感和骄傲。当他与朋友盖斯商讨抢劫白人时，他首先感到不安和恐惧。当格斯揭开了他假装勇敢的面具时，他只能通过殴打格斯来维护他虚假的自尊。"因为他知道格斯也像他一样心里害怕，他害怕格斯，因为他觉得格斯会同意，那样的话这次抢劫他就非干到底不可了。像一个要开枪自杀的人，既害怕开枪，又自知非开枪不可，感情矛盾而强烈，他这时也怀着这样的感情注视着格斯，等他说'是'。但格斯不说话。别格的牙关咬得那么紧，连上下颚都疼了。他朝格斯走去，眼睛不看他，却感到格斯的存在遍布他的全身，通过他的全身，在他身上进进出出。而且由于感到这一点，他痛恨自己和格斯。随后他再也忍受不住了。他神经紧张得快要歇斯底里发作，逼得他说话，解放自己。他面对着格斯，又生气又害怕，连眼睛都红了，他的两只攥得紧紧的拳头僵硬地放在身体两侧。"④

---

① Wright, Richard, *How Bigger Was Born*, New York: Harper & Brothers, 1957, p. 12.
② 理查德·赖特:《土生子》，施咸荣译，译林出版社 2008 年版，第 28 页。
③ 同上。
④ 同上。

在道尔顿家，"那人正凝视着他，像是看到什么好玩的东西似的，面带笑容，那笑容使别格意识到自己身体上每一平方英寸的黑皮肤"①。这个充满精神分析学意味的描写表明别格作为主体的矛盾性：一方面，他清楚自身的存在，但另一方面，对于自身的价值，他并没有任何的评判自主权，而是完全依附于他者——白人的目光。作为共产主义者的简和玛丽试图靠近他时，他感受到的不是温暖而是虚伪，这与其说是性格使然，不如说是黑色皮肤带给他的焦虑所致。当他失手杀死玛丽后，他在感到害怕的同时，也为自己骄傲：因为他认为自己做了一件可以对抗白人的了不起的事。他想让朋友们看到他隐藏的骄傲。别格被捕后，在监狱里他的母亲哭着向法官求情时，这令别格感到羞愧和耻辱。从别格的遭遇，不难看出赖特试图塑造一个真正有血有肉的年轻黑人形象，既有暴虐、鲁莽等缺点，也有着强烈的自尊心与骄傲感。显然，赖特通过这种细致的心理描绘增加了《土生子》中人物性格的复杂性，别格身上既有仇恨与愤怒，也有懦弱与自卑，种种矛盾集合于一人身上，而这正预示了主人公的悲剧结局。

在赖特笔下，恐惧是一个黑人青年挥之不去的梦魇。这一点无论是在大小子，还是别格，或者《黑孩子》中的理查都是心理刻画的焦点之一。在《土生子》中，有关别格恐惧的心理描写随处可见。别格这种恐惧在小说的开篇就有深层的暗示。小说开头描写别格在母亲的催促和妹妹的恐慌下疯狂地追打一只老鼠。在别格的心里他是害怕这只老鼠的，但最终仍将其残忍地打死，这不仅仅因为家人的催促，更蕴含着压抑已久的报复心理。这只老鼠预示着别格的命运——在白人的世界里四处逃窜，但最终的结果只有死路一条。其实别格在杀害玛丽之前，可以选择隐藏自己而避免被道尔顿太太发现。由于过度恐慌，"他光是拿枕头的边儿塞在她嘴里，光是把枕头拉在她脸上，她就死了"。可见当时别格内心的恐惧已经达到了他自己都无法把持

---

① 理查德·赖特：《土生子》，施咸荣译，译林出版社2008年版，第52页。

的程度。这从一个侧面揭示了种族主义者的私刑制度给黑人男性带来的心理戕害。更有甚者，在别格被捕后为了证明他的死罪，白人不惜将蓓西的尸体赤裸裸地悬挂出来，让人们对别格的所作所为嗤之以鼻，并冤枉别格一定是对玛丽进行强暴后杀害。相比于别格的失手误杀，白人有意制造的话语暴力则触目惊心。

在第一次去道尔顿先生家里时，别格害怕极了，他把枪带在身上，似乎只有枪才能让他保持镇定，只有通过掌握武器才令他有一丝丝的安全感，才会"使他觉得自己跟他们处于平等地位，不致产生缺少什么的感觉"。① 小说的这个情节不禁让人想起了《大小子离家》中，大小子杀了吉姆之后，逃向山坡，在路上他想的是如果带上父亲的猎枪就好了。无论是大小子想要的那杆猎枪，还是别格的手枪，都象征着黑人所缺失的安全感。当别格去道尔顿家面试工作的时候，他穿过那片安静、宽广的白人住宅区，他感受到这个地方的冷漠与疏远，他对白人世界既陌生又恐惧。赖特正是通过这些强烈的戏剧化场景与细腻的心理描写，凸显出美国种族之间的隔阂与猜疑之深，从而将美国光鲜外表下的阴暗面暴露出来，予以无情地批判。对于别格来说，一切白色的东西都会让他感到莫名的紧迫与恐惧。比如，道尔顿家里白色的墙，道尔顿太太的一头白发、苍白的面孔以及一身白衣都会让别格感到毛骨悚然，尤其是那只白猫，像是时刻监督着别格的窥探者，注意着别格的一举一动，仿佛有一点风吹草动都会给别格带来杀身之祸。"他没想到竟是这样的状况，他也从未想到这个世界与自己所处的环境竟有这样大的差别，在这个环境中，他竟然感到莫名的恐惧。"② 在他看来，"这是个冷漠、疏远的世界，一个紧紧地包藏着白人秘密的世界"。③

当蓓西知道别格杀人的真相时，她惶恐不已，觉得自己就是这场

① 理查德·赖特：《土生子》，施咸荣译，译林出版社2008年版，第48页。
② 同上书，第51页。
③ 同上书，第49页。

命案的帮凶，然而正是蓓西这种歇斯底里情绪的表现，使得别格决定"不能带她走，又不能把她留在后面，因此他只好杀死她"，从而把自己往犯罪的深渊又推近一步。在别格面临死亡的时候，他本以为白人律师的辩护可以使这个社会对黑人的身份有所认识，对黑人的行为能有新的理解，但一切只是他的空想，一切都没有改变，他害怕死亡的到来，他害怕这个社会对他的蔑视，更加害怕家人对他的失望。他深知："他所做的事情也给别人带去了痛苦。他是多么渴望她们可以忘掉他，但她们是做不到的。他的家庭是他不可缺少的一部分，无论在血统上还是精神层面上。"①

　　在小说中，别格的母亲总是责备别格的不务正业、无所事事。然而实际上，别格是一个怀有梦想的人。但是，在一个不平等的社会，他的梦想又如何会实现？在律师麦克斯询问是什么要求迫切得竟使别格非憎恨白人不可的时候，别格讲道："我不曾有过机会。我什么知识也没有。我只是个黑人，而他们制定法律。"②

　　"我曾经想当飞行员。可他们不让我进那个我可以学到飞行技术的学校。他们盖了一所很大的学校，随后在它周围画了一道线，说什么只有住在线内的人才能进学校。他们把所有的黑孩子都关在门外。"③"我曾经想参加陆军。他妈的，那是个种族歧视的军队。他们要黑人干的只是挖壕沟。还有在海军里，我能够做的只是洗盘子、擦甲板。"④"我想要做生意。可一个黑人做生意有什么机会？我们没有钱。我们并不拥有厂矿、铁路，什么也没有。他们并不愿意我们拥有。他们让我们呆在一小块地方……"⑤别格每次想起这一切的时候，都感觉好像有谁拿着滚烫红热的铁放进了他的喉咙里，只能眼巴巴地瞅着，如同在监狱里生活着。小说中，别格在大街上和几个朋友

① 理查德·赖特：《土生子》，施咸荣译，译林出版社2008年版，第413页。
② 同上书，第394页。
③ 同上书，第394—395页。
④ 同上书，第395页。
⑤ 同上。

玩"做白人",装扮成美国总统打电话的游戏,他也想和白人一样拥有选举的权利,想和白人一样做自己想做的事情。像别格和麦克斯说的一样:"我是要在这个世界上时拥有的幸福,而不是等到离开后才得到的幸福。"① 但是他与生俱来的黑皮肤,使他的自卑感、恐惧感和仇恨感都涌上心头却无处释放。别格不止压抑着对白人的憎恨,还压抑着对家庭的愧疚与无力感。身为家里唯一称得上"真正男子汉"的人,他应该有能力改变现在这种贫困的状况,给自己的家人带来幸福的生活,但是他连自己的自由都给予不了,又谈什么为这个家庭做出贡献呢? 母亲对别格的责备无异于在告诉别格:他就是一个无用、没有志向,却有着漫无边际幻想的人。正如庞好农教授所指出的那样:"第三重意识在黑人争取权利时产生,它既有身体上的抗争,同时精神上也备受折磨,是一种对自我人格的追求,对人性的追求,是对主观上自主性的操纵,在这里它强调自我表现欲,自我价值的实现和对暴力行为的认可。"② 正是因为这种意识的紧紧相逼,别格的恐惧感不断加重,直至陷入绝望之中。

在小说中,赖特描述了那些位高权重的白人是如何将别格的梦想一步步抹杀殆尽的。"那些白色人种的种族主义者认为,只有白人位于世界的中心,是人类文明的创始者;而对于那些有色人种,尤其是黑人,他们位于世界的边缘地带,是彻彻底底的野蛮人,他们如动物一般,是这个世界的'局外人',充满着邪恶、落后的思想。"③ 别格拒绝像其他美国黑人那样为了生存而做出任何让步,他与社会的传统观念格格不入。对于别格而言,仅仅有人的感觉是完全不够的,他需要的是自我身份的认同,他渴望在这个白人世界里有属于自己的存在感。然而,由于他的黑皮肤、他的贫穷以及他的教育水平,他不可能

---

① 理查德·赖特:《土生子》,施咸荣译,译林出版社2008年版,第413页。

② 庞好农:《文化移入碰撞下的三重意识:理查德·赖特的四部长篇小说研究》,上海大学出版社2007年版,第28—29页。

③ Tyson, Lois, *Critical Theory Today: A User-Friendly Guide*, New York: Garland Publishing Inc., 1999, p. 366.

与白人拥有同样的就业机会。"在白人的思维中黑色就代表着邪恶。在相同的条件下，黑人总要比白人更难找工作。讽刺的是，哪里有繁重、辛苦、工资低的活儿，哪里天气炎热难耐，哪里就能出现黑人的身影。"① 在小说中，像道尔顿这些所谓的白人慈善家打着为黑人做慈善的虚伪旗帜，实则是在对黑人进行精神与物质上的压榨，与真正的社会剥削者无异。别格长这么大，竟然不知道一座房子可以修饰得那么漂亮，可以那么宽敞。初到道尔顿家里时，"他觉得自己坐的姿势很不舒服，结果发现他原来坐在椅子边上。他略略起身，往里坐了坐，但刚一坐下，却觉得身子突然深陷下去，骤然间还以为把椅子坐塌了呢。他害怕地腾身而起，随即看出原来是怎么回事，又提心吊胆地再次坐下。他环顾房间四周，房间里不知什么地方放射出暗淡的光线。他东张西望，想找出光源，却找不到。他没料到会遇见这种情况，他没想到这个世界跟他自己的世界竟会有那样的天壤之别，他呆在里面竟会觉得害怕"。② 而道尔顿先生的女儿玛丽是一个共产主义者，她与她的男朋友简都想通过自己的行为让黑人感受到来自白人的友好态度。他们带着别格一起去酒馆，让别格与他们像朋友一样相处。但在别格眼中，被两个白人夹在中间就"如同两堵高高的白色城墙一般"。③ 事实上，尽管玛丽对赖特的关心不乏人道主义色彩，但数百年的隔阂，使得这种关心也被曲解。当别格第一次见到玛丽时，他想的只是"她想让我丢到这份工作！他妈的！"④ 这使他们之间的隔阂不可能消除。

老鼠的死亡是别格的内在恐惧心理转化成暴力行动的开始，预示着随之而来的杀人行为。在别格联合盖斯对白人商铺进行抢劫的时候，盖斯揭穿了别格害怕的心理，于是别格暴怒地用刀子在他身上比

---

① Trotter Jr, Joe. W. , *Blacks in the Urban North*: The "*Underclass Question*" *in Historical Perspective*, Princeton: Princeton University Press, 1993, pp. 55 – 81.

② 理查德·赖特：《土生子》，施咸荣译，译林出版社2008年版，第51页。

③ Wright, Richard, *How Bigger Was Born*, New York: Harper & Brothers, 1957, p. 59.

④ 理查德·赖特：《土生子》，施咸荣译，译林出版社2008年版，第59—60页。

画，并威胁他舔刀口来发泄自己的愤怒。实际上，别格的野蛮粗暴是为了掩饰自己的懦弱，他把自己心里的恐惧与憎恨用暴力的行为释放出来。随着情节的推进，紧张的气氛在逐步升温，别格不仅要同充满敌意的外部社会进行对抗，更要与压抑已久的内在暴力倾向相抗争。在意外杀害玛丽的描写中，这种非理性的恐惧被推向极致："别格猛一回身，恐惧感向他扑面袭来，好像他在梦中从很高的地方摔下来一样。一个似幽灵一般的白色身影站在门口，一声不吭。"① 高处跌落的恐惧暗示着别格一方面能够实施暴力，另一方面却仍然远远无法掌握自身的命运。因害怕被道尔顿太太发现，他将玛丽用枕头捂住直到窒息，为了销毁证据，他将玛丽分尸后，放进锅炉里烧成灰烬。但是，别格意外地将玛丽杀害后，他却并不认为玛丽的死亡是一场偶然，在他的心里"已经杀害了她很多次，他的犯罪是自然而然的，是他的生活导致了这场犯罪"。② 这次的犯罪反而让别格打心里认为重获了新生，他如释重负。

一旦说出一个谎言，就要用千千万万个谎言来掩饰。女朋友蓓西得知真相后，别格怕事情败露，就将其残忍地杀害。"这一辈子别格干的最有意义的事儿就是这两次谋杀……他的思想从未像那一天、那一时刻那么自由，也就是在害怕、谋杀、逃跑的那惊险的一夜。"③ 对于别格来说，杀死玛丽是因为一方面他深知白人种族主义者的私刑是如何残酷，另一方面他憎恨白人虚假的所作所为。所以当他成功杀死玛丽后，他并没有后悔，反而感觉到无比的满足，认为"我是为了自己才杀人的"。这说明别格的人格正向一个可怕的深渊发展着。当事情败露，别格被捕入狱时，简不计前嫌找来白人律师麦克斯为他辩护，别格的心理产生了巨大的变化。在别格刚被捕时，他已然陷入绝望的边缘，他知道不论事情怎样发展，他都难逃一死。这是个白人至

---

① 理查德·赖特：《土生子》，施咸荣译，译林出版社 2008 年版，第 97 页。

② Wright, Richard, *How Bigger Was Born*, New York: Harper & Brothers, 1957, p. 90.

③ Ibid., p. 203.

上的社会，千千万万个白人正等着看黑人悲惨的下场，他们的愤怒与鄙视已经将别格送上了刑场。但他看见简真心地帮助他，律师麦克斯为他慷慨激昂地辩护时，他才感到一丝丝希望，他开始后悔，也开始害怕死亡，他希望活下来，追求自己的自由，过自己的生活。但不管怎样，在这个种族主义泛滥的美国社会，别格悲惨的结局已经注定了。

　　自从弗洛伊德的精神分析学问世以来，人类内心幽暗世界的大门便向理性的分析力量敞开，更为艺术与文学提供了新的创作素材。尽管精神分析学说在今天受到了一定的质疑，但弗洛伊德对无意识与潜意识的探索，由自我、本我和超我所构成的人格理论等基本概念仍被广泛接受，特别是在人文艺术领域的影响极为深远，既极大地影响了20世纪的文学批评领域，也为文学创作者更精细地描绘人物内心提供了借鉴和启发。赖特所生活的20世纪前期，正是精神分析学广为流行的年代，赖特本人对这一学说也多有研究，这使得他的小说中常常流露出明显的精神分析学意味。值得注意的是，弗洛伊德认为人的歇斯底里等症状正来自于欲望的压抑，而这种对本能的压制，实际上与白人对黑人的种族压迫具有内在的同构关系，这也就使得赖特笔下的心理畸变不再仅仅作为单纯的病理学文本存在，而是更进一步地指向社会深层矛盾。梦境可以反映一个人的心理活动与潜在意识。弗洛伊德将早期的心理结构分为"本我""自我""超我"三部分。这三者如果不能达到一致的状态，就会使人精神崩溃，不能自我控制。

　　《土生子》中的梦境表现既细腻真实，又充满了超现实的隐喻色彩：别格在梦中经常梦到自己来到一个陌生的环境，周围被白色所笼罩，身边的人也都对自己露出凶狠的目光。他害怕极了，疯狂地跑着；但自己像是走进了迷宫里一样，无论怎么努力都逃不出去。"不停地奔跑"说明别格内心是不断挣扎的，他害怕周围的一切。他想过要逃脱，想过离开这一切，而不是用杀人这种残忍的方式来发泄自己心中的仇恨。但这个社会并没有给他机会，而是将他一步步推向悬崖的边缘。别格还梦见自己手里拎着一个沉重的箱子，在漆黑的街道上孤独地行走，走着走着听见远处教堂里传来敲钟的声音，声音越来越近，仿佛就在自己的头上一般，震得他无处躲藏。他奔跑着，跑到了一个胡同里面，打开自己的行李，发现里面有一张包着东西的纸，他慢慢地打开，惊恐地发现原来是自己的头颅，他吓得连忙扔掉又跑了起来，但前面的路已经被白人堵住，钟声越来越大，自己却毫无办法。这个恐怖的梦境带有强烈的精神分析色彩与象征主义风格。虽然别格梦见的是自己的头血淋淋地出现在他身边，但此处应该是玛丽的头颅不断出现在他的记忆里，因恐惧而挥之不去。这说明，在潜意识中别格又一次回到案发现场，他的愧疚、他的恐惧已经把他逼上绝路。他想要结束自己的生命，但却没有勇气，"他知道，一旦让自己充分意识到他所过的是什么样的生活，他就会要么自杀，要么杀人。因此他尽量克制自己，装得很强横"。[1]

梦境里的钟声代表着别格的良心发现，对犯下杀死玛丽的罪行而感到愧疚，当他用炉子将玛丽的尸体烧成灰烬时，一方面是想要毁尸灭迹，而另一方面则希望通过这种方式，让玛丽彻底消失，也让自己的这段记忆彻底消失。"一想到我为什么要杀人，就开始感到我需要的东西，开始意识到我是怎么样的一个人……"[2] 别格杀人的行为固然让人们痛恨，但是从他的梦境和他的心理活动可以看出他并不是人性泯灭，他并没有让仇恨完全蒙蔽了心智，而是在潜意识里能深刻地意识到自己的劣行。但是，大错终究已经铸成，别格尽管本身无心伤害任何人，但畸形的社会制度却一步步将他引入罪恶的深渊。

《土生子》是一部现实主义文学作品，但是"在这种现实描写中，插入了大量的有关主人公的内心独白，巧妙地表现出主人公内心

---

① 理查德·赖特：《土生子》，施咸荣译，译林出版社 2008 年版，第 51 页。
② 同上书，第 490 页。

深处的心理意识，所以，使小说具有浓厚的存在主义色彩"。① "在一些西方评论家看来，只有在《土生子》出版后，黑人文学才在美国文学中占据了一定的位置，也引起了评论界的关注。"② 在《土生子》这部小说中，赖特将社会存在与心理动机巧妙地联系在一起，运用心理分析的方法来描写主人公别格的性格裂变。"社会存在决定社会意识，在这种恶劣的社会环境下，让主人公别格对生命力有着冲动的依附感和异常行为的追求。"③ 别格想通过一系列举措来证明自己的存在，实现自我身份的认定。但因为生活条件的恶劣，他整日活在恐惧与仇恨中。别格在杀人之后并没有感到一丝丝后悔，而是感受到一种前所未有的释放。他清楚地知道自己是在为心中所想而杀人，是自己真实的选择。"对于黑人种族，每日都备受折磨，他们的忍耐力和受屈辱的限度是有限的。当这个社会不能给予他们应有的认可，他们就将采用暴力的方式，来获取公正的对待。"④ 因此，即使在最后被判处死刑之时，他也把它当作是一种解脱而坦然接受了。这一切归根结底是因为当时的社会背景和社会制度。美国民众间盛传一句俗话：白人的全部事业就是统治。在这样一个充满着种族歧视的白人社会，黑人没有自由的权利，没有实现梦想的机会，只受无尽的折磨与压迫。

不公平的社会制度使美国黑人在白人统治的世界里饱受屈辱和伤害，处于极度的生存困境之中。至于黑人如何改变命运，埃里森在《理查德·赖特的布鲁斯》中认为，一般来讲，黑人以三种不同的方式面对他们的命运："通过希望和黑人宗教的感情净化作用，他们能够扮演白人为他们规定的角色，并能永远解决由此而产生的矛盾冲突；他们能够把对于歧视黑人的社会关系的不满埋在心里，同时努力

① 崔彦飞：《〈土生子〉的存在主义解读——试论托马斯·别格存在主义意识下的自由》，《山花》2011 年第 24 期。

② 张立新：《二十世纪美国文学导读》，辽宁人民出版社 2002 年版，第 89—126 页。

③ 胡铁生：《社会存在与心理动机——论〈土生子〉别格的人格裂变》，《外国文学研究》1997 年第 4 期。

④ 常耀信：《精编美国文学教程》，南开大学出版社 2005 年版，第 401 页。

寻求通往中产阶级的路，因此，有意无意地变成压迫他们黑人兄弟的白人的同伙；或者，他们抵制眼前的现实，采取犯罪的态度，与白人展开一场无休止的心理战，这一心理战常常引发为暴力。"①无疑，别格以第三种方式表达了对命运的态度。正如麦克斯在法庭上为别格所做的辩护中所说："如果只有十个或者二十个黑人受到过奴役，我们可以管它叫不公正待遇，可是全国受奴役的黑人有千百万。如果这种情况只延续两三年，我们可以说它不公正，但它持续了两百多年。不公正持续了三个漫长的世纪，在数百万人民中间、成千上万平方英里的土地上存在，就不再是不公正了，它已是生活中的既成事实……不公正待遇抹掉了一种生活方式，但另一种生活方式代之而起，带着它自己的权利、需要和欲望。今天在这儿发生的不是不公正，而是压迫，是一种要扼杀或消灭一个新的生活方式的企图……"②事实上，别格的谋杀正是芝加哥白人种族主义的猖獗所造成的，别格只是一个对于美国公众来说如此熟悉的种族主义力量的牺牲品而已。别格和其他所有的美国青年一样，有追求人格独立、经济自主、个人幸福的梦想。如果是种族主义阻止了他实现这一愿望，那么，他的恼怒的结果就是冒着生命危险去杀害他的敌人来拯救自己。因此，"在每一个黑人的骨髓里，都存有别格·托马斯的一部分"。

赖特擅长用各种意象来表现人物的生存状态，烘托人物的内心挣扎。这些意象既体现了描绘现实的精确性，又能传达出深刻的隐喻意味，恰当地衬托出主人公别格身处的环境，以及使他一步步走向死亡的原因。其中以黑色大老鼠、道尔顿夫人的白猫、白白的积雪、光明和黑暗以及墙所代表的意象最为突出。

老鼠在这部小说中一共出现了两次，一次在小说开篇部分，另一次是在临近尾声之处。刚翻开这部小说，读者就被别格追打着老鼠的场面所吸引。这里的老鼠一方面体现别格家庭条件的恶劣，另一方面

---

① 胡铁生：《美国文学论稿》，吉林大学出版社2016年版，第68页。
② 理查德·赖特：《土生子》，施咸荣译，译林出版社2008年版，第433页。

表现出别格由于生活在这样环境中所孕育的恐惧与暴力倾向，也为后面的杀人埋下了伏笔。第二次是别格在逃亡的途中，看见一只老鼠在厚厚的白雪上疯一般地四处逃窜，最后跑到一个黑洞中不知去向。老鼠其实象征着别格自己，他们有一样的颜色，又都生活在一个黑暗、狭小的空间里，他们每天过着四处躲藏的日子，心里充满了恐惧。因此，老鼠的死也预示了别格最后的死亡。

与老鼠相对，白猫在《土生子》这部作品中也多次出现。从别格第一次进入道尔顿先生家里，这只白猫就出现在别格的眼前。它全身雪白，眼神里露着凶狠的目光，尤其是看到别格走进去时，仿佛发现了一个不速之客打扰了它的生活。它寸步不离地跟在道尔顿太太的身边，监视着别格的一举一动，似乎只要有一点点风吹草动都会引起它的不满。它的脾气极为暴躁，总是上蹿下跳地在屋子里游荡。别格在它的眼里就像一只可恨的老鼠一般，浑身是令人恶心的黑色，好像只要别格稍有动作，它就会像杀死老鼠一般将他杀害。在小说里，这只白猫时常出现在别格的身边。知道别格杀人后，白猫如鬼魂一般出现，像是要随时揭发别格的罪行。别格感到恐惧，心里想着自己是不是应该把它也杀死。但它的爪子无比锋利，奔跑的速度如闪电一般，别格毫无办法，只能任它监视，心里暗暗害怕。

白雪是常常出现在小说中的景物，赖特对此进行了许多细节的描述。当他杀害了玛丽并毁尸灭迹准备逃走后，却发现窗外下起了厚厚的暴风雪。暴风雪阻挡了别格前方的道路，让别格举步维艰。暴风雪是那样的冷酷无情，似乎控制着别格每一寸呼吸，使他快要窒息。别格杀死蓓西的当晚，也是这样的暴风雪将蓓西无情地冻死在外面。赖特笔下的雪冷得让人心寒，白得令人恐惧，与诗人朗费罗笔下的雪是怎样的天壤之别啊："天地皆白，唯有河流蜿蜒而去，在雪景上画上一道弯弯曲曲的墨线。叶儿落净的大树在银灰色天幕的映衬下，枝丫盘错，更加显得奇伟壮观。雪落、无声、幽寂、安宁！一切声响都趋于沉寂，一切喧嚣都化作了轻柔的乐曲……"不仅在现实中，甚至在别格的梦中,"雪"这一意象无时无刻不出现在他的脑海里,挥之不去。这一片白雪总是和血淋淋的头颅一起出现,这更加渲染了别格的恐惧心理。那片白雪就像美国社会中的白人一样,它时刻告诉着黑人们,他们在这片白雪中是那样的格格不入;而那个血淋淋的头颅就象征着别格自己,告诫着他在这个社会无处可藏,只有死路一条。

小说中不乏对光的表现,但这里的光线并不使人温暖,而是同白猫、白雪一样,呈现出一缕缕令人不安的白色。正是这种白色使别格内心充满恐惧。当他杀死蓓西时,本想打开手电筒,看一下蓓西是否真的死去了。但是就是这样一个简单的行为,别格都不敢尝试。他不敢在灯光的照射下独自一人与蓓西的尸体相处,因为那样会让别格觉得白人在他的身旁注视着这一切。当事情败露后,别格被一群白人记者围绕着。比起记者们那一张张冷漠的脸颊,更令他害怕的是他们手中的闪光灯。只见白色的光线一闪一闪地在别格头顶,不管走到哪儿,它们都紧紧跟随,这让别格毛骨悚然。与这片光明相对照的就是眼前的黑暗,黑暗似乎是一种安全的保护。但对于黑暗,别格是矛盾的:因为它既象征着一种保护,又是一种危险的讯号。别格讨厌他的黑色皮肤,认为这一切不平等待遇都是源于自己黑色的皮肤。但是他如老鼠一般,每天都在逃窜,只有跑到黑暗中才能让他感到安全,才能让他的内心得到些许的平静。光明与黑暗在别格的生活中不断交替着,在这里,强烈的色彩对比,正是对美国社会种族之间紧张关系的隐喻,也表现出这种歧视如同光线一般无孔不入,无可逃遁。

"墙"这一意象在小说中出现多次。在主人公别格那个只能容下四人的狭小空间里,四面都是白墙,让本来压抑的气氛又增添了几分恐惧。空间上的压抑更加剧了人物内心的窒息感,他每天都要生活在这里,一抬头眼前就是这片如监狱一般的白墙,而生活在墙内的别格犹如被困的野兽,内心蕴藏着亟待爆发的野蛮力量。当他去道尔顿先生家里时,道尔顿太太手扶着两边的白墙,一步步向他走来。而这样的举动,似乎告诫着别格,在这个房间甚至这个社会,白人占据着所有的一切，他们抹杀着黑人的梦想、霸占着黑人的财富、侵占着黑人生活的空间。之后，具有共产主义思想的玛丽与简出现，他们希望自己能够让别格融入这个社会，在白人的世界能找到属于他自己的天空。他们带着他一起出行，让别格与他们以朋友相称。在驾驶中，他们坐在别格的两边，尽管出于善心，但这种行为却让别格感觉被高高的墙所包围，他没有了自己的意识，没有了自己的空间，更加没有自己想要的自由。因此别格憎恨玛丽与简，在别格内心深处，他们的行为是虚伪的、无用的，他们不知道别格真正想要的是什么，反而束缚着别格的一举一动。"在美国社会中，黑色就代表着贫困、罪恶、愚蠢。不论在什么方面来说，他都是处于劣势地位，与白色人种不能相提并论。社会学研究者发现在美国城市中，因暴力行为被逮捕的黑人比例要远远超过黑人人口在城市中所占比例。"[1] 在最后别格被审判时，"墙"的意象再次出现：围观的人群犹如一道道白墙，彻底断绝了别格通往自由的希望。他们鄙视别格的行为，认为他就是一个禽兽，认为世界上所有的恶行都是黑人所做。

除了肤色上的对比，"盲"这一身体缺陷的意象蕴含深刻。道尔顿太太的盲眼就是这一意象的典型代表。她表面上对黑人进行慈善工作，但是实际不理解黑人想要什么，只是把自己认为对的东西强加给黑人，却对造成黑人贫困的社会结构视而不见。在这种情况下，白人所满足的仅仅是自己的内心需要与宗教热情，而对于黑人的偏见乃至误解，其实从未消失。因此，麦克斯在法庭上明确指出，道尔顿太太的慈善和她瞎了的眼睛一样，是盲目的，只会造成悲剧。不仅如此，这种"盲"也体现在玛丽和简身上：虽然他们有共产主义作为思想武器，但实际上他们对于别格内心的需求一无所知，这种单纯建立在理论上的同情与帮助实际上起不到任何作用。当然，除了控诉白人，赖特对于黑人自身的问题也予以公正的关注和评价，这就体现在

---

① Wilson, William Julius, *The Truly Disadvantaged: The Inner City, the Underclass, and Public Policy*, Chicago: The University of Chicago Press, 2012, pp. 129 – 160.

"盲"的意象不仅仅体现在白人身上，甚至别格的母亲和妹妹还有蓓西在某种意义上也都有"盲"的特征：她们面对歧视和压迫并不愿反抗，只是一味选择用逃避的方式来解决问题。白人的"盲"是"视而不见"，而黑人自己的"盲"则是"麻木不仁，刻意回避"。

此外，声音元素也在小说中得到了一定的体现。例如小说中别格的姓托马斯（Thomas），无疑让人联想到"汤姆大叔"这一形象，而姓名别格·托马斯（Bigger Thomas）会让人联想到《汤姆大叔的孩子们》中长大了的"大小子"。① 这既是在黑人文学的传统中找到了"客观对应物"，也是在此基础上对于传统黑人文学形象的一次反转："《土生子》中塑造了一个新黑人形象——别格·托马斯，颠覆了在这个以白人为主流文化中黑人的概念化形象——汤姆大叔。传统的黑人形象是不敢与社会斗争，甘愿在压迫中生存的，而别格代表的是新一代的黑人形象则有着追求自由的精神。"② 此外，"Bigger"这一词，从元音韵上，让人联想到英文中的"Nigger"（黑鬼），这个带有侮辱性的称呼，恰恰浓缩了黑人族群所遭受的屈辱与不公，也使得别格既可被视作一个典型的青年黑人形象，又可被视作千千万万个黑人的缩影，从而加强了《土生子》的象征意义。

第三节 《黑孩子》"自己"的神话叙事

赖特继《土生子》之后推出的另一经典代表作是《黑孩子》，一部自传体小说。《黑孩子》最初的题目是"黑人忏悔录"，讲述赖特早期在南方的童年和青少年经历以及成年以后在北方的生活。赖特最初的手稿包括两部分：第一部分"南方之夜"，共计十四章；第二部分"恐惧与荣誉"，共计六章。当付梓的时候，由于篇幅较长，出版社

---

① Rubinstein, Annette T. , *American Literature*: *Root and Flower*, Beijing: Foreign Language Teaching and Research Press, 1998, p. 703.

② 汪顺来:《〈土生子〉中的隐喻意义》,《时代文学》2011 年第 2 期。

只保留了第一部分，这就是我们现在读到的《黑孩子》的版本。而描述赖特北上及其在芝加哥作为作家生活的那一部分《美国的饥饿》直到 1977 年才出版。20 世纪 20 年代末，美国股票市场崩溃，经济出现大萧条。赖特的《黑孩子》正是在这场灾难式的经济危机的背景下诞生的。《黑孩子》以第一人称的视角讲述了赖特的成长历程，特别是童年与青少年期所经历的种种见闻。赖特以"诗意现实主义"的笔触既鞭挞了种族歧视和种族压迫的社会现实，同时又斥责了黑人的盲从心理。

　　追求真理是西方文明的核心。自古希腊开始，西方人就对追求真理有着非凡的执着。人们总是试图认识世界，认识自我。《黑孩子》所描绘的少年时代的赖特很敏感，白人世界许多不平等的问题困扰着他。他就是这样在好奇心的驱使下采取行动去认识世界，又在实践中不断思考不断丰富自己对世界的看法。小说实际上可以看作是主人公的内心独白，反映他对社会的认知过程。

　　根据传记文学理论，作家要在自传中呈现两种关系："我"与别人的关系；"我"与时代的关系。在呈现这两种关系的过程中，作家不断地揭示自我。展示"我"与别人的关系需要传记事实，展示"我"与时代的关系需要历史事实。[①] 赖特描述他在童年时代种族隔离环境的生活感受时，写出了孩童的可怕遭遇：被父亲遗弃，母亲多病，亲属冷漠，外婆把他称为"魔鬼的产物"。他自幼孤独、敏感、聪慧，最终在文学创作上获得了成功。在白人种族主义十分猖獗的美国南方，童年给赖特留下的记忆是白人小孩的肆意欺凌和殴打，是无休止的饥肠辘辘，是随时都有可能遭遇到的暴力，对这一切他满怀恐惧和愤怒。成年后在北方城市的贫民窟的经历，更加深了他对白人社会的不满。

　　在《黑孩子》中，作者使用拟人化的手法回忆对饥饿的感受，令

---

① 赵白生：《传记文学理论》，北京大学出版社 2010 年版，第 35 页。

人印象深刻："饥饿在悄悄向我袭来，它来得那么慢，以致我最初并没有意识到饥饿究竟意味着什么。过去，我总是在玩耍时多少有点感到饿；可现在呢，我开始半夜一醒来就发觉饥饿呆在我的床边，正憔悴地用目光盯着我。我以往曾有过的那种饥饿感并不是可怕和抱有敌意的陌生人，那是一种促使我经常不断地要面包吃的正常食欲，等到吃到了一两块干面包片，也就满足了。然而，现在这新出现的饥饿感却使我张皇失措、烦躁不安、嗷嗷待哺而不可终日……"① 饥饿被描写得如幽灵一般，半夜会出现在睡梦者的床边，而且形容枯槁，目光憔悴。"因此，每当我感到饥肠辘辘时，就会深深地怀着生理上的痛苦想到他。"② 可见一个抛妻弃子的男人给年仅五岁的小赖特带来的创伤！

"因为母亲无法挣到足够的钱来填饱我们的肚皮，以至于我总是腹中空空，每天的大部分时间总感到头痛。有一天我实在饿得慌，于是第一次独自来到有高大白房子的白人住宅区试图把小狗贝蒂斯卖掉。结果，有些白人让我吃了闭门羹，还有些白人要我到后门去，但我是有自尊心的，绝不会干那种事……"③ 最后终于有个年轻白种女人把小狗抱走了，"我"等在走廊上，"对白人世界那么清洁、宁静感到吃惊。一切事情是那么井井有条！然而，我感到不自在。我不想在这儿生活。这些房子是那些迫使黑人离别自己家园在黑夜中逃遁的白人住的。我渐渐紧张起来。会不会有人说我是个坏黑鬼而想法儿把我弄死在这儿呢……心里越来越焦急，我把饥饿都忘了。我要赶紧回到自己熟悉的黑面孔那儿去以求安全"。④ 年纪轻轻的赖特意识到，白人生活的清洁宁静、井井有条是建立在剥削和压榨黑人的基础之上的，黑人被迫背井离乡，过着食不果腹、暗无天日的生活都是拜白人

---

① 理查德·赖特：《黑孩子》，程超凡译，长江文艺出版社 1985 年版，第 15 页。
② 同上书，第 17 页。
③ 同上书，第 80 页。
④ 同上。

的"文明与高尚"所赐！这一刻赖特的饥肠辘辘就不再是那个深夜徘徊在他床前的面容憔悴的幽灵了，而是一个目光如炬的智者，让他看清了不平等的社会现实，坚定了寻求自由而有尊严的生活的决心。同时，因为赖特曾经亲眼看见过白人暴徒将一个黑人活活烧死后又肢解了他的尸体，所以他停留在白人居住区时的恐惧可想而知。

从时间与自传记忆的关系来看，自传文本的真实性必然是一种自传叙述人用满足当下自我意识的方式来"认同"自我的建构性。"自传如今被理解为一个过程，自传作者透过它，替自我建构一个或数个身份。"① 即自传是一种"制作"而不是复述，自传的真实性是一种有选择的真实，它是自传叙述人对自我真实事件的重构和解读。"事实上，要求一个人在他的自我描述中绝对真实，就像是尘世间的绝对公正、自由和完善那样荒唐。最热切的决心，最坚定的信念，想忠于事实，从一开始就已经是不可能的了，因为无可否认的事实是，我们根本就不具有可以信赖的真理器官，在我们开始描述自己之前就已经被记忆骗取了真实的生活经历的情形。"②

传记作家往往从特定的身份出发来再现自我，身份认同是传记作家以自传事实为主，以传记事实和历史事实为辅的一个基本准则。③因此，想要更好地解读赖特的这部自传体小说，就一定要弄清楚当时的历史事实：其一就是1896年的"普莱西诉弗格森案"，这个判决维护了种族隔离的合法性，使得美国南部各州不仅在公共场合实施"隔离但平等"的种族隔离法，而且在诸如婚姻这样的社会领域也将黑人与白人隔离。其二就是经济大萧条之后的美国经历了股市狂跌、工业停滞、大规模失业，有些地方甚至发生了饥荒。许多像赖特一样的美国知识分子对资本主义的生产方式产生了质疑，而共产党宣称他们的

---

① 转引自王成军《关于自传的诗学》，《英美文学研究论丛》第五辑，上海外语教育出版社 2006 年版，第 183 页。

② 同上书，第 175 页。

③ 赵白生：《传记文学理论》，北京大学出版社 2010 年版，第 83 页。

政治哲学建立在科学的模式上，他们提出进步理论，不仅强调平等、正义和团结，而且强调一致性。由于革命党的许多信条符合人类最崇高的情感，因此美国共产党吸引了包括赖特在内的很多理想主义分子。

赖特从小就是个叛逆、好奇心很重的孩子，他甚至在四岁的时候就不慎放火烧掉了外婆家的房子。显然，他的童年是不幸的。父亲抛弃了他和母亲之后，可怜的赖特只能辗转生活在各个亲戚之间。无论是在舅舅家的短暂寄居，还是在外婆家长达几年的生活，都让赖特倍感寄人篱下，同时又遭受白人的欺凌和歧视，在恐惧和愤怒中度过了苦难的童年。赖特强烈地感受到与所处环境的不和谐。他不喜欢和其他小朋友一块玩耍，他更喜欢自己读书。随着年龄的增长，他愈发感受到自己与周围环境的格格不入。赖特在白人世界找工作时，惨遭极端种族主义的欺凌与迫害，势单力孤的他面对这一切，无力改变任何事情。迫于形势，赖特一家把北方当作重生的希望之地，想方设法凑够资金后，他和姨妈去了芝加哥。在芝加哥他做过很多工作，但大多是低等的职业。他白天擦洗地板，晚上阅读文学作品。后来，他在邮局谋到了一份工作，一些赞同他的愤世思想的白人同事邀请他加入了一个叫"约翰·里德"的俱乐部，这个俱乐部其实是一个激励社会变革的组织。当时他还参与了一个名叫《左翼》的杂志的创作工作。在芝加哥加入共产党后，赖特渐渐地融入共产党组织的活动，起初他认为他能在党内找到自己真正的知己并和他们一起努力来改变这个社会，赖特很快发现，这里的共产党员虽然对社会有诸多不满，但缺乏足够的行动力，对改变社会充满恐惧。而且，他发现共产党并非他想象的那么勇敢与真诚，相反，他们惧怕与自己意见不同的人，而赖特作为一个敢于质疑的人很快便被贴上"反革命"的标签，其他的共产党员同事则无端地以各种理由来攻击他。面对这种令人失望的局面，赖特并没有听之任之，而是毅然决然地退出共产党组织。他在经历中成长，又在成长中更加真切地看清了这个世界。

　　赖特在《黑孩子》这部自传中重新审视自我，以成年的视角回顾了十九岁以前的"自己"。在其记忆的诗篇中采撷了最能触动他灵魂的事实经历——既包括他所经历的痛苦与恐惧、欢乐与希望，也包括改变他思想轨迹的事实——他从天真无知到深深体会种族歧视的黑暗现实的成长过程。作为赖特早年南方生活经历的叙述，《黑孩子》不仅在文本结构上采用了早期奴隶叙事的模式，呈现出一个备受歧视的"边缘人"的文化身份，而且在主题模式上，赖特遵循着"厌恶—反抗—寻求"这样一条主线，叙述了他从童年起就饱受着来自家庭、黑人教会和白人种族主义社会的压力，这些压力强制性地要求他必须按照规定的方式生活。他感到生活无一丝意义，并一直寻求如何能够在这样的世界里过有意义的生活。终于他发现了读书带给他的愉悦："我是通过读书——充其量不过是间接的文化灌输——才得以在缺乏维持生命所必需的东西的情况下勉强活下来的。"[1] 教育是人类解放的必由之路。由于赖特所处的时代是一个种族歧视猖獗肆虐的时代，作为生活在社会最底层的他既没有政治权利又因经济条件的限制不能接受与白人同等的教育。据历史资料统计，在赖特那个时代，在密西西比州，每一个黑人孩子的年平均教育投入为 5.62 美元，而白人孩子则为 25.95 美元。赖特的受教育道路艰难而曲折：先是在教会学校读书，虽然他很不情愿，但是可以省掉课本费；后来终于转到了公立学校，赖特表现出决心，要以自己独特的方式应对各种可能发生的事情。然而，真正开启赖特心灵之窗的是他在孟菲斯一家报纸上读到的批评家门肯写的一篇谴责白人的文章。这篇文章激起了赖特极大的兴趣，以至于他不惜以伪造图书卡的方式去借书。读了门肯的作品后，赖特的人生观发生了转变。门肯强有力的语言和率直的批评观唤醒了赖特。当赖特写道"读完这本书时，我确信自己过去是忽略了人生中极为重要的某些事情"时，他将自己的故事与这种传统联系起来。赖

---

[1]　理查德·赖特：《黑孩子》，程超凡译，长江文艺出版社 1985 年版，第 318 页。

特深深体会到南方黑人是没有尊严的，低人一等的生活境遇促使他去思考社会，他用历史的眼光审视和他一样的广大黑人的遭遇，他深刻地意识到他可以通过写作来抗议美国社会，揭露美国社会惨无人道的种族政策。

作为一部回顾以前"自己"的传记作品，《黑孩子》不仅描述了赖特的成长过程，也阐明了他的政治立场、生活态度和文学倾向，正如赖特所说："我喜欢深入研究心理学、现实主义及自然主义的小说和艺术，并投身到那些能左右整个人类灵魂的政治漩涡中去。"①《黑孩子》是赖特故事和作品的核心，是赖特作品之外的一把钥匙，因为这是一部通过剖露内心完成自身的作品，像其他同类作品一样，能提供例子以证明作者故事的起源。《黑孩子》的深刻之处在于它使人看到发生在青年赖特身上的故事以及这样的故事为什么会发生，它是一部"有关一个黑人童年和青少年时代的真诚、骇人、令人心碎的故事"。所以说，《黑孩子》的特殊意义在于赖特既是此书的作者又是此书的主人公，能够通过其写作戏剧化地作出对他全部生活的说明。

《黑孩子》集中体现了赖特对观察和反映他身边种族主义世界的渴望达到了巅峰。在整部故事中我们可以看到，赖特已经觉察到了种族歧视的危害，这种危害不仅体现在它影响了白人与黑人的关系，也体现在它影响了黑人群体内部的关系。赖特以自传的形式对自己的黑人背景进行了反思：

> 经历了童年时代的打击幸存下来并养成了思考的习惯以后，我常常会对黑人身上出奇地缺乏真正的善意这一点进行深思，我们的情感是多么的反复无常，我们多么缺乏真诚的爱情和巨大的希望，我们的快乐是多么胆怯，我们的传统多么贫乏，我们的回忆多么空虚，我们多么缺乏把人与人结合在一起的那些难以捉摸

---

① 理查德·赖特：《黑孩子》，程超凡译，长江文艺出版社 1985 年版，第 45 页。

的感情，甚至我们的觉悟又是多么微不足道。有些人觉得，那些黑人过着如此富有激情的生活！当我对其他生活方式有所了解以后，我常常对这些人无意识的讽刺郁郁沉思。我看到，那些一直被人误以为是我们情感力量的东西，其实就是我们在压力下消极的混乱、逃跑、恐惧以及疯狂的激动。

在美国的黑人，生活基本上是凄凉的。每当我想到这一点，我就知道，黑人从未被允许领会西方文明的全部精神实质，他们莫名其妙地生活在西方文明中，但并不属于这种文明。当我对黑人文化的贫乏进行仔细思索时，我不知真正的温柔、爱情、荣誉、忠诚和记忆力是不是人天生就有的。我心里在想，人类的这些品质是否并非培养出来，争取得来的，人们并不为之斗争、受苦，这些品质也不是在代代相传的宗教仪式中保存下来的。①

在《黑孩子》中，赖特把一个黑人青年在南方的生活总结为在战斗、卑躬屈膝和自我憎恨的投射间的一种选择，或通过性和酒逃避。赖特没有受这些方式的影响，他最后选择的行动方向是他所称的"活生生的黑人伦理学"：通过1927年逃离南方、1947年逃离美国使他的受挫折升华。②

美国第36任总统林登·约翰逊非常同情美国黑人，他在哈佛大学的一次演讲中说道："家庭是社会的基石，当家庭崩溃时最先受到伤害的是孩子。"③ 不幸的是，赖特从小就生活在一个濒临崩溃的家庭中。赖特家里的男人粗暴恶俗，毫无责任感。除了与家人关系不和，赖特在很小的时候就对白人和黑人之间的关系问题存有困惑。童

---

① 理查德·赖特：《黑孩子》，程超凡译，长江文艺出版社1985年版，第41—42页。

② 伯纳德·W. 贝尔：《非裔美国黑人小说及其传统》，刘捷等译，四川人民出版社2000年版，第191页。

③ Rainwater, Lee and Yancey, William L., *The Moynihan Report and the Politics of Controversy*; *A Trans-action Social Science and Public Policy Report*, Cambridge: M. I. T Press, 1967, p. 130.

年时期一次坐车经历中，小赖特就注意到了售票处黑白两列分隔明显的人群，一列是"白人"，一列是"黑人"；就连车厢内的座位也有明显的白人区和黑人区之分，这是赖特第一次认识到白人和黑人的区别。接下来让赖特感到困惑的就是白人和黑人的地位与社会分工的不同。一次，小赖特在野外玩耍的时候，他看见一队队的黑人士兵手握步枪，向战地前进。还有一次，他亲眼看见了一群戴着脚镣的黑人囚犯在挖沟渠，而肩上扛着步枪的白人紧紧地看着他们。那时的赖特就想弄明白为什么黑人与白人的地位如此的不同，为什么黑人要冲锋卖命，为什么黑人沦为阶下囚，而白人却高高在上。迫于生计的考虑，年轻的赖特先后到两个白人家庭去当男仆。虽然这些白人都受到过良好的教育，但种族歧视同其他根深蒂固的偏见一样，在他们眼中就如同黑夜过后是白天一样再正常不过了。在两个白人家庭中，赖特都遭到了不公平的待遇。第一个白人家庭的女主人直截了当地问他是否偷东西，还蔑视和嘲笑他的理想，这严重伤害了他的自尊心。在第二个白人家庭，赖特因不会挤牛奶而受到责骂。在文中，赖特写道："我面对着的是这女人头脑中的一堵墙，一堵她没有意识到其存在的墙。"① "墙"这个意象是赖特的经典创造，在之前的小说《土生子》一书中就反复出现，形象地写出了种族歧视者心理的冰冷、顽固、僵化和没有人性。在白人家庭里当仆人受到的冷遇和侮辱使赖特的内心困惑不已，他不明白为什么白人和黑人在地位上会有如此大的区别，为什么白人会用这种不公正的态度来对待黑人。面对种种困惑，赖特感到身心俱疲。

在经历了痛苦的童年之后，赖特终于明白了种族歧视就是白人和黑人中间的那堵墙。从童年的经历以及为白人工作的经历中，赖特认识到了美国种族歧视的猖獗，但他并没有放弃自己的理想。他和家人一起计划着未来的生活，毅然辞掉了自己在南方的工作，坐上了前往

---

① 理查德·赖特：《黑孩子》，程超凡译，长江文艺出版社1985年版，第169页。

北方芝加哥的火车，用赖特自己的话说"我走得于心无愧，义无反顾"。在芝加哥，他做过很多工作，但大多是低等的职业。他白天干擦洗地板的工作，晚上如饥似渴地阅读他所喜欢的文学作品。"现在我明白了作为一个黑人的意义。我能够忍饥挨饿。我早就学会了含恨而生。一想到我得不到同情，并且无法改变自己的命运的时候，我就感到无比的痛心与难过，这甚至比任何事情都让我感到痛苦，我产生了一种新的饥饿。"① 这种新的饥饿就是对知识的渴望：赖特在书中找到了南方人会憎恨北方白人的原因，并懂得用自身的理性来思考，懂得去面对复杂的现实状况。此后，他又读了刘易斯的《大街》、德莱塞的《珍妮姑娘》等许多批判现实主义小说。这些小说开拓了赖特感觉和视觉的新途径，使他觉醒，使他认识到了黑人的弱小与白人的强大，更意识到这种不平等并非天经地义，而是源于漫长的历史进程与政治、经济等因素。在芝加哥加入美国共产党后，他的经历告诉他做一个刚正不阿的黑人是需要勇气的。他再一次深刻地意识到了黑人与白人之间有一堵不可翻越的围墙，而这堵围墙看似冰冷坚固，却仍有打破的可能。这些经历唤起了赖特追求自由平等的意识。

《黑孩子》既可以视作赖特对自身经历的准确描绘，也可看作赖特试图以个人化的经历为基础，表现非裔美国黑人作为一个种族所面临的政治、经济与文化困境，以及为此所做出的思考与实践。这其中最为重要的是个人自我意识的觉醒与整个种族身份的自觉。在赖特看来，唯有正确地认识黑人种族在美国历史长河中所起到的重要作用，准确定位黑人在当代美国社会中所扮演的角色，才能为黑人种族争取平等权利打下坚实的基础；而达成这一目的，除了需要主观上的奋斗精神外，也需要自身素质的提高与理论的武装；而马克思主义思想为普遍处于被剥削、被压迫地位的弱势民族提供了正确认识社会关系、建设理想社会的路径。尽管赖特由于个人原因，与美国共产党组织产

---

① 理查德·赖特：《黑孩子》，程超凡译，长江文艺出版社1985年版，第291页。

生了龃龉，但马克思主义思想却一直深刻地影响着他，成为他的思想核心。

对赖特而言，文学作为反映社会现实的一面镜子，其目的就是"获得一种自然状态，或是自然变化，这样就给读者一种强烈的主观印象……如果我能用文字紧紧抓住读者的心，并且能使读者忘记文字的存在，只意识到对作品的反应，那便证明我知道如何进行小说叙事了"。① 虽然赖特的小说《土生子》曾被扣上"典型环境下的典型人物性格"的帽子，但这并不能证明赖特对现代主义思潮置若罔闻，而是他有意识地顺应了当时左翼文学的批判传统。事实上正如在《黑孩子》中作者所回忆的那样，早在 1927 年赖特来到芝加哥之后，他就经常和约翰·里德俱乐部的成员们一道讨论艾略特、乔伊斯等人的作品。因此在《黑孩子》这部作品中随处可见诸如反讽、隐喻、意象和内心独白等现代主义文学特征。

赖特通过叙述反讽使他的作品充满骨力。在第二章中，黑人士兵和戴镣铐囚犯团的相继出现是情景讽刺的典范。一方面，赖特用这些形象来暗示，如果黑人自愿为保卫美国而战，那美国必定是个善待黑人的国度；但另一方面，赖特利用戴镣铐囚犯团来说明美国黑人受着不公正的待遇，这表明他们事实上并不是生活在一个善待黑人的国家里。赖特在书中把两件事情紧密联系在一起，其讽刺功力可见一斑。同是在第二章，霍金斯姨夫开玩笑地把马车赶到河里的故事虽然吓坏了赖特，但是对他自身并无太大影响。赖特在作品中加入这一情节，让它刚好发生在霍金斯由于种族原因被害的情节前，隐喻了种族歧视就如同赶车入河一样充满恐惧和邪恶，更重要的是它的产生无任何缘由。作品中的赖特身体上的饥肠辘辘只是残酷的生活给他造成更大空虚感的象征。因此，"读书"的意象反复出现，则代表了"读书"是赖特的面包和水，是满足他精神空虚的"食物"。

---

① 谭慧娟：《是不为也，非不能也——理查德·赖特及其文学创作中的现代主义特征》，《外国文学研究》2010 年第 1 期。

下面这段内心独白又是一例现代派创作风格的有力说明："每一件事情都在用一种晦涩的语言诉说着。生活中的许多时刻在慢慢显露出其代码意义。当我第一次看到，一对山峰般高大的、有黑白斑纹的马，穿过飞扬的尘土，在由碎石铺砌而成的大路上奔驰时，我感到一种奇迹……看到一只重负在身的蚂蚁，孤独而神秘地行走在大路上，我不由产生一种对身份认同的渴望。当我折腾一只胆小怕事的蜷缩于一个生锈锡罐内的紫红色小龙虾时，我对自己产生了鄙视。看着一簇簇白云在无形的阳光照射下闪烁着金色和紫色的光芒，我感到一种隐隐作痛的荣耀。看到血红色的晚霞照射在雪白的石灰墙木屋的玻璃格子门窗上时，我始终有一种惊恐不安。看着一根腐烂原木的阴暗处躲藏着一棵颜色发白的牛肝菌，我感到它代表了某种隐含不可告人的秘密。布满苔藓的橡树沉默不语，却有一种王者风度，让我由衷喜爱。看着在夏天烈日暴晒下，小木屋木头都弯曲变形，我感到这似乎暗示了某种宇宙的残忍。"[1] 这段叙述采用内聚焦的方法揭示了主人公纷繁复杂的内心世界。

由此可见，赖特是一个极其敏感的作家，一方面他痛彻地感悟到了黑人所遭受的不平等以及这种不平等给黑人的身心带来的摧残；另一方面他也明白无误地体会到了现代主义思潮的冲击。赖特在展示黑人现实生活的原貌时，在忠实于生活本原的同时淋漓尽致地发挥了他的创作天赋，在作品中有意无意地显示出现代主义的写作特征。"美国黑人的历史就是这种斗争的历史——渴望获得有自我意识的人的地位，渴望把自己的双重自我融入一个更美好、更真实的自我。在这种融入的过程中，黑人不希望丧失原来两个自我中的任何一个。他一方面不愿使美国非洲化，因为美国有太多的东西可以传授给非洲和世界；另一方面他不愿自己的黑人灵魂在崇尚美国的大潮中被漂白，因为他明白，黑人的血液里含有传递给这个世界的信息。他只希望有可

---

① 理查德·赖特：《黑孩子》，程超凡译，长江文艺出版社1985年版，第6—7页。

能使一个人既是黑人又是美国人，而不被他的白人伙伴诅咒和侮辱，不会被粗暴地挡在机会大门之外。"① 杜波依斯的这段话，恰恰是赖特思想的写照。

第四节 《局外人》中克罗斯的荒诞存在

存在主义文学是 20 世纪 40 年代产生于法国、50 年代后盛行于西方文坛的一个重要文学流派，是在存在主义哲学基础上形成和发展起来的。存在主义文学最初是作为对存在主义哲学思想的形象阐述而出现的，具有鲜明的哲理性。其基本主题是表现出对人的生存状态的深切关注，肯定人的存在先于本质，揭示世界的荒谬和人生的痛苦，主张人的自由选择。存在主义在特定的虚构的境遇里表现人物，展开情节，让人物在特定的环境中自由选择自己的行动，造就其本质；注重介入生活，贴近生活，作品富有真实感，如同实地拍摄一样地展示生活内容、集美丑于一身；加强戏剧冲突，尤其注重表现人在选择与存在二者之间的痛苦的心理冲突。

存在主义者认为，个人的价值高于一切，个人与社会是永远分离对立的。人是被扔到世界上来的，客观事物和社会总是在与人作对，时时威胁着"自我"。法国著名哲学家及作家保尔·萨特在他的剧本《禁闭》中有一句存在主义的名言："他人就是（我的）地狱。"存在主义者把恐惧、孤独、失望、厌恶、被遗弃感等，看成是人在世界上的基本感受。在他们看来，人和其他动物的区别，在于动物不知道自己死亡的来临，无所谓对死亡的恐惧；而人能知道自己终究不免一死。因此，他们认为，存在的过程，就是死亡的过程，从而得出了"存在"就等于"不存在"的悲观主义结论。存在主义作家反对按照人物类型和性格去描写人和人的命运。他们认为，人并无先天本质，

---

① W. E. B. 杜波伊斯：《黑人的灵魂》，维群译，人民文学出版社 1959 年版，第 4 页。

只有生活在具体的环境中，依靠个人的行为来造就自我，演绎自己的本质。小说家的主要任务是提供新鲜多样的环境，让人物去超越自己生存的环境，选择做什么样的人。因此，人物的典型化被退居次要的地位。

"荒诞"是存在主义哲学中最为核心的概念之一。法国荒诞派哲学的代表人物阿尔贝·加缪在《西西弗的神话》一文中将"荒诞"定义为在"人类的需求与世界的非理性的沉默这两者的对抗中产生的"，是"人与生活、演员与布景的分离"。深受存在主义哲学影响的赖特，将自己对荒诞的理解融入了小说创作当中，探索人在面对苦难、焦虑和绝望时的存在状态。从这个意义上说，赖特此时已经实现了对自我的超越——他开始向更为深邃与抽象的人类普遍境况进发。

众所周知，赖特于 1947 年移居法国后很快和萨特及加缪等人成为朋友，受他们的影响，赖特在思想上发生了变化，从小说《局外人》可见一斑。在这部小说中，赖特实现了他个人惯有主题——"暴力、非人性、愤怒与恐惧"与存在主义所认为的人在世界上的基本感受——"恐惧、孤独、失望、厌恶、被遗弃感"的有机融合。所以有评论家直接指出，《局外人》"表明了在法国生活了好几年之后的赖特先生所受欧洲世俗型存在主义思想影响的程度"。① 也有一些黑人评论家认为，赖特对于存在主义的兴趣暗示着他与之前的观点相背离，也许是因为这一点，著名的美国黑人剧作家洛林·汉斯伯曾经指出："《局外人》是一部纯粹的暴力、凶残、恶心场面描写的小说，是由一个鄙视人性的作家所创作，赖特已经失去了自己的尊严并摧毁了他的才能，他赞扬了这种暴力与虚无状态。"② 无独有偶，许多白人作家也表达了同样的观点，认为这部小说是赖特写作水准下滑的开始，指出《局外人》是一部残忍的、令人忧伤的暴力小说，而它背

---

① 王家湘：《20 世纪美国黑人小说史》，译林出版社 2006 年版，第 147 页。

② Hansberry, Lorraine, *Review of The Outsider*: *The Critical Response to Richard Wright*, Westport: Greenwood Press, 1995, p. 109.

后经历的只不过是一种从无望的愤怒上升到野蛮残杀的过程。更糟糕的是,《局外人》中凶残的杀人场景、乏味的说教演讲、情节上过多的巧合以及对次要人物的单调刻画使读者感到赖特在艺术创作上已经江郎才尽,毫无创新可言。当然,也有一些评论家对《局外人》表达了赞美之情,认为《局外人》是一部充满着感情色彩的小说,它充分地表现出在咆哮的 20 世纪 20 年代里那种失望、困惑、焦虑、暴力的行为和麻痹的思维之间的冲突。阿尔尼·邦当认为:"这部小说就像是一群来自山那边的强盗,伴随着马喷鼻气的声音和枪喷射出的火焰气势汹汹地赶来,决心要毁灭这个小镇。这样的场面冲击着我们的每一寸神经,让我们难以入睡。"① 同多数评论家倾向于道德批判不同,阿尔尼·邦当指出:"克罗斯的问题不在于他的肤色,这使那些相信在芝加哥南部居住的黑人们连吃饭、睡觉甚至呼吸时都感到种族主义存在的人感到惊讶。"② 邦当高度肯定了赖特在这部小说中所用的艺术技巧与写作手法。事实上,那些对《局外人》持否定态度的评论者,大多缘于小说中的主人公戴蒙·克罗斯并没有延续《土生子》中别格的"新黑人"形象,或者至少觉得赖特的新作应该与《土生子》有着同样的感情基调。作为一位有着强烈自省意识与思考能力的作家,赖特时时刻刻都在寻求思想上的进步与写作技巧的革新。《局外人》作为第一部由美国人所写的具有存在主义意识的小说,其作者赖特同大多数存在主义作家一样,以表现存在主义的哲学观为己任,作品重思想,轻形式,所以或许并未取得预期的成功,但赖特本人的探索与思考同样值得重视。

《局外人》开篇时,主人公戴蒙·克罗斯的个人生活"仿佛一座岌岌可危的大桥,桥面张开一个裂缝,怀有敌意的一双双手正把沉重的负荷堆积在桥身上,它马上就会彻底塌陷"。③ 克罗斯是芝加哥邮

---

① Bontemps, Arna, "Review of *The Outsider*", *Saturday Review*, No. 1, 1953, p. 15.

② Ibid.

③ Wright, Richard, *The Outsider*, New York: Harper & Brothers, 1953, p. 19.

局的一名职员。他的婚姻面临危机，他想和妻子格莱蒂斯离婚，可是格莱蒂斯不同意；情人多萝西又要求一定要结婚，因为她已经怀孕。于是，妻子趁机要求克罗斯把所有财产划归她的名下，否则就要联合多萝西一起控告克罗斯强奸未成年人，毕竟多萝西只有十六岁。克罗斯焦头烂额，渴望摆脱这一团糟的生活。这时，偶然的一次交通事故给克罗斯提供了契机，让家人以为他在事故中丧生。克罗斯来到纽约，改名换姓，开始了新的生活。但同时因为这样或那样的原因，他成了一个杀人犯，身上担负着几条人命，其中包括他原来的同事、共产党员吉尔，他的房东以及律师杰克。小内森·斯科特指出，对于克罗斯来说，"他已经不对任何东西怀有忠诚；他孤身一人，了无牵挂，他的赞成票既不投给家庭或传统，也不投给教堂和国家；他也不投给种族"。①

赖特通过描述主人公克罗斯追求自我实现的艰难历程，探索人类生存中的复杂问题。在这部小说中，赖特揭示了存在主义的困境，并细致入微、真实可信地展现了克罗斯从开始到最后的心理变化过程。这一时期的赖特对存在主义哲学进行了细致的研究，并试图用存在主义的哲学观点来揭示小说中人物与环境之间的关系。法国存在主义哲学家马塞尔大肆渲染人的孤独和痛苦的存在，认为"存在先于本质"，他质疑先验的意义，认为世界本身是非理性的。作为一种新兴的哲学流派，存在主义的一大特征是迎合了人们在困境时的精神需求，表现在文学创作中，则是颇为晦涩或颓废的现代艺术风格。因为存在主义者认为存在的过程就是死亡的过程，从而得出了"存在"就等丁"不存在"的悲观主义的结论。有多少个存在主义哲学家，就有多少种存在主义哲学观点。在众多的有关存在主义信条中，以下三个可以帮助我们更好地理解局外人这部小说。一是保罗·萨特主张的"存在先于本质"。② 萨特把存在主义分为两种类型：本土存在主

---

① 王家湘：《20 世纪美国黑人小说史》，译林出版社 2006 年版，第 148 页。
② 徐崇温、刘放桐、王克千：《萨特及其存在主义》，人民出版社 1982 年版，第 72 页。

义和非本土存在主义。他强调人类的自由，认为人对于自己的选择是有绝对的自由权利的，即使社会上有许多价值标准，但人也具有自由选择的权利。在萨特看来，"人在事物面前，要按照自我意志来进行'自由选择'，如果不能的话，就如同泯灭了个性，失去了自我，这不能称作是真正的存在"。① 二是尼采的"权力意志"观点，它为价值判断提供了一个基本原则，而且就哲学史意义而言，可以说它是对德国哲学家亚瑟"生活意志"学说的发展，尼采将"权力意志"视为所有行为的实质。三是加缪在《西西弗的神话》中所阐释的"荒谬的生活"理论，认为世界是无意义的、是荒谬的。人们总是在追求理性，但那种神秘的、充满敌意的非理性总是使人们陷入黑暗与困惑中。他将这种荒谬看作是个人理性与非理性世界之间冲突的产物。除了《西西弗的神话》，加缪贡献给世人的耳熟能详的作品就是《局外人》，因此从题目上看，赖特的《局外人》可以看作是对加缪的致敬。

在赖特的《局外人》这部小说中，无论是情节、人物形象还是主题均体现了存在主义思想。小说主人公克罗斯是一个坚定的追求真实存在的人，他这种追求完全的自由和无约束的权利的存在主义观点使他渐渐地与社会疏远，也正因如此，最终导致梦想的幻灭甚至是自身的毁灭："他生活在一个多么糟糕的地方！是那么的疯狂；生活正在将他逼向绝路，活着是毫无意义的，他像傻瓜一般继续忍受着。"② 克罗斯的这种无身份认同感与虚无感使他的精神备受折磨。萨特主张人类的生活不是注定的、事先安排好的，具有自我意识的人类完全可以自由地寻求自我价值的实现。"因长时间的种族歧视与隔离，种族主义给少数族裔造成了不可愈合的伤害，导致了'种族的悲哀'这种心理疾病，而这种疾患将受到的不公平对待进行自我内置、消化，

---

① 谭跃越：《三部黑人文学作品中的存在主义哲学》，《沈阳大学学报》2010 年第 6 期。
② Wright, Richard, *The Outsider*, New York：Harper & Brothers, 1953, p.14.

有意识地把确定的东西变成无意识、缺失的，变成反复出现在内心的，不断吞噬、破坏甚至是能够摧毁人正常心理调节机制的恶魔。"①萨特的这个想法正是基于他的"存在先于本质"的思想。他相信人是最先存在的，然后才能思想，因此人是自由的。人类能够自由地寻求自己的生活道德规约，而不是受制于整个社会既定的法则。这种存在就是萨特所说的"真我"的存在。与之相对的，如果一个人生活在"非我"当中，即循规蹈矩、按部就班，逆来顺受地接受生活所给的一切，他就会完全依赖于社会，以社会的抽象定义来限制自身，导致失去自我。遵循社会法则很容易，所以人们不愿意做出改变，但是，这样的生活是一种虚假的生活，因为这违背人的自由意志。"真我"存在的本质在于意志力。《局外人》中的克罗斯实际上就是一个敢于并且有能力摆脱社会束缚，寻求真我，实现意志力的人。他勇于抛弃过去，用自己强大的意志力，努力与社会重新建立联系。美国社会长期存在着种族歧视与偏见，黑人的自由选择被严格地限制，他们没有自由选择的权利，似乎任何自由的选择都被看作是一种异化，最终的结果也只是渐渐与社会疏离，成为一个真正的"局外人"。除此以外，小说中无所不在的"焦虑"气氛值得关注。在存在主义哲学中，"焦虑"被定义为一个人在陷入困境时产生的心理状态。德裔美国神学家兼存在主义哲学家保罗·蒂利希认为有三种类型的"焦虑"：实体焦虑，即对命运与死亡的焦虑；道德焦虑，即内疚与谴责的焦虑；精神焦虑，即空虚且无存在感的焦虑。这三种类型的焦虑在克罗斯车祸之前的生活中体现得淋漓尽致。

萨特认为，人的存在分为"自为存在"和"自在存在"。当人处于"自为存在"状态时，若被人注视，他就会因被人看作仅仅是个躯体而感到羞愧。在主体"我"和意识"我"的另一他人主体之间的对立存在，就不可避免地会发生一场意志的角逐，胜者将确立其超

---

① 陆薇：《走向文化研究的华裔美国文学》，中华书局2007年版，第105页。

然存在。因此，倘若没有这种努力和自我超越的可能性，"自为存在"便成为无生气的"自在存在"，即"虚无存在"。①

虽然《局外人》被公认为是由美国人所写的第一部表现存在主义思想的作品，但实际上拉尔夫·埃里森在前一年发表的代表作品《看不见的人》讲述的就是一个关于原型的现代存在主义的故事，一个关于现代人生存危机的故事。主人公是一个没有名字的隐形人，"你经常怀疑你是否真的存在……你痛苦，因为你想要确信自己确实存在于这个现实的世界中"。主人公感到自己是个看不见的人，就是因为他处于一种虚无存在中。他为自己是个黑人而感到耻辱，在与他人（白人）的角逐中他是个失败者。当他不再为其"祖先是奴隶而感到耻辱"，而是为其"一度为此感到耻辱而耻辱"的时候，他已获得了其超然存在。当他丢掉了一切幻想，感到自己"不过是个工具和原材料，一个看不见的人"时，他已向发现自我迈出了重要的一步。主人公在地下生活，是看不到出路的："我造了什么孽，为何我周身漆黑，如此忧伤？"但他已不再颓废，而是重新找回了社会责任感——"我发现我充满了爱"，"我正在蜕去旧皮，准备把它留在洞里。我就要出来了，没有旧皮，别人还是看不见我，不过总是在往外走。而且我以为时机正好。细想起来，甚至蛰伏也不能太过分了。也许这是我对社会所犯的最严重的过失：我蛰伏得太久了，因为说不定即使一个看不见的人也可以在社会上扮演重要角色"。② 只有清醒地认识到自己的处境，重新发现自我的存在，才有助于主人公自我人格的不断完善。人的理想归属应该使自己能够充分展示才华，发挥才干，为社会服务，才能在社会活动中扮演某个有意义的角色。"重回地面"是"看不见的人"做出的自我选择，也为他之后选择负责任的行动做好

---

① 罗德·霍顿、赫伯特·爱德华兹：《美国文学思想背景》，房炜、孟昭庆译，人民文学出版社1991年版，第538—539页。
② 拉尔夫·埃里森：《看不见的人》，任绍曾等译，外国文学出版社1984年版，第592页。

了准备。至此，"看不见的人"获得了真正意义上的存在，即与黑人群体及整个社会达成了和解。

如果人性包括自然人性和道德人性，那么自然人性就是天生的、相对确定的，而道德人性则是后天形成的和人在行动中自己选择的。显然，人性问题中最重要、最有意义的是道德人性。因为从道德人性看，人性本质上是人的理想性。人都有目的和追求，这些目的和追求在最终意义上都是道德目的和道德追求。人人都在努力树立自己的形象，而这些形象在最终意义上都是道德形象。人的价值是与人格理想和道德完善联系在一起的，人生的意义最终要由人的道德形象来衡量。没有对人格理想和道德完善的追求，人生既无价值，也无意义。埃里森通过"看不见的人"探索自我的过程，确立了黑人只有遵从自己的传统文化，坚持积极健康的价值观，才能在白人的主流社会中找到自我，发挥自己应有的价值，从而进入人的自我和谐、人与他人以及人与社会和谐的境界。①

反观《局外人》里的克罗斯，他是一个敏感且善于思考的人。然而，正是他的这种深思加剧了他的自我疏离感，无论身体与内心都在这种分离中遭受着非人般的折磨。他没有存在感，有的只是在这场噩梦中做无力的挣扎。在《局外人》中，赖特表达了他自己对于真实的自我存在的追求。这部小说中，克罗斯被塑造为一个头脑里充满存在动机的人，正是这种动机驱使他反对社会规约，不断追求上帝赋予的权利和完全的自由。赖特为呈现这种存在主义的思想使用了很大篇幅，充分阐释了克罗斯的存在主义生活方式，并探讨了异化、恐惧、悲伤和自由等哲学概念。不可否认，克罗斯是一个敢于突破社会限制，追求自身存在意义的现代英雄；而他的疯狂与毁灭，则为这种追求蒙上了一层悲剧色彩。

小说中的克罗斯每天生活在痛苦中，找不到与自己想法相同的

---

① 胡铁生：《美国文学论稿》，吉林大学出版社2016年版，第73—74页。

人；而正因为身边人的不理解，克罗斯渐渐被这个社会、被身边的朋友和家人疏远。这种疏远主要受三个方面的影响：种族歧视使他与社会疏远；截然不同的社会态度使他与朋友及家人疏远；理想与现实的巨大差距使克罗斯与自己渐渐疏远。社会疏远体现在自我意识的丧失和文化的移入。在以白人为主流的社会背景下，美国黑人在文化上与政治上不被这个社会所认同，无法享有自己应有的社会权利，处于一种近似非人类的生存状态，他们被迫成为社会中的边缘人、局外人。在《局外人》中，克罗斯否认种族歧视对他的性格形成有影响，认为自己完全可以自由地去选择生活的方式。但我们可以清楚地发现他与社会的疏离主要体现在两个方面：一个是在种族主义社会中，被压迫者无权作出自由选择，相反只能压抑自身与社会规则媾和，其结果是自我意识逐步被消除，成为被规训的主体；另一个则是在严重的政治、经济与文化不平等的环境下，黑人的传统文化渐渐被同化，被迫选择认同白人社会的价值体系，接受自身在这一体系下的卑微地位。

克罗斯是一个受过良好教育的人，他本应找到自己理想的工作，过着属于自己的生活。但在白人的眼里，黑人是夹在动物与人之间的生物，是粗鲁和没有教养的，所以他们只能做一些白人不愿意做的工作。对于克罗斯来说"要想成为一个普通并有存在主义精神的人，首先要解决作为黑人这个种族问题"。[1] 在这样残酷的社会环境与经济压力下，他退出了学校，在邮局做着机械乏味的快递员工作。文化的移入对克罗斯的影响体现在两个方面：一个是积极的文化移入，另一个是消极的文化移入。前一方面增加了他在追求自我价值实现时的信心，而后一方面则使他处于一种暴力、倦怠与空虚的状态。这两种文化的移入都使他与社会产生疏远感，不能融入这个充满种族歧视的社会，借用小说中的原文就是："克罗斯试图超越黑人与白人这种紧张关系，而去思考更大的问题——成为一个什么样的人。"

---

[1] Abdurrahman, Urma, "Quest for Identity in Richard Wright's *The Outsider*: An Existentialist Approach", *Western Journal of Black Studies*, No. 1, 2006, p. 27.

　　克罗斯被疏远的另一个体现是与周围人的关系冷淡。在小说中，赖特详细描述了主人公克罗斯与周围人不能很好地相处，周围人甚至成为克罗斯在追求自我价值实现道路上的障碍。与周围人在沟通上的障碍实际上左右了克罗斯的人格形成：与妻子不幸福的婚姻、对母亲信仰基督教的抵抗、情人对他强奸的指控，这些都使克罗斯的精神备受折磨，并加重了他与社会的疏离。在他与妻子格莱蒂斯的婚姻中，克罗斯充满了种族自卑感。不仅如此，妻子的女权主义思想与行为，在他原本的自卑中又增添了几分距离感。克罗斯是一个"绝对虔诚的无神论者"，但是他的母亲却认为宗教可以解决一切问题，宗教教会了人们善良、冷静、谦虚、博爱等一些优良传统。他的母亲总是告诫他："上帝将会惩罚你！他会的！在你死之前就会看到。如果你让他失望，他会向你展示出他的无限权力。"但是对于克罗斯来说，比起宗教那些条条框框，自我创造价值要重要得多。这种观念上的分歧让母亲不能理解克罗斯的一系列行为表现。除此之外，克罗斯的同事不像他那样受过良好的教育，他们每天都沉浸在酒精与对性的渴望中。他们甘于在这种不平等的社会中生活下去，没有任何反抗意识。克罗斯知道"他们喜欢他，但是他们不能走进他的生活"。① 而对于克罗斯的情妇多萝西，他们的关系只是因性的需要而维持着。当克罗斯讲述自己的困惑与悲哀时，多萝西毫无反应。她能做的就是逼着克罗斯离婚，否则就将他告上法庭。在多萝西心里，"她只是沉浸于男人的某种生理部位——性器官上"。② 这种行为使他们的关系彻底破裂，再也无法挽回。"克罗斯是局外人中的局外人，他和其他的黑人不同，因为他读过书，也因为他不接受他们的文化与宗教信仰。"③ 最后，造成克罗斯毁灭的第三个原因是他对自我的疏离，甚至是自我的"他

---

① Wright, Richard, *The Outsider*, New York: Harper & Brothers, 1953, p. 10.

② Ibid. , p. 43.

③ Alexander, Terry Esther, *The Long and Unaccomplished Dream of Richard Wright*, Amherst: University of Massachusetts Press, 1973, p. 182.

者化"。所谓"他者"一词的哲学渊源可追溯到柏拉图提及的"存在"与"非存在"问题。在柏拉图的哲学中，"他者"被认为是处于从属或次要地位的低一级事物，即与"存在"相对立的"非存在"状态。① 在这个以白人为主导的美国社会里，黑人生来就低人一等，他们总是处于劣势地位。对于绝大多数黑人来说，似乎他们都已经坦然地接受了地位不平等的事实，他们能做的就是用酒精、宗教、性等来麻痹自己。这正如克罗斯在小说中所说的："我的灵魂需要它。"② 他要从酒精中找到一丝丝的慰藉。克罗斯不愿意和他的母亲生活在一起，更不愿意像他的同事那样懦弱地生活下去。发自内心的排斥感使他感到格外孤独，甚至渐渐地对自己疏远。因为不愿面对现实，他开始自我欺骗，每天都活在无尽的谎言中。在他接受了良好的大学教育并阅读了存在主义书籍后，对自由与权利的渴望更加强烈。"厚书、薄书、堆着满屋子的书！甚至床上都是书。"③ 书籍通常能够启迪人的智慧，但对于克罗斯来说，过多地阅读存在主义书籍，却只能使他更加消极厌世。退学这件事对于克罗斯来说是一个重大转折点。退学后他每天都过着乏味的生活，进行着同样的体力工作，这与他的理想相差甚远，从而让他有了巨大的落差感。在每天工作的八小时内，他只是"摇着脚，用药物麻醉着紧张与崩溃的精神状态，像梦游一般整理邮件"。④ 在他的内心深处，他不愿意放弃他的梦想，不愿意在这种没有目的和存在感的世界里生活。然而，现实让他只能压抑自己的理想与抱负，和其他黑人一样麻木地生活。他绝望地感觉到自己的身体已经不受控制，他没有权利去选择自己想要的生活，而压力正不断地侵蚀着他的思想，嘲笑着他愚蠢的固执与可笑的坚持。

---

① 肖祥：《"他者"与西方文学批评——关键词研究》，硕士学位论文，华中师范大学，2010年，第10—11页。

② Wright, Richard, *The Outsider*, New York: Harper & Brothers, 1953, p. 3.

③ Ibid. , p. 8.

④ Ibid. , p. 16.

在克罗斯看来，"自己的事情要由自己决定，是人创造了自己的存在"。① 虽然这种存在主义的观点看似豁达，但实际上克罗斯是生活在一种压抑的情绪中。尽管刻意地与母亲、妻子、情人还有周边的朋友保持着距离，但他却不能摆脱现实的生活。对于克罗斯而言，他的理想无非是"想要创造一个自己想要的生活"。② 然而，要实现这个说起来很容易的理想，"首先的一步就是解放被压抑的自己——自我谋杀"③，即通过制造意外的车祸死亡，给自己一个重生的机会。他终于有机会挣脱了母亲的枷锁。在小说结尾时，当检察官休斯顿告诉他，他的母亲因知道他还活着以致于太过惊讶而晕死过去的消息时，他只是说了这样的一句话："我的母亲在我心里已经死了很多年了。"④ 他是那样的冷静，冷静得让人害怕。除此之外，这次意外也让他远离了妻子的束缚和情人的威胁。对于他来说，这不是一件令人悲伤的事情，反而是一种精神上的解脱。在小说车祸场景描写中，克罗斯为了逃到车外，清除前方的障碍，他用枪杆一个劲儿地推着一个黑人的头，直到他听到头被撞到一边的声音，他才停了下来。然后他拼命地跑，踩在了一个已经死了的女人身上。"他感到他的鞋陷进了一个没有生命的肉体中，当他踩压在她的胸上时，她的血像气泡般往外冒着。"⑤ 只有这样他才能跑到窗户那里获得逃生的机会。就是从这一刻起，他摆脱了过去的一切，为得到自由的生活迈出了重要的一步。在哲学意义上，这也是让克罗斯重建生活的唯一途径，即"杀死他最初的身份来获得第二个自我"。⑥ 但是这仅仅是克罗斯追求自由的第一步，现实的残酷使他不得不用荒谬的行为来实现自己的梦想，

---

①　Wright, Richard, *The Outsider*, New York: Harper & Brothers, 1953, p. 65.

②　Ibid. , p. 109.

③　Alexander, Terry Esther, *The Long and Unaccomplished Dream of Richard Wright*, p. 187.

④　Wright, Richard, *The Outsider*, New York: Harper & Brothers, 1953, p. 490.

⑤　Ibid. , p. 97.

⑥　Fabre, Michel, "Richard Wright, French Existentialism, and *The Outsider*", G. K. Hall, No. 4, 1982, p. 372.

用残忍的杀人行为来实施自己的重生计划。他发现了一个新的入口，但像是在一个野蛮游戏中被追逐一般，他继续寻找逃生口，为的是找到属于自己的希望终点。① 一次偶然的机会让克罗斯遇见了以前的同事乔，他害怕被乔发现自己没有死的事实，于是便杀掉了乔以掩盖事情真相。这让克罗斯进一步走向了罪恶的深渊。事情就这样一步步发展下去，他又杀死了吉尔和赫尔登。在一次要和吉尔交谈的时候，他点着烟等着吉尔，"我将让他猜测我在想什么，就如同我要思索着他脑袋里的想法一样"。② 因为克罗斯是一个彻底的无神论者，他认为世界上没有任何力量能控制他的行为，忽略他的地位。即使在面对吉尔与赫尔登的巨大权力时，他依然不能让自己完全信服于共产党组织，他不愿意让任何人或任何组织控制他的自由。况且在一开始吉尔只是想利用克罗斯的黑人种族身份来达到他的政治目的，如小说中所言："那是一种控制力，不仅仅是一种官僚意义上的控制，而是直接地影响了他们的生活和身体；他们享受这种感觉，也爱上这种感觉。"③ 当吉尔邀请克罗斯去赫尔登家时，后者拒绝让黑人进入，因此两个人发生了激烈的争吵。克罗斯感觉这是一种耻辱，他一气之下用桌腿把两个人的脑壳敲碎，残忍地杀了他们。在杀死吉尔与赫尔登后，他又因愤怒将希尔顿残忍地杀害。其实克罗斯这两次杀人都是很随性的，而非刻意为之。只因在这个种族歧视严重的白人社会里，他对自由的渴望以及对平等的追求太过强烈，才造成了当时的悲剧。赖特在小说中不无愤怒地写道："在白人的世界里没有认同感地活着让他无法忍受，从严格意义上讲，他在这个世界上不是真实地存在；他不断地追赶着，希望进入他们的世界。"④

在克罗斯追求自由的道路中，他渐渐地发现即使改头换面也不能

---

① Cotkin, George, *Cold Rage: Richard Wright and Ralph Ellison*, Baltimore: Johns Hopkins University Press, 2003, p. 172.

② Wright, Richard, *The Outsider*, New York: Harper & Brothers, 1953, p. 277.

③ Ibid., p. 254.

④ Ibid., p. 169.

让他得到自己想要的生活。美国学者法布里指出《局外人》中的克罗斯"犯下了致命的错误，去试图取代上帝的神圣地位，并亲手将自己与人类沟通的桥梁烧毁"。① 麦克马洪认为在《局外人》中"真实的自己只能寄托在脱离了肉体的心灵上面"。② 当克罗斯遇到吉尔的妻子伊娃时，他以为自己遇到了真爱，伊娃的婚姻也和他的婚姻一样，是不幸福的，是没有爱的。如书中所言"孤独感在伊娃的生活中无处不在，只有在画中才能表达并认可她内心深处的感受"。③ 对于克罗斯来说，他希望在伊娃身上得到的不只是理解，更重要的是一种爱与支持。伊娃在他心中是一种救赎、希望与未来。与伊娃的结合象征着克罗斯想要和过去的生活告别，找寻新的生活。尽管黑人与白人的结合是被人排斥的，但因对伊娃的爱，克罗斯"暂时撇弃因黑人血统带来的疏离感"。④ 即使这样，事情也不能随他所愿。当伊娃得知克罗斯的过去，知道他抛弃自己的母亲，杀了那么多人之后，忍受不了这种欺骗，从而结束了自己的生命。伊娃的死让克罗斯感到绝望，这也使他陷入了崩溃的边缘，对这个社会感到进一步的恐惧与憎恨。他感到自己更加没有了存在感——"无组织、无信仰、无传统、无种族、无文化，更没有思想"。⑤ 但是悲惨的事情还没有结束。在这种绝望中，克罗斯感到毫无存在感，他更加渴求别人的同情与理解。这时出现了另一个重要人物——检察官休斯顿，他们是在从芝加哥到纽约的火车上认识的。"他是孤独的，他感到内心有一种强烈的声音——想要休斯顿回来，想和他说说话，想告诉他做点什么。但是他

---

① Fabre, Michel, *The Unfinished Quest of Richard Wright*, Chicago：University of Illinois Press, 1993, p. 374.

② McMahon, Frank, "Rereading *The Outsider*：Double-consciousness and the Divided Self", *The Mississippi Quarterly*, Vol. 50, No. 2, 1997, p. 297.

③ Wright, Richard, *The Outsider*, New York：Harper & Brothers, 1953, p. 483.

④ 庞好农：《文化移入碰撞下的三重意识：理查德·赖特的四部长篇小说研究》，上海大学出版社2007年版，第72页。

⑤ Wright, Richard, *The Outsider*, New York：Harper & Brothers, 1953, p. 377.

依然咬紧牙关、握紧拳头。我是孤独的，他只能自己对自己说。"①
克罗斯对待休斯顿的态度是纠结的：一方面为了掩饰自己过去的身份
和犯过的罪行，他不能和他有过多的接触；但另一方面，克罗斯对于
休斯顿敏锐的洞察力又感到惊讶和钦佩，进而也希望能从休斯顿那里
得到肯定的理解。在克罗斯看来，"他是一个危险但具有吸引力的人，
休斯顿是从人种和犯罪的角度来进行心理剖析的"。② 即使休斯顿是
一个白人，但他的身体缺陷不仅让他与大多数白人大不一样，而且更
加能够理解像克罗斯这样的黑人。克罗斯也承认"没有什么能瞒过休
斯顿的"。休斯顿对于黑人的双重意识和"局外人"的处境有着自己
的看法，这让克罗斯更加肯定对他的猜想，也更加害怕这个驼背的检
察官，因为他对于黑人的心理与存在的问题太过了解。休斯顿是一个
具有双重人格的人，一方面作为检察官，他代表着法律，时刻关注着
那些破坏法律的"局外人"；另一方面他也是一个相对于自己的"局
外人"。就这一点来讲，克罗斯与休斯顿有着相同之处，"如果说克
罗斯是一个完完全全的'局外人'，那么休斯顿就是处在内部社会的
'局外人'"。③ 这也是克罗斯想要和休斯顿接触的原因。休斯顿可以
清楚准确地分析出克罗斯的杀人动机与过程，但却没有证据来指控克
罗斯是真正的凶手。休斯顿对克罗斯道德上的指控使克罗斯又一次陷
入孤立与疏远之中，让他彻底地绝望，正像小说中所言："他生活在
一个多么糟糕的地方！是那么的疯狂；生活正在将他逼向绝路，活着
是毫无意义的，他像傻瓜一般继续忍受着。"④ 难怪罗纳德·桑德斯
在评论《局外人》时指出："这是一部充满了从法国存在主义中借来

---

① Wright, Richard, *The Outsider*, New York: Harper & Brothers, 1953, p. 551.

② Relyea, Sarah, "The Vanguard of Modernity: Richard Wright's *The Outsider*", *Texas Studies in Literature and Language*, Vol. 48, No. 3, 2006, p. 209.

③ Felgar, Robert, *Student Companion to Richard Wright*, New York: Greenwood Publishing Group, 2000, p. 88.

④ Wright, Richard, *The Outsider*, New York: Harper & Brothers, 1953, p. 14.

的语言和概念的小说……从法国哲学感受的角度来观察戴蒙·克罗斯，他是别格·托马斯的新变体，他所犯下的一系列杀人罪读起来像是赖特在自己生活中所拒绝了一系列事物的具有仪式意义的隐喻。"①

　　在小说《局外人》中，赖特深刻地描写了主人公克罗斯从一个崇尚自由、富有知识、充满梦想的人渐渐成为残暴的杀人犯的过程。通过这一描述，赖特不仅揭露了美国社会中严重的种族问题，更重要的是阐释了他对黑人存在感缺失这一现象的深思。"自由强加给人们无形的压力，它是一种极端的形态，极端到能使人走向自我毁灭的境地。"② 像克罗斯一样的千千万万个美国黑人，都幻想着有一天会实现自己应有的价值，但残酷的社会制度剥夺了他们通向成功的机会。理想与现实对比带来的巨大落差感，对于这群追梦的美国黑人来说是不可忍受的。如赖特在一次采访中所说："每一个美国黑人，因种族主义意识的影响，都背负着那来源于生活、如尸体一般沉重的压力。"③ 克罗斯相比那些没有受过任何教育的黑人来说，更加向往平等和自由，但严酷的现实无疑给了他重重的一击。这种怨恨与愤怒的情绪在他心里不断地滋生着，他选择用自己的方式来实现自身的存在感。然而，"自从克罗斯将自由等同于权利时，这种自由实际上是要对其他人意愿的成功镇压，因此这种自由只是黄粱一梦，在逻辑上是不可能实现的"。④ 因为这种反抗的方式，对于这个社会是具有严重危害性的。赖特用存在主义手法书写主人公克罗斯的荒诞存在，使这一黑人形象更加鲜活地出现在读者面前。小说的最后，克罗斯将自己"送入了漫长的、血腥的、扭曲的一条道路上：伴随着自我厌恶、自

---

① 王家湘：《20世纪美国黑人小说史》，译林出版社2006年版，第148页。

② Lehan, Richard, *Existentialism in Recent American Fiction*, Boston: Houghton Mifflin Company, 1963, p. 74.

③ Demirturk, Lale, "The Politics of Racelessness in Richard Wright's *The Outsider*", *CLA Journal—College Language Association*, Vol. 50, No. 3, 2007, p. 290.

④ Margolies, Edward, *The Art of Richard Wright*, Carbondale: Southern Illinois University Press, 1969, p. 122.

我同情和自我憎恨的复杂情绪走向了生命的尽头"。[①] 对于克罗斯本人来说，这无疑是一场悲剧，而对于整个美国社会来说，克罗斯的经历更值得深思。

第五节 《野蛮的假日》对焦虑的精神分析

弗洛伊德的精神分析学十分重视创伤在人的心理成长与人格塑造当中所起到的重要作用。弗洛伊德认为，任何创伤如果不能及时得到有效的缓解和恢复，都将被压抑至无意识层面，并以其他形式表现出来，形成歇斯底里或其他病症。在赖特的小说创作中，创伤被更多地赋予了社会意义：正是不合理的社会制度，造就了人性的压抑和创伤；相比于个人化的创伤经验，资本主义制度和现代都市生活则带给了人类普遍意义上的心理疾患。当个体察觉到自己的生存状态和生存价值面临威胁时产生的一种痛苦的情感体验，被解释为"存在焦虑"。凡危及个人生存的因素（如疾病、灾难、死亡等）或危及与生命有同等价值的信念和理想（如地位、名誉、自尊、求知、事业等）的因素都会导致存在焦虑。存在焦虑是一种主观感受，其根源在于人的自我意识和自由意志。自我意识使人认识到自己存在的有限性，感觉到走向虚无的恐惧。自由意志要求个体实现自身价值，承担自己行为的责任，而当个体放弃追求、逃避责任时，就会感到焦虑。[②]

《野蛮的假日》被认为是赖特唯一一部不涉及种族题材的小说。一直以来，有评论家从弗洛伊德的视角阐释了主人公厄斯金·福勒的恋母情结；也有人认为《野蛮的假日》是"男性性欲与女性堕落之间似是而非的联系在厄斯金·福勒对于梅布尔·布莱克的俄狄浦斯的幻想中找到了对应物"；还有人认为它是一部惊悚小说，"因其叙事范围局限在一个男人的俄狄浦斯式的情结上而忽略了种族冲突"；甚

---

① Wright, Richard, *The Outsider*, New York: Harper & Brothers, 1953, p. 520.
② 林崇德：《心理学大辞典》（上卷），上海外语教育出版社 2003 年版。

至有人认为厄斯金·福勒就是"一个心理变态的杀人犯"。

小说讲述的是四十三岁的厄斯金·福勒在一家保险公司工作了长达三十年之后被迫提前退休所引发的一系列故事。故事开始于福勒退休后的第一个星期天的早晨。他刚刚脱光衣服走到浴室准备洗澡,这时送报纸的人来了。于是福勒打开房门去取报纸,报纸被扔到门口稍远处,福勒不得不迈出房门,因为风的作用,房门砰的一声关上了。结果可想而知,福勒被一丝不挂地锁在了房门外。为了避免被人看到赤身裸体的样子,情急之下福勒决定通过位于阳台上的浴室的窗户爬进去。当时,邻居梅布尔·布莱克的儿子托尼正在阳台上玩耍。看到福勒的样子,托尼吓坏了,结果从十楼的阳台上跌落摔死。福勒以为梅布尔可能知道他对托尼的死间接地负有责任,于是尽管梅布尔在他眼中不过是一个妓女,他还是跟她扯到了一起。为了摆脱自己内心的恐惧和负疚感,福勒竭力让梅布尔意识到自己是一个不称职的母亲并为此而内疚。每当托尼看到母亲接待她的嫖客就吓得不能自已,作为一个小孩子,他总是把成人的做爱与"打仗"联想到一起。很显然,福勒赤裸的身体代表了托尼怕得要死的"打仗"。为了确保梅布尔不再提及托尼的死,福勒决定向她求婚。最后梅布尔知道了事情的真相,于是福勒又杀死了她,随后投案自首。故事情节发展的时间跨度是四天:从周六晚上到周二上午,历经六十多个小时,隐喻了一个人的一生。

小说《野蛮的假日》中退休这一主题使主人公福勒陷入了无尽的焦虑中。弗洛伊德曾指出:"对于我们每个人来说,真实的焦虑是非常合理也是可以理解的事情。焦虑的情绪是由什么样的对象和情景所导致,很大程度是由于一个人的知识储备状况和抵抗由外界所带来压力的力量感。"① 福勒的焦虑感主要体现在两个方面:一个是退休后的不适应而产生的失落感和彷徨感;另一个则是工作时的压力爆发。

---

① 西格蒙德·弗洛伊德:《弗洛伊德本能成功学》,吴生明编译,北方妇女儿童出版社 2005 年版,第 345 页。

对于福勒来说，自己还处于身强力壮、干劲十足的状态；但被迫退休这一消息犹如晴天霹雳般使自己无法接受。一方面他担心新接替自己的人不能胜任这份工作，把自己多年积累的全部成果都挥霍干净；另一方面突如其来的退休让他感到不能适应，以前那种忙碌的日子一去不复返，现在的他不知道如何安排每天无聊的时间，这种空虚感使他感到失落与彷徨。对于福勒来说，他已经为这个保险公司打拼了三十年，他将自己的全部青春奉献给了这个公司。通过自己的努力好不容易成为公司的片区经理，但在这个不公平的社会中，他仍然是个局外人，是一个毫无价值的替代品。在保险行业里，他每天过着虚假的生活，他只能为了自己的业绩和自己的利益来欺骗那些无辜的人。尽管生活在这些无奈之中，他却不愿意向别人倾诉自己的不安与焦虑，而是选择隐藏在内心深处。他自己也知道："对于保险来说，那就是一种生活；它就是在极其明显地掩饰自己本有的人性；保险本能地知道：对于人的本质来说，是完全可以被利诱驱使的，也容易被欺骗的，甚至人就是一种极其贪婪的动物。"① 也就是这样，当他突然退休时，他感到精神崩溃，感到自己人生都没有了意义。精神上的压力更加严重，如同进了监狱一般，受尽折磨，甚至连欺骗的生活都不能继续下去了。在小说中，当福勒得知自己退休的消息时，他就像一个罪犯一样从楼上慢慢下来。他已经是一个被人废弃的人，对于这个自己打拼已久的公司，他已经没有任何的利用价值。应该说，《野蛮的假日》中福勒的遭遇，正是当代资本主义社会中普通职员所遭遇的状况的典型体现；他所遭遇的精神危机，则是资本主义生产关系中所滋生的必然恶果。

退休之后的焦虑使福勒的精神每天都处于紧绷的状态，但不幸的事情并没有结束。邻居小孩托尼的意外坠楼事件使他倍受打击。"福勒感觉自己已深陷在焦虑之中，他颤抖着，似乎藏在心里的魔鬼都在

---

① Wright, Richard, *Savage Holiday: A Novel*, Jackson: University of Mississippi Press, 1954, p. 30.

不断地跳跃着，想要重见光明。"① 他经常接到匿名电话说看见了那天发生的一切。这使本来就有着无限负罪与恐惧感的福勒更加紧张。一方面他担心自己被敲诈，另一方面也担心真有此事，有人会把他告上法庭，使他终身失去自由。让人毛骨悚然的是，作者在描写福勒因害怕被告发而产生的心理活动时，"有一个如闪电般快速的想法在他脑中飘过；他希望托尼彻底死亡，希望他直接掉到街道上不要碰到任何可以阻挡的东西，他希望巨大的冲击力使他摔得粉碎"。② 接二连三的事情使福勒想起了童年时的不愉快经历。他自幼丧父，是妈妈抚养他长大，但是为了生计，他妈妈不得不靠卖淫来养家糊口。对于年幼的福勒来说，他的妈妈就是他的一切，他是那样的爱她，但是他经常会看到自己的妈妈和别的男人在一起。有一次福勒生病了，他的妈妈只是告诉他上床休息，自己却出去和别的男人"约会"。他恨母亲的无情，更恨那些抢走他母亲的陌生男人。这段经历使他不能接受除母亲以外的任何女性。长大以后福勒只对工作和宗教感兴趣，没有交过女朋友甚至没有和任何女性发生过关系。福勒对母亲的感情是扭曲的、矛盾的。他一方面深爱着他的妈妈，而另一方面他却恨透了她。在小说中，小时候福勒经常做一个玩具娃娃，把它想成妈妈的样子，用铅笔狠狠地扎它，以表达自己的愤怒。成年后的福勒，每当遇到挫折或者心情紧张时，手就会下意识地伸进衣袋里摸铅笔。从心理分析的角度看，笔是男性阳具的象征。如果说弗洛伊德的精神分析理论更强调父权与弑父之间的紧张关系，那么在福勒这里，父亲的早逝使得母亲成为父亲的替代物，而对母亲的恨意的本质是对自身独立性与男性气质缺失的恐惧。

在这种压力下，福勒的心理不断地扭曲，而扭曲的结果是使他产生了虐待的行为。"本质上来讲，虐待症是使人痛苦的欲望，与有关

---

① Wright, Richard, *Savage Holiday: a Novel*, Jackson: University of Mississippi Press, 1954, p. 80.

② Ibid. , p. 58.

性的问题无关。"① 当福勒碰到托尼的妈妈梅布尔时，他的这种焦虑与抑郁的情绪达到了顶点，最终爆发出来。梅布尔是一个二十九岁的寡妇，因丈夫阵亡而获得一笔抚恤金，以此来抚养孩子长大。但她因生活的压力不得不在歌舞厅工作，并在家进行"身体交易"。这一切与福勒母亲的经历极其相似，于是他把自己的感情转移到梅布尔身上，将自己想象成梅布尔的儿子托尼。他认为托尼的死并非因为自己，而是因为托尼从小看到自己的母亲与别的男人上床，却因年幼无知认为那是一种"打仗"，所以当福勒赤身裸体出现在托尼面前时，他误认为福勒想要打死自己而惊慌不已，导致坠楼。像吉恩·弗朗科伊斯·古纳德说的那样，"假如托尼的妈妈有原则地生活，那么这次坠楼事件就不会发生"。② 这一切都是梅布尔在托尼幼小的心灵留下的不可磨灭的创伤，从而导致了不可挽回的悲剧的发生。其实福勒在本性爆发的时候，也尽量压制过自己。他问梅布尔："假如我们结婚了，你会对我忠诚，是吗？"③ 但是梅布尔的反应却让福勒陷入愤怒当中。福勒和梅布尔结婚，一方面是希望掩饰自己的罪行，即使有一天被发现，梅布尔也不会告发他；另一方面是希望控制梅布尔的一言一行，让她从这种荒淫无度的生活中解脱出来，按照他所想的方式来生活。"女人是祸水"的观念是父权制社会歧视与侮辱女性的理论基础。赖特在这部小说中表示出了男人的不幸是由女人所致，这在一定程度上体现了赖特的女性观。在主人公福勒心里，他的妈妈与托尼的妈妈梅布尔都是夏娃的化身。每当他去教堂时，他都会觉得托尼的悲剧是上帝早已安排好的，上帝在用自己的方式来惩罚这个堕落的女人。福勒认为梅布尔因为不检点而犯下的罪恶，就像是亚当与夏娃的

---

① 埃里希·弗洛姆：《弗洛姆行为研究讲稿》，吴生军编译，北方妇女儿童出版社2005年版，第243页。

② Gounard, Jean-Francois, *The Racial Problem in the Works of Richard Wright and James Baldwin*, New York：Greenwood Press, 1992, p. 99.

③ Wright, Richard, *Savage Holiday：a Novel*, Jackson：University of Mississippi Press, 1954, p. 212.

故事中，因夏娃的错误使自己的第一个儿子凯恩杀死了自己的亲弟弟艾贝尔一样。夏娃将罪恶带到这个世界上，她要对这场悲剧负责，而梅布尔也是如此。在福勒的眼里，夏娃、母亲与梅布尔都是引诱男人的坏女人。这样的女人就像蜘蛛一般，吐出罪恶之丝来诱惑男人与无知的孩子。其实福勒是一个胆小内向的人，他不愿意向任何人表露自己因被迫退休而产生的愤怒情绪与压抑的想法。所以当这种情绪与童年记忆一同出现时，就造成了现在的悲剧。"对于那些有虐待倾向的人，他们所钦佩的就是力量；他欣赏有力量的人，爱慕他并向他屈服；对于那些手无缚鸡之力的人、不能反抗的人，他们秉承着轻视的态度，一心想着控制他们。"[①] 在福勒心里，是上帝派他来拯救这个堕落的女人，他的责任就是要教会梅布尔什么叫作道德与文明。他与梅布尔结婚是想以宗教的名义来使她获得救赎。在小说中，梅布尔家里电话响起时，福勒知道那是她所谓的"顾客"，福勒请求她不要与他讲话，但梅布尔不愿受福勒的管制与约束，继续做自己的事情。"你阻止我和我的朋友聊天？你希望我时刻在你的监视范围之内？凭什么？对人的最起码的尊重与信任你都做不到吗？"[②] 这一行为使福勒内心压抑已久的愤怒彻底爆发，于是他用刀子无数次地刺向梅布尔的身体，直到她停止了呼吸。从精神分析学的角度而言，福勒的暴力行为本身就有强烈的性暗示意味，但在这里，性只是表象，其最终目的在于通过力量的征服获取自我认同的建构。

在接受雷蒙·巴斯关于《野蛮的假日》的采访时，赖特讲道："在法国生活了一段时间后，我开始关注西方白人仇视黑人的历史根源和情感因素。"他进一步解释他的创作动机时说："我试图寻找白人之所以这样做的心理因素。在这篇小说里我试图处理我认为白人必

[①] 埃里希·弗洛姆：《弗洛姆行为研究讲稿》，吴生军编译，北方妇女儿童出版社2005年版，第251页。

[②] Wright, Richard, *Savage Holiday: a Novel*, Jackson: University of Mississippi Press, 1954, pp. 189 – 190.

须面对的最重要的问题——道德困境。"后来在乔治·莎鲍尔的采访中，赖特阐明了这个问题的深层含义："我选择一个美国白人商界人员做故事的主人公，目的就是要揭示一个普遍存在的问题——自由的问题。"①

《野蛮的假日》中自由问题的重要性不言而喻。福勒之所以被迫提前退休就是因为他"不知道该拿自己怎么办"。福勒提前退休体现了他的社会地位的缺失。他通过把愧疚感转嫁给梅布尔，让她感到要对儿子的死负责任，用自己的自由来掩盖他对托尼之死应负的间接责任。他认为他与梅布尔之间的关系要以他的绝对权力为基础，他要限制梅布尔的自由。"他要做老大，他要彻底控制她。"② 失去对梅布尔的控制意味着他主导地位的坍塌。作为一个白人男性，福勒对女性的歧视，就是"一种清洁投射，让他感觉好多了，而不必挑战自己"。

为了让梅布尔缄默其口而决定娶她的计划以通过拯救她的灵魂为由而被合理化。这种救赎的行为让福勒扮演了"牧师的角色"，因为"她祈求他的引导"，而他也乐意去教化她——这种定位强化了福勒的优越感。越是想到她竟是如此的不体面，因为她无耻的生活毁了自己的孩子，福勒就越是对梅布尔嗤之以鼻，不屑一顾。梅布尔太麻木不仁，太深陷于罪恶之中而没有意识到这一点。福勒因为自己的经济地位和社会地位优于梅布尔而心满意足。如果说福勒因为男性的性别优势而确定了自己为"主体"，梅布尔为"客体"的话，那么黑人女仆米妮则凸显了他的社会地位，因为他认为"黑人仆人不能完全算是人，但是有他们在身边才能让人觉得有地位"。③ 米妮在小说中的出现暗示了黑人女仆的当下处境是如何被深深地植根于黑人在仆人角色中的附属地位。因此，在福勒眼中，米妮并不是一个独立的主体存

---

① Demirturk, Emine Lale, *How Black Writers Deal with Whiteness*, p. 14.

② Wright, Richard, *Savage Holiday: a Novel*, Jackson: University of Mississippi Press, 1954, p. 134.

③ Ibid., p. 140.

在，她的存在只是凸显出福勒的优势地位，让人们想起内战前美国南方奴隶和奴隶主之间的关系。作为一个带有强烈性别歧视与阶级歧视的白人男性，福勒自认为自己大权在握，拥有自行支配自由的优势。

可见，《野蛮的假日》的重要意义在于它开辟了新的路径，让读者看到主人公福勒分别在两个女人身上不仅充分发挥了他白人男性身份的优势，而且使这种优势合理化。一是梅布尔，虽然她也是白人，但在福勒的世界里，她更代表女性；二是米妮，因为女仆的身份，她既代表种族又体现阶级的劣势地位。事实上，福勒的优越心态在托尼身上也有体现，因为托尼虽然在性别上是男性，但他仅仅是个孩子，不能代表成人男性。这让读者看到了白人种族优越主义者的心态是如何得以操演的。白人意识形态的基本逻辑，白人男性支配的理念，在福勒把与母亲未解的俄狄浦斯情结的矛盾转嫁到梅布尔身上的过程中体现得再清楚不过了。归根结底，男性力量基本上等同于白人性。因此，福勒作为白人男性，能够对自己凌驾于女性、有色人种以及儿童利益之上的特权地位视而不见。

小说对于白人男性毫不费力地就可以获得受教育、住房以及就业的特权所持有的模棱两可的态度，与美国文化中白人男性传统的主体地位密不可分。正确识别白人与支配权之间的关系有助于理解像福勒这样的白人，他们特别看重白人意识形态建构。可是一旦失去了"白人"这个能指，作为一个白人又意味着什么呢？也就是说，当福勒离开他所为之服务的人寿保险公司，或者说，一旦他提前退休了，他也就失去了所谓的男性有效权力的更加抽象的形式。因此在这篇小说中，赖特不仅让读者看到了白人男权制的价值观念如何植根于日常生活行为模式中，白人种族优越主义者的态度如何，更重要的是，赖特告诉他的读者，白人的身份不是一成不变的。斯皮瓦克这样认为："就边缘化而言，为了揭示当一个美国白人男性的社会地位受到合法压迫黑人种族的理念威胁时，会发生什么样的事情，赖特实现了中心的转换。"① 托妮·莫里森更是一针见血地指出："在文学话语中强制执行无种族行为本身就是一种种族行为。"② 鲁斯·弗兰肯伯格则认为："白人性具有一套相联的维度：首先，白人性是一种结构优势、种族特权的定位；其次，它是一种观点，白人如何看待自己，如何看待他者，如何看待社会。它是一套未注明、未言说的文化体例。"③

不难看出，主人公福勒的精神状态似乎表明了长期以来迫使美国黑人成为社会上"不被看见的人"的种族化思维的所有要素。即在当时的美国社会中，因种族、性别、阶级等不平等制度而给人带来的压力、焦虑、愤怒感不仅困扰着黑人，也同时出现在白人身上。主人公福勒所产生的焦虑、抑郁、虐待欲等情绪，主要是因为社会所带给他的压力，同时也是童年的不愉快经历导致了他现在的生活状态。他每天生活在虚假的世界中自欺欺人，工作时利用欺骗的手段来获取利益，失业后又因意外杀人而生活在无尽的躲藏与恐惧中。他不敢也不愿意向别人倾诉，只有将情绪默默地藏在心里，这使他的人格变得扭曲，最终无法自拔。另外在小说中，赖特运用了福柯的权力机制理论来体现社会对福勒的管制。在梅布尔面前，福勒认为自己就是权力机制中的统治者，他用自己所谓的权力来约束着梅布尔的行为，当她反抗时，就用他的最高"刑罚"将她杀死。而与此同时，在强大的法律面前，福勒也只能接受法律的制裁，将自己的渺小的生命无条件地交给这个社会，受到应有的惩罚，从而客观上维持了权力机制的稳定运行。

长期以来，西方哲学家分别从不同的角度对权力进行诠释和界定。黑格尔认为，意志是权力的实质和目标，他强调意志的自由性；而康德从伦理角度对权力进行解释，认为权力不应该受限于意志，并强调社会中的人与人之间的和谐关系；实证主义视角下的权力则更倾

① Demirturk, Emine Lale, *How Black Writers Deal with Whiteness*, p. 17.
② Ibid.
③ Ibid.

向于从法律原理的视角阐释权力。作为一个政治家、哲学家以及史学家都十分关注的范畴，权力概念在一个狭小的范畴内被人们认为是统治阶级对被统治阶级施行压迫的一件隐形利器。在无形的统治阶级的权力之下，被统治者受到管制，并可能发生被关押、被镇压等暴力情形。正是权力将统治阶级与被统治阶级区分开来，更进一步说，正是权力赋予统治阶级"主导"的身份。福柯对权力的阐释正是基于权力的这一属性。福柯认为，权力的核心问题在于统治权，而对现代社会权力的兴趣也成为他一生的研究对象。需要指出的是，福柯对权力的理解随着时间的推移有所改变，在他的多部作品中可以看到这种变化，而福柯本人直至去世也未能对权力做出结论性的论断——相反，他认为直到今天，人们还未能全面地理解权力的本质。

福柯用他特有的谱系学方法分析微观的权力关系。他认为，权力并不是专指现实生活当中的政治权利，而是一种无处不在的力量。福柯认为权力是一种复杂关系，这种关系由多方互相联系，并具有不确定性。福柯多次强调权力不是可占有的"物"，而是一种关系。对于权力问题的阐述，在福柯的著作中有很好的体现。传统的权力理论将权力视为由法律机制在起否定和禁止作用，但福柯所说的权力要更加宽泛，并不是仅限于法律和国家机器才能覆盖到的权限范围。传统的权力大部分指的是旧制度下的君主权力，它是利用古代的各种残忍的刑罚来约束人们的行为，这种权力下的措施大部分都是血腥的、非人道的。在现代社会中采用的是监狱式惩罚。"曾经降临在肉体的死亡被代之以深入灵魂、思想、意志和欲求的惩罚，即惩罚打击的不再是肉体，而是灵魂。"[1] 这就是福柯所说的"规训"。在福柯看来，"从制度到主体间的全部社会关系以权力为基础，因而基本上可看作是一种能动的力量"。[2] 可以将权力看作为多种力量的重合，它存在于各

---

① 米歇尔·福柯：《规训与惩罚》，刘北成、杨远婴译，生活·读书·新知三联书店2015年版，第17页。

② 路易斯·麦克尼：《福柯》，贾缇译，黑龙江人民出版社1999年版，第4页。

种不平等力量中。福柯在他的研究领域中，涉及了许多社会上的边缘群体，比如罪犯、同性恋者、精神病患者等，他深入地探索这些人的内心世界，从而发现他们不为人知的一面。赖特小说中所塑造的主人公福勒的行为与心理变化就体现了福柯权力机制的理论特点。

小说中对权力的追求主要体现在两个方面：一是社会对主人公福勒的监视与控制；二是福勒自己对梅布尔的权力管束，小说中将这一关系表现为具体的虐待行为。虽然身为白人，但福勒出身底层，在这个不平等的社会里生存着，他拼尽全力想要在公司有自己的一番作为，最终却被无情地替代；而即便能够留下，公司本身却犹如监狱一般，时时刻刻地监视着福勒的一举一动，这种资本主义社会无所不在的压力令福勒深陷泥沼。实际上福勒并非麻木不仁，他深知保险行业的欺诈性，但为了生存和利益，他还是在这种良心的折磨与公司的监控下继续着自己的生活。当公司还在发展的时候他就加入进来，在这里工作了三十年，可以说是元老级的职员。尽管公司有种种的缺点，但福勒站在台上做退休告别的时候，心里满是不舍与不甘。在四十三岁还有拼搏动力的时候，他却被无情地替代了——拥有权力的公司管理层利用手中的权力将福勒的职业生涯砍断，只用虚情假意的告别典礼来送别福勒，以这样的方式掩盖龌龊的权力腐败与交易。就在温情动人的退休晚会开始前的半个小时，福勒发现自己被退休的真正原因是公司高层沃伦把这个职位当作新婚礼物送给了儿子。福勒对这样安排不满，找到沃伦理论，结果却被生硬地告知公司已经做出决定，也为他准备了应有的一些福利。福勒想抗争，但是公司威胁说连推荐信都不会给他，无奈的福勒内心痛苦，但因为受制于公司，虽不情愿，他又不得不作为退休欢送晚宴的主角发表激动人心、感人至深的演讲。当演讲完毕大家翩翩起舞的时候，他感到自己"迷失了方向，被抛弃了。虽在人群之中却又在人群之外"。[①] 可以说，这是"局外人"

---

① Wright, Richard, *Savage Holiday: a Novel*, Jackson: University of Mississippi Press, 1954, p. 20.

原型在赖特小说中的重现。"没有反抗就没有权力的关系；反抗是在这种权力关系真正发挥作用的地方产生的，这也使其更加地真实有效。反抗是离不开权力的；所以，它像权力一样，反抗也是多重的，应该对其重视并谨慎对待。"① 值得注意的是，小说的开头直接进入宴会场景，并没有介绍福勒被退休情况，但赖特通过对福勒的语言和肢体动作的精准描绘，暗示了一切早已为福勒心知肚明，其强颜欢笑、压抑愤怒读来令人动容；在这场权力关系的较量之中，福勒是弱者，他完全没有翻身的机会。权力关系两端的力量悬殊，弱者缺乏高等权力的保护，注定要受到欺压，这也是看似自由平等、实则壁垒森严的美国社会的真实写照。

福勒退休后，经历了这次意外"谋杀"，使得本来就因为事业从一帆风顺的高处猛然跌落而焦虑的他，因为托尼的死更加不安。他知道自己应该去自首，但是他无法说服自己走到警察局去。他本已焦虑的内心更加混乱，每天都在法律与道德的权力监视下煎熬着，他无法逃脱，也不能坦然接受。法国的心理学家多拉德与米勒曾提出："一定程度的挫折会导致攻击行为的产生，攻击行为的产生总会预设着挫折的存在，反过来也是一样。"② 福柯认为权力是无处不在的，不仅仅体现在一些宏观的方面，甚至在人的心里也生根发芽。就是在这种社会监制下，福勒的精神近于崩溃，他将外界的压力转换成自己的力量，并把这种监视转移到托尼的妈妈梅布尔身上，甚至约束着梅布尔的行为。在梅布尔面前，福勒认为自己就是掌控一切权力的统治者，也是上帝派来的救世者。从这个意义上说，福勒与梅布尔的关系，正是外部社会与福勒之间关系的微缩镜像：福勒将这一关系复制到私人生活中，并将自己置于强者地位，借此满足自身被压抑和被损害的权

---

① 杨卫东：《"规训与惩罚"——〈土生子〉中监狱式社会的权力运行机制》，《外国文学》2002 年第 4 期。

② 鲁本·弗恩：《精神分析学的过去和现在》，傅铿编译，学林出版社 1988 年版，第117 页。

力欲望。他认定正是梅布尔的行为酿成了托尼的悲剧，也使自己陷入罪恶的深渊。在他看来，只有梅布尔听从他的安排才能赎清自己犯下的"罪行"。梅布尔作为新时代的女性，有较为强烈的女性意识，不屈从于任何人，包括已经向她求婚的福勒。福勒询问梅布尔跟她通电话的人都是谁时，梅布尔并没有因为福勒帮助过自己而将自己的隐私权利交出来，她很生气地对福勒抗议，指责他不可以那样对自己讲话，并反复申诉自己不应被如此约束。作为一名在社会地位上被压抑的男性，福勒对梅布尔的管束已是证明自身男性气质的唯一方式，所以当梅布尔反抗、不愿在福勒的监视下生活时，福勒变得非常愤怒、暴虐。他用虐待的方式来"驯服"梅布尔，直至她再也不能反抗为止。在福勒杀死梅布尔后，他感觉自己"依然是一个没有人疼爱的、孤独的、心惊胆战生活的人，他需要的是比他更加强大的力量，使他屈服"。① 即福勒已成为一个悬置的空洞主体，因为此时的他既脱离了社会规训，又失去了施加权力的客体。在小说的最后，主人公福勒选择自首，这也说明他向更高的权力——法律低头。福勒承认法律是一切力量的来源——二元对立的权力关系在此重新恢复，他试图重塑秩序、挽救自我的行为宣告失败。资本主义的牢笼终究没有被打破，福勒也好，死去的梅布尔抑或公司的上层经理也罢，就本质而言不过是这一权力关系下的棋子。

综上所述，福勒扮演了不止一种社会角色。他既是一个商界人士，又扮演了传教士的角色，同时也是一位男权社会的家长。作为一位商界人士，他代表了成功的神话，让他充满了美国梦的安全感。为了这一梦想，他不惜经年累月地让自己沉浸在无休止的劳作中。在外人眼中，他是"一个好人，诚实、善良、整洁、正直——那种热爱孩子的男人"。多么讽刺！正是他间接导致了托尼的死，但他却归咎于其母亲生活不检点。在与梅布尔的关系中，福勒扮演了一个传教士的

---

① 埃里希·弗洛姆：《弗洛姆行为研究讲稿》，吴生军编译，北方妇女儿童出版社2005年版，第252页。

角色，试图拯救其灵魂，类似殖民话语中"使野蛮人受教化的公开目标"。因为"裸体"代表一种未开化的状态，代表野蛮，所以他厌恶自己的身体，他感觉自己如同一个畜生。当然，这种感觉在他教化梅布尔的时候很快就消逝了。梅布尔是一个"道德堕落的女人"，他想要通过男人和女人的不同来控制她。他认为女人是淫荡的，因此需要男权的力量使之道德。如果他可以拥有并控制她的性欲，他就能够控制她的声音。梅布尔是福勒犯罪的陪衬物。福勒因自己"位置上的优越感"而无比欢欣。被迫退休后，福勒失去了代表白人性的所有社会标签——财富、特权、舒适和社会认可，他不再属于白色皮肤特权政治的成员。他被驱逐在白色特权之外、被迫处于他者地位，从而成为一个不被看见的人，颠覆了成功的神话，他赤裸裸地被锁在公寓外成为一种隐喻，隐喻了他无家可归、无处藏身的自我。一旦被剥夺了所有的社会标签，或者说一旦被剥夺了作为美国白人的一切特权，他便觉得自己是个无家可归的人。因为担心被看到赤身裸体，他感到没有安全感；因为不再处于社会中心地位，他感到惴惴不安。福勒憎恨他的身体，因为它破坏了白人性和文明的对等物，他实际上是白人种族优越论的牺牲品。

《野蛮的假日》这一题目具有深刻的内涵："假日指的是退休到生命结束这个阶段；而野性则是指因社会的制约使人陷入压抑的情绪中，从而使无意识或潜意识的本我在某种条件下被激活，最终导致野性的爆发。"①《野蛮的假日》虽然不像赖特的其他作品那样充满明显的种族冲突，却表明了白人对黑人具有压迫性的道德困境。虽然没有明确阐释种族问题，但是作为一位非裔美国作家，以白人的自由问题为小说题材显然是一种策略，使他能够发表一个关于白人意识形态的有效的政治言论，而这又不可避免地引发关于黑人的自由问题。由于《野蛮的假日》并不直接涉及美国黑人问题，主人公也是典型的白人

---

① 庞好农：《焦虑、抑郁与虐待：评理查德·赖特的〈野性的假日〉》，《外国文学》2007 年第 2 期。

男性，因此某些评论家对此并不认同。但对于赖特来说，福勒这一形象的精心塑造，表明他开始超越一般性的种族问题，试图从社会运行机制和心理分析角度去理解更为普遍的自由问题，从而加深对美国社会及西方现代性的理解与批判。

第六节　《长梦》对黑人"美国梦"的书写

《长梦》是赖特的最后一部抗议题材的小说，发表于1958年。虽然发表这部作品的时候，赖特生活在欧洲，但是这部作品却是取材于赖特所熟悉的美国南方。不同于之前的美国题材的小说，《长梦》一改过去以黑人穷小子为描写对象的写法，把视角转向了中产阶级的黑人生活。它讲述了黑人青年菲希利从开始的天真无知到成长之后成熟顿悟的经历，通过一个青年的成长向读者展现了美国种族歧视的根深蒂固。在《长梦》中，赖特试图进一步探索黑人的身份认同问题。为此，他塑造了一个努力向白人靠拢、向往白人生活方式，而且生活并不贫困的黑人青年形象，并从他的悲剧性的成长中，表现黑人在以白人为主导的美国社会中的挣扎与困惑。这表明，赖特开始拓展自己的文学视野，不再局限于底层黑人贫民的生活，而是转向描绘富裕的黑人中产阶级的生活，而其批判的矛头也不再仅仅指向白人的狭隘和残酷，而是开始对黑人自身的问题予以正视。所以，如果说在《野蛮的假日》中赖特打破了种族的藩篱，那么《长梦》则跨越了阶级的局限。

《长梦》重温恐惧、逃跑、命运的主题框架，在结构上同样分为三个部分："日梦与夜梦""日与夜"，以及"不眠之梦"。通过大量比喻性的语言、梦幻般的意象以及煞费苦心的细节传递出一个黑人青少年从六岁到十八岁在因施行种族隔离政策而令人窒息的环境下的成长历程。主人公"菲希利"（Fishbelly）实际上原名叫作雷克斯·塔克，在他很小的时候，父亲体瑞为了逗他开心，把鱼泡吹起来做成气球给他玩耍。小雷克还把这种小玩具分享给他的玩伴，并声称那是鱼的肚子，因为那让他想起了怀孕邻居的肚子。正是这个原因，大家就都管他叫菲希利，这个名字就是鱼肚子的意思。小雷克对这个名字也没什么反感，并很快接受了。菲希利这个看似平凡无奇的名字确隐含着深层的含义，我们从小雷克的黑人朋友泰迪的话中就能感受到这一点："你知道为什么大家管你叫菲希利吗？你不知道，但是我知道。鱼儿对于海洋来说就好像秃鹰对于天空，他们都是拾荒者。鱼的肚子是白的，菲希利就认为自己是白人了。然而，他的白在肚子上，在底端。这就是为什么菲希利总是神气十足，住在大房子里的原因。他的'白'使他的父亲成为专吃死人的大鲸鱼。"① 从泰迪的话中，我们能感受到他对菲希利一家的鄙视。鱼只有肚子上是白色的，而且平时不易被别人发现。这就像是菲希利的身份，他虽然有着黑色的皮肤，但是内心却向往白人的生活。《长梦》中所使用的象征手法使主人公菲希利的双重身份表现得淋漓尽致。他虽然长着黑色的皮肤，但生活在白人主导的社会中，受到白人文化的影响，十分向往白人的生活。这一象征手法的使用使小说主题更加深刻，文化内涵更加丰富。

菲希利之所以那么向往白人的生活，主要是由于生活环境的影响。菲希利从小生活在一个富足的家庭，他的父亲通过经营不正当的买卖——卖棺材和开妓院谋生。他的母亲是一个虔诚的天主教教徒，她也希望自己的儿子能够把上帝作为自己生活的中心。菲希利长着黑色的皮肤，却生活在白人占主导地位的环境中，黑白文化同时对他产生着深刻的影响：一方面是对白人世界的向往，另一方面是对自己黑人身份的蔑视。菲希利从小就把自己的父亲当作成功的榜样，他想通过自己的努力实现自己的美国梦，他极度想过美国白人的生活，想拥有自己的房子、汽车、生意，还有漂亮的女人。同时，由于美国社会的种族歧视，生活在其中的黑人开始自我否定，自我异化。这毫无例

---

① Wright, Richard, *The Long Dream*, New Jersey: Chatham, 1958, p. 100.

外地包括小说的男主人公菲希利。菲希利为自己是黑人而感到羞耻，并且极力去模仿白人。他和黑人小伙伴们有意把卷发熨直，穿白色的T恤，嘴上说是为了美观，其实是想让自己看起来更像白人，以消隐黑人展示给世界的标记——黑色的皮肤和打卷的头发。从小说中菲希利的小伙伴萨姆的口中我们会感受到黑人尴尬的身份地位："黑鬼，你在做梦，你不可能成为真正的美国人，你的生活受到吉姆·克劳法的限制，难道你不是在这个法律的规定下乘车，做生意，就餐，上学，去教堂做礼拜？你不能像美国人一样的生活，因为你不是美国人，你也不是非洲人。"① 白人享受着这个社会赋予的所有特权，而黑人却承受着这个社会所施加给他们的一切不公正。在白人的世界里，黑人的身体意识几乎完全是一种否定性行为。黑人和白人的生活境况就好像黑白两种颜色一样泾渭分明。

在《长梦》中，财富和白种女人对菲希利来说既是美国梦又是魔鬼。菲希利的父亲体瑞是一个生活富有的黑人，他勾结白人警察经营不正当的生意。拥有财富的体瑞生活极不检点，他经常和黑白混血的妓女厮混在一起。菲希利从小就把父亲作为自己的偶像，他希望长大后能成为像父亲一样幸运和体面的黑人。父亲与白人警察局长表面上的和谐是一种假象，其实质是权力阶层的合谋。"小树林俱乐部"的一场大火导致四十多人死亡，接下来的丑闻威胁到包括市长、医生还有坎特雷警长在内白人特权阶层的声望。作为黑人的合伙人体瑞自然被当作替罪羊，被合谋者坎特雷杀害。体瑞的经历告诉菲希利，在白人优越而黑人屈从的社会体制中，与白人相互勾结从事不法勾当，最后倒霉的只能是黑人。

在当时的美国，法律明确规定，黑人沾染白种女人是违反法律的，触犯者会被处以私刑。就像《土生子》里《论坛报》上所宣传的那样，"他们只要碰一下白种女人——不管她是好女人还是坏女

① Wright, Richard, *The Long Dream*, New Jersey: Chatham, 1958, p. 35.

人——他们就休想活命"。① 所以菲希利从小就被父亲教导要尊重白人，远离白种女人。"你已经二十岁了，正是血气方刚之时！听着，菲希利：不要关注任何白人女性！听清楚了没有？"② 但受父亲的影响，菲希利从小就对白种女人存在性幻想。他的朋友克里斯因为与白种妓女有染而被白人暴徒凌迟处死。体瑞为了不让儿子重蹈克里斯的覆辙，他带菲希利去看克里斯已被糟蹋得不成形的尸体。"当你与白种女人有染时，请记住，就意味着死亡。白人憎恶我们，打击我们，杀戮我们，制造法律与我们对抗。他们用这关于女人的该死勾当让他们听起来是对的。所以，儿子不要给他们机会，你从出生的那天就开始被憎恶，他们会在你的一生中寻找各种方法来杀了你。"③ 自从受到精神上的打击之后，菲希利用异样的眼光看待黑人，并且为自己的黑皮肤感到羞耻。在父亲的安排下，菲希利和黑人女孩维拉进行了人生第一次性体验。但父亲的安排反而使菲希利对白种女人的幻想大大增加。小说的第一部分以菲希利幻想着一个裸体的白种女人引诱他而结束。第一次的性体验标志着他童年的结束，揭开了性和成年世界的神秘面纱。

金钱作为一种控制工具，在小说《长梦》中被表达得淋漓尽致。体瑞的社会地位高于其他黑人，是因为他拥有一定的经济实力。在常规化的社会，谁拥有金钱谁就掌握了话语权。在当时的美国社会，白种人为了控制有色人种，常常会给黑人一种假象，那就是只要你听话，就可以得到财富，过上好的生活，实现你的美国梦，其实这一切都是用来欺骗黑人的谎话。菲希利由于抽烟被母亲责打，气不过的他和小伙伴们参加了泥巴战，结果因为占用了白人的特权而被白人抓住关进了监狱，并威胁要阉割他，致使他吓晕过去。后来监狱人员发现他是有钱人体瑞的儿子，于是打电话给体瑞。由于父亲和白人警官坎

① 理查德·赖特：《土生子》，施咸荣译，译林出版社 2008 年版，第 313 页。
② Wright, Richard, *The Long Dream*, New Jersey: Chatham, 1958, p. 64.
③ Ibid.

特雷有合作关系，菲希利被释放了。那是他第一次认识到金钱的重要性。在白人主导的社会中，白人用金钱和权力控制着黑人的活动。财富也能使黑人控制黑人，甚至压榨剥削自己的同胞。菲希利替父亲卖棺材，由于工作表现得十分出色，他获得了经济独立，从而在某种程度上摆脱了父亲的控制。

从根本意义上说，菲希利和父亲体瑞都是白人的控制对象。当"小树林俱乐部"着火，不堪的皮肉买卖被暴露出来之后，为了自己的利益，坎特雷杀害了体瑞。这起谋杀充分暴露了黑人在当时美国社会上所扮演的角色。虽然菲希利的生活比一般黑人的要富裕，但说到底他们也只是被白人利用的棋子。父亲死后，菲希利受到陷害，第二次入狱。出狱之后，坎特雷还想用金钱收买他，但此时的他已经觉悟了，他对白人的世界彻底失望了，他深知自己永远都无法像白人那样生活。

《长梦》这部小说从成长的视角向我们展示了主人公菲希利在经历了外界所带来的巨大诱惑后，从一个懵懂无知的少年渐渐地意识到社会的黑暗而逐渐长大成人的过程。他的内心经历了矛盾与挣扎。对于这个社会，他从天真地向往像白人一样平等地生活到清醒地认识到种族主义对黑人无形地摧残与折磨，也认清楚了自己黑人种族的处境。这些使他对自己有了更加明确的认识。对于黑人来说，黑色的皮肤是一切罪恶的根源。在他们看来，这种肤色不仅导致了他们自身的身份危机，而且也使他们陷入了自我仇恨与对白人的盲目崇拜中。在小说的结尾，当有人问及菲希利是否要再次回到以前的生活时，他表示强烈反对。他想要彻底地与这个社会脱离，他真正意识到他与白人世界的不同，认识到这个社会带给他的无尽压力与折磨，他无法实现自己的梦想，更加不能找寻真正的自己。最终他获得了心理上的成熟和精神上的彻底醒悟。

赖特不仅将成长小说的几大特点运用在人物的刻画上，并且在叙事主题与叙事结构上都彰显了成长小说的特点，使"成长"这一主题清晰明了地呈现在读者面前，从而使读者明白无误地认识到小说的中心思想。"成长是美国文学中不可缺少的主题，这一词汇出现在十八世纪末德国批评主义文学的一部哥特小说中，用来描述个人发展或教育的一部小说。"① 当一部教育小说涉及一个艺术家或作家的发展历程时，我们称它为"成长小说"。它体现了主人公从幼年到长大成熟过程中不断与冷漠的社会环境作斗争，从而寻求自我的身份肯定的过程。② 成长小说，顾名思义，是以讲述主人公成长经历为主题的小说，它通过对一个或几个人的成长过程进行描述，从而反映出小说人物的思想和心理由幼稚到成熟的变化过程。也就是说，成长小说主要是叙述主人公思想和性格的发展，叙述他们各种遭遇和经历，并通过巨大的精神危机长大成人的故事。实际上，这类小说是从道德、心理与智力等方面来讲主人公自身发展与教育的问题，成长中的最初目的是使个人的渴望与社会的需要相一致。关于这类小说有三个固定的基本点：首先，虽然不乏例外的情况，但总体上该类文学大多涉及成长问题并考虑主人公的年龄，一般是在十三岁到二十岁之间，例如之前讨论过的《黑孩子》讲述的就是作者十九岁以前的成长经历；其次，这类故事涉及的是个人的成长经历与心理变化；最后，这类文学结构一般由诱惑、出逃、折磨、困惑、顿悟、失去天真到自我发现等元素构成，这被称为主人公的心理成长过程。因此可以说，成长小说关注的是成长的艰难，把成长隐喻为从"天真"走向"经验"的历程。在成长小说中，"主人公通常是，但并非总是，一个少年或青年首次了解到关于世界、现实、社会、民族或个人、他或她这一重大的，甚至对其人生有决定意义的真相"。③

族裔文学中的成长题材主要是关于主人公在成长过程中如何进行

---

① 王贵：《成长与危机——论理查德·赖特的〈长梦〉：一部成长小说》，硕士学位论文，西北师范大学，2011年。

② 邵锦娣、白劲鹏：《文学导论》，上海外语教育出版社2002年版，第11—12页。

③ 转引自孙胜忠《成长的悖论：觉醒与困惑——美国成长小说及其文化解读》，《英美文学研究论丛》第三辑，上海外语教育出版社2002年版，第264页。

自我身份的认知，如何追求社会地位的平等，阐释主人公在成长中遇到的一系列问题，尤其是被"边缘化"的状况。族裔文学多以种族主义、性别歧视为主题，将身份与种族、性别、阶级等联系到一起，从而进行细致分析。大部分的族裔文学中，都会描写主人公在年幼时经历的挫折与困惑，在经历了艰难的岁月后，顿时醒悟，体会人生道理，最终成长起来。而这些也和许多族裔作家从小的经历有关。大多数族裔文学的作家家境贫寒，他们不是白人血统，但却在这种白人世界中成熟长大。在他们眼里自己是白人世界里的"局外人"，甚至是整个社会的旁观者。他们大多以自己的经历为基点，在作品中有所体现，将自己的情感写成一部成长小说，更好地释放出心中的情感。

　　每个人的成长都会受到一些人的影响。这些人对于主人公丰富人生经历、深化社会认知起着或多或少的作用。"少年时期是一个人关键的成长阶段，这是一个从儿童向成人过渡的阶段，这时候的人处于独立性和依赖性、自觉性和幼稚性、封闭性和开放性并有的矛盾体中，所以家庭和朋友的关怀与引导是极其重要的。"[1] 菲希利在成长过程中，他的父母教育他要尊重白人，告诉他黑皮肤仅仅是一种颜色，不能代表一切。他们与这个镇上其他的黑人截然不同，是属于两个世界的人。他们拥有着充足的财富与权力，不用像其他黑人一样毫无尊严地生活；父母不允许菲希利与黑人工人接触，还提醒他要时刻小心他们的一举一动，因为他们是毫无素质的低等人群："儿子，他们只是和你拥有一样的肤色，但却不是一类人。"[2] 但是，如果说菲希利的父亲仅仅从经济角度评价他人，却又不尽然，他深知种族歧视的现实，所以他又禁止菲希利与白人走得太近。为了防止菲希利像小说中克里斯那样，因为与白人妓女在一起被凌迟阉割，他禁止菲希利与白人女性发生任何关系，直言道："你已经二十岁了，正是血气方

---

　　① 莫玉梅：《走在成长的路上——论社会与家庭对少年心理成长的影响》，硕士学位论文，东北师范大学，2003 年。

　　② Wright, Richard, *The Long Dream*, New Jersey：Chatham, 1958, p. 20.

刚之时！听着，菲希利：不要关注任何白人女性！听清楚了没有？"①
当菲希利的妈妈阻止父亲说这些话时，他的父亲严厉地说道："他的
年龄足以判处死刑了，所以也绝对适合和他说这些话！我早就想告诉
他这一切，越早知道越好。"② 为此他安排了一位黑人妓女与他发生
了关系，希望通过这种方式，能让菲希利对黑人产生兴趣，进行正常
的交往。但事与愿违，他的这种做法使年幼的菲希利对白人女性的世
界更加好奇与着迷。

　　另一个对菲希利影响巨大的事实是父亲与白人警察勾结多年，压
榨着无数的黑人，甚至共同经营一家妓院，从事非法的勾当。他看到
父亲的生活毫无节制，混乱不堪。他与无数的黑人女性上床，包养着
近乎白人的黑白混血女性，也因开妓院成为当地最富有的黑人。在黑
人面前一向颇具优越感的父亲对白人却是言听计从，按照白人的想法
办事。父亲的拜金主义价值观令成长中的菲希利困惑不已。父亲曾明
确表示："你的工作就是收钱。得到足够的钱，你就不用担心任何事
情。没有什么事是钱解决不了的，不要再想什么种族的事情。"③ 在
不谙世事的菲希利眼中，父亲的生活似乎是一种前所未有的成功，他
向往父亲这样的生活，认为只有成为父亲那样的有钱人才能实现自己
的梦想，得到自己想要的一切。这一观点影响着菲希利的成长。

　　菲希利的母亲则一味地崇拜宗教，甚至当菲希利和他爸爸遭到白
人迫害时，她也没有想着为他们争取自由，而是说："祈祷吧，儿
子……上帝会救助你的。"④ 除此之外，菲希利身边的朋友也不断影
响着他价值观的形成。克里斯是菲希利从小的玩伴。克里斯与白人女
性发生关系，在菲希利看来他是非常勇敢的，使他在心里对白人女性
更加渴望，也希望可以像克里斯一样追求白人女性，得到自己想要的

---

① Wright, Richard, *The Long Dream*, New Jersey: Chatham, 1958, p. 64.
② Ibid.
③ Ibid. , p. 198.
④ Ibid. , p. 315.

一切。但是当他的父亲带着菲希利亲眼看见克里斯因此事被凌迟、阉割等一系列暴力行为所折磨的场景时，他又感到无比地恐惧，也意识到父亲对白人的惧怕以及白人对黑人的制度性歧视。正是这两种情绪在菲希利的心中不断滋生，让他陷入困惑中，不知如何是好。另一个好朋友山姆，总是向他们谈论非洲的状况，宣称作为一个黑人是没有自己的权利的，他们的祖先都是被白人强行带到这里，他们并不属于美国人，更不能像美国人一样自由地选择生活，不论多么的富有，也永远改变不了自己是黑人的命运。"当你知道你是一个黑人的时候，就不可能再改变这一切。"①在菲希利眼中，黑人不仅与白人之间的关系矛盾重重，连自身作为美国人抑或是非洲人的身份认同，也面临着重重危机——这实际上是赖特时代的众多美国黑人青年所面临的成长困惑。

同《土生子》及《黑孩子》中生活穷困的主人公不同，菲希利从小生活在一个富裕的黑人家庭。他的父亲是一个恶霸，"他是一个连死人都吃的鲸鱼"。②父亲和白人勾结在一起，压榨黑人，从事不法的行当。受白人世界和他父亲的影响，菲希利也想和父亲一样能过上奢靡的生活。这一切对于菲希利来说就是他的美国梦。作为一个富裕的黑人，菲希利从小并没有受过太多的苦。富庶的生活麻痹了他的神经，他不愿去上学："白人怎么会在乎一个黑人大学生呢？"③他对黑人没有太多的同情心，他每周六都帮助父亲收租，虽然收租的经历是一场噩梦，但这些经历也开阔了他的视野，让他第一次认识到了黑人与白人之间的差距以及黑人生活的窘境。当菲希利第一次入狱，又因父亲与坎特雷的关系被释放后，他感到很害怕。他惊恐地觉得"如果父亲死了，谁又会来救他呢"？④父亲被杀后，菲希利彻底地成长

---

① Wright, Richard, *The Long Dream*, New Jersey: Chatham, 1958, p. 32.
② Ibid., p. 100.
③ Ibid., p. 188.
④ Ibid., p. 128.

了。他以前认为只要对白人当权者唯唯诺诺，他就能像父亲那样过上自己想要的生活。父亲的生意出现意外之后，白人警官的落井下石，使菲希利清楚地认识到黑人只是白人的一个棋子，白人通过社会运行机制的建构永远控制着黑人，黑人根本不可能主宰自己的命运。所有这一切击碎了他对美好生活的向往和对白人的幻想。实际上，菲希利的命运绝非个案，他身上所体现出的正是广大黑人在自身文化认同和种族认同上所遭遇的困境，而这种困境的根源，正来自白人占尽优势的社会制度，对于美国黑人而言：要么放弃自身的文化认同与种族认同，试图与白人主流文化融为一体；要么坚持自身的尊严，但最终只能在底层挣扎。

在这个以白色人种为主流的美国社会，黑人就像是局外人一般，居于不平等的地位。黑人地位低下的根本原因是美国历史上的奴隶制度、种族歧视和文化霸权主义。这些制度不仅给黑人的身体带来严重的威胁，而且让他们的精神备受折磨。自从黑人被当作奴隶被贩卖到这片新大陆上，他们自身的文化就受到了严重冲击，同时也切断了和这个世界的联系。小说中的主人公菲希利在这个以白人为主导的种族主义盛行的美国社会很难找到真实的自我。对于白人来说，他的父亲只是赚取利益的工具，所以当事情败露后，白人选择让他的父亲顶罪，自己却逃之夭夭。这些让一心向往白人生活的菲希利清醒地认识到竖立在白人与黑人之间不可逾越的鸿沟。

赖特用"鱼肚子"（Fish Belly）的音译"菲希利"来命名《长梦》中主人公的名字，文学评论家简·戴卫斯认为，这是因为"鱼肚子"的命名象征了黑人对白人价值观的完全接受和心理上的完全融合。① 表面上，人们可能会认为依附于白人且经济实力强的黑人可以享受和白人一样的社会地位与文化认同，但事实并非如此。白人警官的忘恩负义、落井下石让菲希利真切地看到了白人的伪善和残忍。通

---

① Davis, Jane, *The White Image in the Black Mind: A Study of African American Literature*, New York: Greenwood Press, 2000, p. 119.

过菲希利的悲剧故事，赖特深刻揭示出黑人自我解放的关键：黑人要想真正的独立与解放不能依靠白人的同情与人道主义，而要靠自身的争取与奋斗。菲希利因为钱财而帮助父亲压榨黑人的行为，则揭示了黑人舍弃种族身份与文化认同后，却同样无法在白人社会得到尊重，无法被接纳的事实，更表明美国所谓的"自由"与"平等"只是一种理想的意识形态宣传，它并不能弥合种族和阶级之间的巨大鸿沟。在危难之时，只有所有黑人联合起来，才能打败强权，打败歧视；种族主义并不会因为依附于白人势力就能够消失。菲希利的美国梦代表着赖特所在的时期每个黑人的美国梦，但梦想只有通过消除歧视与不合理的社会制度，才有可能实现。赖特借体瑞之口，宣称不是所有的美国梦对黑人来讲都是现实的，而一些不现实的梦只会使黑人追梦者失去生命。

虽然文学批评界有意地将政治与美学剥离，但是《长梦》中有关主人公菲希利的人物刻画，从文学技巧上，他的被迫保持沉默与作为个体的他所采取的妥协的态度，不正和赖特晚年的个人经历相契合吗？当菲希利终于理解了他父亲早些时候跟他说过的话"做能实现的梦吧"的真正含义的时候，小说中的事件变得一环紧扣一环，故事情节变得越来越紧凑。菲希利始终坚持不放弃的，就是从不能实现的梦到能够而且确实实现了的梦，也就是去巴黎的梦想。这个梦想之所以能够实现，是因为菲希利在整个被监禁的过程中采取了保持沉默的策略。坚持一言不发是赖特晚年被勉强赋予的一种权利，而他则毫不吝啬地把这一权利赠予菲希利。菲希利在小说结尾乘坐飞机逃往巴黎，"逃亡者"的身份隐喻了归属感的缺失。《长梦》作为一面镜子，折射出赖特越来越强烈的意识——他也许会成为一名卓尔不凡的伟大作家，但是在全世界眼中他永远是一名美国黑人。正如他在 1959 年 7 月 7 日写给詹姆斯·霍内斯的谢绝信中写道："我必须老老实实地说明我的情况，我是一名美国黑人，我们生活在国外的美国黑人处于极大的政治压力下……因此我必须远离可能扼杀我的一切瓜葛。"（詹姆斯·霍内斯曾邀请赖特参加在伦敦举办的一次文化节。）

赖特在他的四部小说《大小子离家》《土生子》《黑孩子》《长梦》中分别塑造了四个不同的黑人形象：大小子、别格、黑孩子以及菲希利。这四个形象就是赖特所在的时期所有美国黑人的缩影。从他们的经历中，我们看到了黑人生活的悲惨，白人统治者对黑人的压迫，种族主义者对黑人的残害。同时，从四个主人公身上我们也看到了难能可贵的反抗精神。《大小子离家》中的大小子用猎枪和勇气使自己免受白人的迫害；《土生子》中的别格通过暴力与这个世界反抗着，尽管他的方式过于血腥，但白人对黑人的迫害比这残忍得更多；《黑孩子》中的主人公选择用自己的笔墨来对抗白人统治的社会，并用自己刚正不阿的个性告诉这个世界，人人生来平等，黑人是有尊严的种族，黑人不怕用鲜血来换取自由；《长梦》中的菲希利撕下白人伪善的面具之后，拒绝再为虚伪的白人卖命，而选择到巴黎去寻找自由和幸福。这四个人物形象的经历正是赖特所在的时期黑人经历的再现，他们的精神值得每一个黑人学习。他们身上的斗争能量唤醒了广大黑人同胞，使他们前赴后继地投身于争取黑人权利的运动中去。

第四章 非裔美国文学发展史链条中的赖特

作为非裔美国文学史上最为重要的作家之一，赖特在非裔美国文学的发展史上具有承上启下的作用。赖特的贡献体现在，他不仅继承和发展了非裔美国文学的优良传统，成为非裔美国文学发展的桥梁，而且对整个美国文学的丰富性与深度起着不可抹杀的作用。赖特所活跃的时期，正是非裔美国文学重要的转型期，他突破了非裔美国文学中简单的二元对立结构，消除了以"汤姆大叔"为代表的懦弱的黑人形象，从而掀起了"抗议文学"的新篇章。1997 年出版的《牛津美国黑人文学指南》指出："理查德·赖特改变了美国黑人作家创作可能性的前景。"他拒绝迎合白人读者的口味，坚持展现美国黑人自己的声音，"使后来的黑人作家，诸如托妮·莫里森，可以按自己的愿望写作"。拉尔夫·埃里森总结说，赖特在作品中"把美国黑人自我湮灭和'转入地下'的冲动转变为直面世界、老老实实地评估自己的经历并将结果泰然地掷向美国负罪的良心"。①

在 20 世纪 40 年代，以赖特为代表的抗议小说作品在整个非裔美国文学中地位显著。这些作品的背景包括黑人贫民窟和黑人在南方种植园的艰苦生活环境，反映种族歧视带给黑人的苦难，作家运用自然

---

① 王家湘：《20 世纪美国黑人小说史》，译林出版社 2006 年版，第 149—150 页。

主义的手法描写了白人种族主义者如何限制和压迫乃至残害黑人种族，并对这种压迫和残害进行了强烈抗议。赖特的这些抗议小说作品沿袭了哈莱姆文艺复兴时期的现实主义文学传统。社会经济上，赖特亲身经历了大萧条时期人们的生活惨状；政治理念上，赖特接受马克思主义的观点；传统文化上，赖特成功地吸收借鉴黑人宗教、黑人音乐、黑人神话以及关于黑人"美国梦"思想的同时，又掀起了抗议主义的大浪潮，为抗议小说开了先河。同时，赖特的文学传统承续了20世纪30年代的左翼思想和自然主义文学传统，其小说中所蕴含的价值观对40年代的"抗议派"作家甚至对当代作家都产生了深远影响。

第一节　奴隶叙事与黑人文化思想传统

四百年来，黑人在美洲不断地为争取自由而抗争，从非洲大陆继承的传统文化的基础上形成的美国黑人文化传统，再到20世纪六七十年代出现的各种政治运动和文化思潮，以及战后西欧的种种新的文学理论和美学思想等，都对黑人美学的诞生和发展产生了影响。其中最直接、最大的影响来自于战后的黑人解放运动和黑人文艺运动。

《黑人世界》的主编霍伊特·W. 富勒于1968年发表了题为《走向黑人美学》的文章，创造性地将建立黑人美学同黑人权利运动联系起来。他在文章中指出："黑人造反在文学上同在街头一样明显。"富勒认为，美国黑人生存困境的主要原因在于美国国内的殖民主义。在黑人与白人种族之间树立着"高大、厚实的隔离墙。这些墙是由历史和仇恨建立起来的"。黑人要想实现黑人种族的团结，他们就需要找回自己本应该完整继承下来的非洲大陆的黑人文化，那是黑人族裔的文化根本，也是黑人文化的源泉。富勒认为，新的黑人批评家"将能够清楚地表达和阐释这种新的美学，最终将展开早就该进行的攻击，向白人批评家限制性的臆说发起进攻"。①

　　美国黑人美学由两个时期构成，即"原黑人美学"时期和"新黑人美学"时期。原黑人美学时期的作品从奴隶叙事的角度出发，作品整体较为感性，重点在于抒发黑人受到压迫后的伤痛与不满，但对造成这一不平等现象的社会历史原因则受限于认识水平，缺乏有效的分析；其叙事虽然真切感人，但相对而言集中于个人经历的再现，缺乏对黑人作为一个族群整体的表现。这一时期的作品已经开始号召黑人对白人的虐待进行反抗，但是由于认识水平有限，这一时期的反抗精神是不彻底的，大部分作者仍寄希望于上帝，让黑人们相信上帝终会结束白人对黑人的残酷统治。此外，在艺术形式上，这一时期的黑人美学大多以简单的回忆录、平铺直叙为主，缺少对文学叙事艺术本身的自觉，在象征体系、神话隐喻等方面也相对缺少自身特色，艺术成就不高。新黑人美学时期以布克·华盛顿于 1895 年发表的《亚特兰大演讲》为开端，以 1963 年约翰·肯尼迪总统的遇刺结束。在这一时期，伴随着赖特、拉尔夫等人的文学创作以及愈演愈烈的黑人民权运动的发展，黑人美学开始突破旧有的藩篱，不仅在表现题材和深度上有了很大的提高，而且在表现手法上也具备了不同于白人文学的独到之处。我国学者程锡麟教授指出："黑人文艺运动在美学上和精神上是黑人权利运动的孪生姊妹，它力求直接表达美国黑人的需求和理想。为了完成这一任务，黑人文艺运动提出要对西方文化美学进行激进的重建。它提出了单独的象征、神话和批评。"② 应该说，直到新黑人美学时期，黑人美学才真正地具有鲜明的自身特色与表现领域，甚至在某些层面能够与白人美学分庭抗礼，成为美国文学与文化中不可分割的一部分，更为非裔美国人赢得了更多的理解与尊重，为民权运动和民族平等的发展做出了巨大的贡献。

---

　　① 理查德·布朗、尤金尼尔·科利尔编：《美国黑人文学》，宾夕法尼亚州立大学出版社 1985 年版，第 582 页。
　　② 程锡麟：《一种新崛起的批评理论：美国黑人美学》，《外国文学》1993 年第 6 期。

在论述 20 世纪前的黑人文学时，王家湘教授引用了西尔维斯特·沃特金斯在《美国黑人文学选》中的一段话："长期以来，黑人文学和黑人历史一直保持着极密切的联系。黑人在为得到较好的生活方式进行的斗争中，出于想要成为美国有充分资格的公民的强烈愿望，必须把文学变成目的性极强的东西。黑人文学起步晚，不允许作者有暇去创造新的文学或更美好的表现方式，他的时间与精力首先要放在与无知、冷漠及种族偏执的斗争上。"① 可见，早期的非裔美国文学多以奴隶叙事的形式出现，这一形式在 18 世纪末期开始流行，在整个 19 世纪及 20 世纪初，奴隶叙事占着重要地位。另外，在废除蓄奴制的斗争中，黑人传记也是强有力的武器。事实上，奴隶叙事和黑人传记并不是泾渭分明的，因为奴隶叙事也好，黑人传记也罢，都是记述蓄奴制对广大黑人进行摧残的血泪史。但是，因为黑人传记有的是黑人自己写的，有的是他人根据黑人的口述写成的，所以在人称上有的是第一人称，有的则是第三人称。但奴隶叙事通常都是第一人称，而且重要的特征是都遵循着"北上"的模式，也就是说，奴隶叙事的主人公通常是南方种植园的奴隶，因为不愿忍受非人的剥削以及争取做人的权利而选择北上。参照几部权威的关于非裔美国文学的著作，可以得出这样的结论——非裔美国文学评论家们公认以下作品对非裔美国文学的发展至关重要：

1. 古斯塔沃斯·瓦萨的自传《非洲人奥拉达·依奎阿诺，或古斯塔沃斯·瓦萨生平趣事述》（1789）是目前为止有记载的美国黑人所写的第一部谴责与控诉奴隶制的作品。这部传记记录了作者童年的生活经历；被贩卖到一个弗吉尼亚种植园的经历；出逃后获得受教育的经历；后来通过在商船上做水手而积攒了一定的积蓄为自己买到了自由后，来到英国从事反对奴隶制的经历。这部传记是 18 世纪奴隶叙事的代表性作品。

---

① 王家湘：《20 世纪美国黑人小说史》，译林出版社 2006 年版，第 3 页。

2. 《北方奴隶苏简纳·特鲁斯自述》（1850）是对黑人妇女特鲁斯为反抗奴隶制、争取妇女选举权而奋斗终生的记录。特鲁斯于1797 年出生在纽约州，在 1827 年该州废除奴隶制获得自由之后，她开始为反对奴隶制和争取妇女选举权而奔走疾呼。这部传记记录了特鲁斯竭力为改善美国黑人的生活处境而不知疲倦地工作的经历。

3. 弗雷德里克·道格拉斯在 1845—1892 年出版了三部自传：《弗雷德里克·道格拉斯生平记述》（1845），《奴役与自由》（1855），以及《弗雷德里克·道格拉斯的生活与时代》（1882）。1845 年出版的道格拉斯的第一部自传体作品《弗雷德里克·道格拉斯生平记述》记录了他早年奴隶生活的非人遭遇和逃亡奋斗的经历；他晚年出版的《弗雷德里克·道格拉斯的生活与时代》是他一生奋斗历程的总结，记录了 19 世纪以来美国的政治、经济、社会、文化以及宗教等方面的概况。在美国黑人历史上，道格拉斯是第一个从逃亡奴隶通过个人奋斗而成为黑人典范的人，因此他的自传是非裔美国文学史重要的组成部分。

4. 布克·华盛顿的自传有《我的生活和工作的故事》（1900）和《从奴役中奋起》（1901）。这两部自传记录了华盛顿极具影响力的演说及其关于黑人权利模棱两可的言论：美国黑人可以不要选举权，不要社会地位的平等，不要政治权利，但他们应该有工作，即使工作条件不是太好；他们应该受教育，但是教育程度可以不高；他们应该挣钱享受生活。华盛顿的观点虽然模棱两可，但是他的自传同样产生了巨大的影响。

5. 杜波依斯的《黑人的灵魂》（1903）是一部充满激情、言辞雄辩的自传作品。这部自传由 14 篇文章组成，涉及美国黑人的历史、宗教、政治、社会和文化等方方面面的内容，揭示了种族歧视的政治制度对美国黑人的自我意识以及黑人与整个美国社会的关系所造成的影响。杜波伊斯呼吁，黑人的灵魂，即他所坚持的黑人独特的传统、民俗文化和黑人社区的价值观，应该得到应有的承认和尊重，应该得以保存并世代相传。阿诺德·朗普赛德在《牛津美国黑人文学指南》中这样评价这本自传："将黑人的性格和特点置于从来没有被置于过的历史、社会、宗教、音乐和艺术的背景下来思考，从而使美国黑人的自我认识产生了革命。杜波伊斯的双重意识的观念和他的美国黑人在美国生活在面纱后面的形象化的比喻给就美国黑人被迫生活在危机下做出反应的黑人艺术家打开了新的表现世界。"①

奴隶叙事是最早的一种以第一人称叙述的非裔美国文学书写形式，反映广大黑人在主流社会中寻求独立与认同的文学体裁。或者说，奴隶叙事从美国社会内部记录奴隶制下的非裔美国人的生活状况，有着可以确认的叙事结构和叙事主题。叙述的内容既包括黑人奴隶在南方种植园的悲惨命运、蓄奴制的罪恶，也包括黑人奴隶凭着顽强的毅力，最终用智慧战胜剥削压迫，走向自由的经历。因此在众多有关奴隶叙事的文学作品中，无论篇幅长短，几乎都表现一个相同的主题，即黑人奴隶凭借自己顽强的意志摆脱剥削和为了获得最终的自由而不懈奋斗。因此，非裔美国作家的奴隶叙事多是反映黑人的社会和政治问题，目的是展现黑人的真实生活境遇。19世纪末，随着黑人中产阶级的出现，黑人作家开始登上美国文坛。这些小说作品虽然也是以反抗种族歧视和种族压迫为主题，但是故事的主人公多是懂礼貌、有教养的中产阶级或者混血儿，阶级局限性非常鲜明。

赖特的自传体小说《黑孩子》无论在结构上还是在主题上都承袭了黑人奴隶叙事的文学传统，因为他讲述的是主人公在南方的苦难童年和辗转北方后不懈的奋斗经历。当然，《黑孩子》决不仅仅是黑人苦难的记述，更重要的是它对社会发出的强烈抗议。赖特不仅真切地描述了"我"的悲惨遭遇，而且强烈地表达出"我"渴望平等自由的心声。正如维多利亚·厄尔·马修斯在《种族文学的价值》一文中所反映的观点，"无疑证明需要从我们（黑人）方面通过深思熟

---

① 王家湘：《20世纪美国黑人小说史》，译林出版社2006年版，第15页。

虑，做出明确和明智的努力……其目的是在与黑人和黑人的生活环境有关的一切问题上，至少从文学上，向美国人民提供确切有力的信息。我们和其他任何民族一样不能对这个问题漠然视之"。[①]

黑人的个人叙事在主题上围绕种族歧视、父权至上，渴望自由、种族意识，以及杜波伊斯定义的"双重意识"展开。[②] 一方面，黑人在内心深处想保留族裔内部已根深蒂固的文化传统；另一方面，在种族歧视的压力下，黑人又不得不做出让步，接受白人文化，进而被白人主流文化所同化。在这个过程中他们会逐渐丧失自己的思想，迷失自己。黑人是没有话语权的存在者，他们可能在物质上获得成功，但往往会在此过程中丧失自己的文化根基，遭受隔离。造成这种现象的原因是黑人对生存和生活的焦虑，他们试图通过被同化的方式得到解脱，结果却往往适得其反。黑人真正的出路是在黑人与白人、黑人与世界之间寻求一种平衡，而不是一味地接受同化。在正如杜波依斯的在其经典著作《黑人的灵魂》中所强调的，"黑人们总是具有两重性的：一方面他们觉得自己是黑人；另一方面，他们又觉得自己是美国人，他们总是感觉到两个灵魂、两种思想在体内进行不可调和的碰撞；所以在一个黑色躯壳内就有两种相互较量但不相上下的理想，必须凭借其顽强的力量以避免自己被撕裂"。[③] 当代作家仍常常以"双重意识"为主题，从这个意义上说，奴隶叙事可以说是非裔美国文学的始祖。

之所以说赖特的自传体小说《黑孩子》是一部现代的奴隶叙事，是因为在这部作品中赖特采用客观叙事的手法，以成年人的角度回顾了他整个童年时期的成长经历和心理历程：从天真烂漫到自我怀疑，从快乐无忧到痛苦困惑，从不知烦恼到深知种族歧视。他在成长过程

---

① 王家湘：《20 世纪美国黑人小说史》，译林出版社 2006 年版，第 9 页。

② 李霖：《〈所罗门之歌〉中的奴隶叙事和黑人奴隶思想》，硕士学位论文，黑龙江大学，2010 年。

③ Du Bois, W. E. B., *The Souls of Black Folk*, New York：Bedford, 1997, p. 16.

中，经历了各种恐惧与焦虑。他从童年起就开始接受来自各方面的压力——家庭的压力，社会的压力，教会的压力。他要按照社会既定的规则生活，这使他在这个充满种族主义的社会里无法喘息，看不到生活的希望。① 一直到十二岁，他都看不到生活的任何意义，但是为了在社会上继续生存，他必须反抗，从痛苦的生活中寻找一丝希望。他一直在权利、白人、传统主宰一切的社会中寻求适合的生活方式，终于，他发现写作是一条途径。在这部小说中，赖特更多地关注的是黑孩子思想上的成长——从无忧无虑到焦虑不安，再到寻求解放。从某种意义上来说，"黑孩子"在成长时期更多时候是使自己成为思想上的奴隶，这种奴隶其实有时比在种植园经受的体力煎熬更为恐怖。但"黑孩子"最终找到的生活的意义就是他思想上的解放和自由。但《黑孩子》并不是真正的奴隶叙事作品，而是采用奴隶叙事结构的一部描述心理发展的作品。

黑人文化是美国文化中靓丽的一抹，缺失了独具特色的黑人文化，美国文化所引以为自豪的多样性与包容性也就无从谈起。美国黑人的故乡是非洲大陆，他们带着自己古老的文化来到新的地方繁衍生息，虽然他们是以奴隶的身份被贩卖而来，受到其他文明的欺压，被迫地接受原本陌生的他文化，但毕竟种族的文化集体记忆仍能渐渐流传下来，并在新大陆统一成新的传统。黑人的历史决定了美国黑人与白人的文化差异是存在的。美国黑人文化的发展在古老的非洲文化的基础上也融合了他们在美国接受的新鲜文化，进而成为一种既区别于非洲文化又区别于美国白人文化的美国黑人文化。从这个意义上说，美国黑人文化因历史关系有它自己的独特性。正如黑人散文家阿兰·洛克所强调的黑人应"有意识地、骄傲地、独树一帜地复兴民族精神"。②

美国黑人文化，诸如音乐艺术、黑人宗教以及属于黑人的"美国

---

① Howe, Irving, *Black Boys and Native Sons*, New York: Horizon, 1963, pp. 98 – 110.

② Locke, Alain, *Enter the New Negro*: *The Emergence of the Harlem Renaissance*, New York: Garland Publishing Inc. 1996, p. 87.

梦"是奴隶制的必然产物,黑人作家既以此为创作源泉,又把它们当作非裔美国文学中特有的主题内容加以烘托。首先以音乐为例,非裔美国文学"布鲁斯"的审美价值是美国黑人文学批评理论的一个重要组成部分。"布鲁斯"原本是音乐上的一个术语,在美国黑人音乐史中有着举足轻重的地位。它节奏舒缓,音调低沉,有着较为明显的黑人音乐风格,它的存在充实了黑人的种族文化。

"布鲁斯"音乐的历史可以追溯到南北战争时期,在那个不平凡的年代里,音乐迅猛发展,大量的黑人歌曲得以出版,第一部乐谱也随之出现了。黑人灵歌是现存最早的黑人乐谱。黑人灵歌的发展脉络很清晰,南北战争之前黑人在种植园劳作时的歌唱是其前身。"布鲁斯"展示了人们在做任何事情所带来的反响和回声,即奴隶有节奏的呼喊声。忧郁悲伤的"布鲁斯"音乐,不仅是黑人奴隶在压迫中表达抗议的音乐形式,也是一种抒发情感的文字表现方式,它是对黑人生存方式的隐喻。与古代的悲剧叙事诗相似,"布鲁斯"音乐采用抒情的方式,向人们展现奴隶生活的艰难。也就是说,作为一种艺术形式,"布鲁斯"有效地将黑人的情感转化为一种差异性的文本形式,并同样有效地证实了黑人文化的存在。"布鲁斯"是美国黑人经历的一部分,同时是对美国黑人价值观念的肯定和颂扬。

"布鲁斯"音乐以黑人的真实生活为素材,极具表现力地体现了美国黑人在种族歧视的背景下对人生与社会的一种审视。赖特的童年生活就弥漫着布鲁斯式的悲伤色彩;父亲早逝,母亲长期卧床,他从小就忍受精神和肉体的双重折磨,这些悲惨的经历也为他后来小说的创作奠定了基础。《黑孩子》中,赖特对于景物的描写充满了布鲁斯式的色彩。铁轨上火车悲凄的回声,南方城镇的名字,社会隔离,战争和逃逸,死亡与感伤,精神上和肉体上的饥饿和痛苦,这些无不浸润着布鲁斯式的悲惨失望。① 但布鲁斯音乐的魅力在于除了传达生活

---

① Ellison, Ralph, "Richard Wright's Blues", *The Antioch Review*, Vol. 50, No. 3, 1992, pp. 61 – 74.

之困苦之外，也有其乐观昂扬的一面，表达了通过坚持不懈的努力战胜一切艰难困苦的可能。《黑孩子》中的悲伤情绪和经历以及期待性结尾都具有"布鲁斯"特征。在《黑孩子》中，"我"最后带着母亲和弟弟奔赴北方，把自己身上具有的南方色彩的"种子"移植到了异乡土壤，并在"自由平等"的美国北方生根发芽，这种带有希望的结尾给人们带了某种期许。布鲁斯音乐是所有艺术家应当体会的生存哲学，可以指导人们在逆境中寻找希望。美国黑人正是通过布鲁斯音乐传递他们的心中所想，"布鲁斯"不仅时刻影响着广大黑人民众的日常生活，也是黑人作家创作的灵感和源泉，所以在赖特的作品中，他把人们面对困难的胆怯和逃避转化成了前行的勇气和乐观的态度。可以说"布鲁斯"是一种极具表现力的语言，通过"布鲁斯"，人们可以听到不一样的声音，认识到黑白两个完全不同的美国的存在。"布鲁斯""纠正了一种错误观念：在美国，黑人社会只能由白人来进行贫穷与沮丧的叙述"。①

宗教是一种内心的本能或气质，它独立地、不借助感觉和理性，能使人们领悟在不同名称和各种伪装下的无限。没有这种才能，也就没有宗教，甚至连最低级的偶像崇拜和物神崇拜也没有。只要我们注意倾听，就可以在所有的宗教中听到这种精神的呻吟，这是一种渴望，力图要认识那不可认识的，说出那说不出的，渴望得到神和上帝的爱。美国黑人的宗教是对非洲文化遗产的继承和发展，是黑人在奴隶制下求得生存的重要精神力量。白人试图将基督教作为对黑人进行精神统治的一种手段，而黑人却从《圣经》中寻找到抵抗心理压迫的有力武器，并创造了自己的精神世界和宗教文化。通过宗教的特殊形式和礼拜活动，黑人找到了一种群体的归属感，减轻了他们心理上的孤独与恐惧，使长期受压抑的情感得以宣泄。②

---

① 罗虹：《从边缘走向中心——非洲裔美国黑人文化》，中国社会科学出版社 2013 年版，第 253—254 页。

② 同上书，第 51 页。

美国黑人是从非洲被贩卖到美洲的。在种族压迫的过程中，黑人在保留自己的宗教信仰和教义的同时，又选择性地吸收了基督教的教义，并把它们改造成能够表达自己思想感情的宗教。非洲具有古老的文化传统，千百年来，非洲这片土地也承载了无数的文化传说，丰富了黑人神话的宝藏。传统的非洲宗教具有泛神论和多元化的特点，他们不仅崇拜至高神，而且对自然、图腾等也表现出崇拜之情。在受到基督教的影响之后，非洲宗教信仰者由泛神崇拜转向一神崇拜，他们崇拜的不再是至高神，而是上帝。此外，他们还改变了基督教原有的宗教仪式，在原有仪式的基础上，又加入了"灵歌"和"舞蹈"，这种载歌载舞的表现形式丰富了基督教文化，反映了美国黑人对寻求自由和解放的渴望。教会是唯一一个容许黑人集体聚会的地方，只有在那里他们才会觉得他们与白人平等，不再有高低贵贱之分。美国黑人宗教是非洲传统宗教和美国本土基督教的融合。他们依据自身的现实对传统的基督教进行改造，表达自己的内心诉求。

宗教在美国文学中代表的是一种信仰的力量，具有相对于世俗的超越性。约翰·马瑟在《基督教在美洲的奇迹史》一书中提到："我书写基督教的奇迹，它将欧洲的腐败与堕落不堪转向美利坚海岸……神圣的上帝用它点亮了印第安人的荒野。"① 可见宗教神话在建构美国文化与社会方面的不可替代的作用。实际上，对于生活在社会底层的非裔美国人而言，宗教也能够化解他们生活中的困苦，使他们安于接受现状。《土生子》中对于宗教对世俗社会的巨大影响有着全面的体现：别格的母亲信仰宗教，认为宗教能实现人心中的救赎，神无所不在，能够响应人内心的呼唤，让人在苦难的生活中得到解脱、得到幸福、得到心灵上的慰藉。福柯认为话语可以视为一种权力，而话语的产生需要借助文化的力量。这种话语的发出必须涉及一种意象，这种意象可能与社会发展历程有关，也可能和文化中的神话象征有关，

---

① Miller, Perry, *The New England Mind: From Colony to Province*, Cambridge: Harvard University Press, 2009, p. 76.

但从本质来说它一定是和民族本身的社会文化息息相关的。在西方文学想象的产生过程中,《圣经》对其影响是非常巨大的。利兰·里肯认为,"基督教是最富有文学性质的宗教,基督教的言语是具有神圣性的。《圣经》最能证明其对文学的注重程度"。① 受《圣经》叙事模式的影响,在美国早期的文化中常常以欧洲白人形象象征清教上帝,而印度安人等其他少数族裔则是魔鬼的化身;白人被视为选民,代表着虔诚的信徒。这些都使小说与神话和宗教构成了互文,从而使得包含白人优先、种族歧视的意识形态获得某种合法性。当别格被押送回监狱的途中,他看见"在白人手里也舞弄着十字架,但那是显眼的三K党十字架,他们整天都在想如何对黑人用刑"。② 如果说别格先前一直对宗教持冷漠的态度,那么在生命的最后时刻,他已完全认识到在种族歧视的社会里,本应强调平等博爱的基督教已被极端的种族主义者所利用,成为谋杀黑人的帮凶。

赖特说过:"黑人文化就是黑人文化,是一种为他们自己的文化。这种文化不论其优劣都可帮助他们的思想觉醒,并产生有益于其行动的情感和态度。这种文化,主要源于两个方面:一个是黑人教堂,一个是黑人的民间传说。"③ 从这段文字中我们可以感悟到作为一个坚定不移的黑人作家,赖特特别强调黑人文化的重要性,同时,虽然赖特不相信黑人会得到任何来自上帝的帮助和恩惠,也不相信天堂的存在,但是对于黑人来说,宗教的影响却无处不在,不管这种影响是积极的还是消极的。也就是说,宗教精神一直存在,毕竟人始终是宗教的动物,而世俗的艺术只是一种宗教情感的升华。

大多数学者认为赖特的童年时期经受的基督教是如此令人痛苦,以至于他对任何一种宗教都畏缩不前,并养成了一种非常世俗的人生观。然而事实并非如此,仔细研究赖特的作品,我们就会发现,赖特

---

① Ryken, Leland, *The Literature of the Bible*, Michigan: Zondervan Publishing House, 1980, p. 9.

② 理查德·赖特:《土生子》,施咸荣译,译林出版社 2008 年版,第 377 页。

③ 尔龄、安德鲁·迪尔班科:《论美国的黑人文学——兼评路易斯·盖茨的〈象征的猴子〉》,《当代文坛》1995 年第 6 期。

深受宗教观念和早期童年行为习惯的影响，并在作品中巧妙地运用了这些影响。在《黑孩子》中，种族隔离盛行的南方城市孟菲斯就如同但丁笔下的"地狱"，而这种"地狱"的意象在他北上的途中不断地被唤醒，抵达芝加哥的时候，他的眼前呈现的是"灰色的烟雾"和"蒸汽"覆盖的虚幻的城市。由此《黑孩子》的双重叙事结构也清晰可见：外在的叙述记录了他所经历和遭遇的不公正与残暴，内在的叙述彰显了他对环境的超越，从而获得精神能量和自由意志。赖特从小就是一个好奇心很强的孩子，他对宗教感到困惑，也对白人和黑人之间的关系感到迷茫，赖特从小就生活在笃信宗教的家庭氛围中，他家里的女人都信仰宗教。他的外婆、妈妈、艾迪小姨都是虔诚的教徒，她们总是强迫地带着小赖特去教堂参加宗教仪式，同时还送他去教会学校念书。但赖特公然反抗，他是个无神论者，不相信神的存在，他蔑视宗教，不相信宗教能改变他的命运。"从那些既甜美又令人忧郁的圣歌中涌现出来的令人发抖的命运感和我从生活中领略到的命运感交融在一起了。但是从感情上和理智上我却从未完全相信过宗教。"[1] 他的家人对他的行为表示不解，甚至责骂他，但家人冷漠、专横的态度非但不能使他建立宗教信仰，反而使他对宗教文化产生了更强烈的抵触情绪，最终拒绝踏进任何一座教堂。

赖特表面上拒绝外祖母强加给他的基督再临的教义，但是又不由自主地被吸引。"无边无际的永恒火湖，大海在消失，充满枯骨的山谷，太阳把一切燃成灰烬，月亮变成了血，星星坠落到地球上，木棍变成大蛇，云中发出讲话的声音，人在水上行走，上帝叱咤风云，水变成酒，死人起立复生，盲人见到光明，瘸子能够走路；一支救世者队伍中尽是长着许多头、角、眼睛和脚的稀奇古怪的野兽；一些有金头、银肩、铜腿和泥足的塑像在讲道；宇宙的传说从史前时代开始直到基督再临时天上的云雾飘散为止……"[2]

---

① 理查德·赖特：《黑孩子》，程超凡译，长江文艺出版社 1985 年版，第 125 页。
② 同上书，第 120 页。

　　"美国梦"是一种允许所有美国公民和居民通过努力奋斗和自由选择来实现自己人生目标的梦想。① 从"美国梦"的定义我们可以概括总结出几个基本特点：人人都可以成功，成功依靠的是自身的努力、勤奋和决心，而不是家世背景等外在物质因素；面对成功，人人都有平等的权利，人人都可以争取；人人都选择自由、信仰自由。可以说，美国梦就是追求物质丰富、精神自由平等的过程。

　　传统的美国梦只着眼于欧洲的移民，却较少关注少数族裔的利益，其结果是欧洲移民美国梦的实现，要以黑奴和印第安人的被屠戮为代价，或者说，他们的美国梦是建立在美国黑人及其他弱势族群的噩梦之上的。黑人自从被贩卖到美洲大陆上之后，就开始辛苦的劳作，换来的却是少得可怜的收入和白人的冷眼相待，他们比白人更加渴望一个自由平等的社会环境。于是有些黑人凭借智慧和勇气选择逃离南方，来到以城市文明和平等自由著称的北方，但事实上，即便在反对蓄奴的北方诸州，黑人在政治、法律、经济和文化教育等方面依旧远远无法与白人平等，他们仍然生活在种族隔离和种族歧视的阴影之下，只能依附白人生存。从这个意义上说，奴隶制只是变换了一种形式在北方继续存在着，黑人在南方受到的是制度性歧视，而在北方遭受的则是社会性歧视。② 这种现状在黑人文学中的反映，就是梦想与现实之间的冲突常常成为表现的主要内容或主题。《汤姆叔叔的小屋》被认为是引发了一场战争的作品。这部作品中，汤姆叔叔被塑造成一个唯唯诺诺的黑人形象，对于压迫逆来顺受，从不反抗。随着黑人文化素养的提高，20世纪20年代在纽约哈莱姆地区出现了著名的哈莱姆文艺复兴，非裔美国作家们首次创造了黑人艺术史和文学史上的辉煌，产生黑人文学史上的一个重要高潮，哈莱姆文艺复兴的代表作家有兰斯顿·休斯、沃尔特·怀特、杰西·福赛特等。这一时期的

---

　　① 毕小君：《美国黑人的美国梦与美国噩梦——解读兰斯顿·休斯的梦想三部曲》，《前沿》2009年第6期。

　　② 程巍：《〈汤姆叔叔的小屋〉与南北方问题》，《外国文学》2004年第1期。

作家们希望通过作品真实地反映美国黑人的境况，并分析造成种族歧视的原因。黑人的困境、希望、追求和绝望是赖特最著名的长篇小说《土生子》的关注点。

《土生子》主人公别格·托马斯因为受到种族主义的影响很难就业。黑人的就业机会本来就微乎其微，即使能够就业，白人对黑人也是百般刁难。黑人想要融入白人社会，简直就是登天之难。别格在白人社会中处境艰难，但即使是在这样的环境下，他依然有自己的追求，他内心渴望得到白人的认可和尊重，他希望与白人生活在一起，他的梦想就是获得和白人平等的地位。《土生子》的开头描述了别格与黑人青年格斯扮演白人的游戏，他们扮演将军，美国国务卿，甚至美国总统。赖特通过描述两个黑人青年的游戏，表现了他们内心深处的梦想，就是想获得和白人一样参与国家政事的权利。这两个黑人青年在游戏中对于自己的政治抱负的流露，与现实社会构成强烈反差。别格虽然有属于自己的美国梦，但美国社会环境给他的只有噩梦。别格说："我想，这座城市只有我们这些黑鬼要想去哪儿没法去，要想干什么没法干。"[1] 别格只有在杀人后，才渐渐显露出他的男子气概；也只有实施了一系列的凶杀案后，才重新找到自我，这也从侧面反映了美国种族主义泯灭人性的麻木不仁。

第一次世界大战之后，黑人之间出现了许多受过教育的知识分子，这为黑人摆脱贫困奠定了基础。同时一些黑人通过剥削黑人同胞积累了大量财富，跻身于中产阶级行列。这些中产阶级黑人的美国梦就是希望通过他们物质财富的积累，获得和白人同样的社会地位和权利。美国黑人虽身在美国本土，但却不是美国人的一分子。[2] 他们仍然是社会中的二等公民，这注定了他们的美国梦难以实现。在《长梦》中，赖特揭示了中产阶级黑人对美国梦的追求和破灭。小说

---

[1]　理查德·赖特：《土生子》，施咸荣译，译林出版社 2008 年版，第 123 页。

[2]　Huggins, Nathan Irvin, *Harlem Renaissance*, New York：Oxford University Press, 1971, p. 139.

中，菲希利的父亲曾告诫他说："儿子，黑人的梦，是一个无法实现的梦。"① 赖特通过书中人物之口，指出黑人的美国梦是有特定条件的，黑人不能做一些不切实际的梦，否则他们可能会因此付出生命的代价。在种族主义横行的社会中，不管黑人财产多么丰厚，他们与白人的地位永远不可能平等。

赖特通过对黑人美国梦的描写，一方面痛斥了美国种族主义制度的不合理，另一方面揭示了美国黑人在追求美国梦的过程中的问题。② 因此，赖特对于黑人美国梦的描写，除了描述黑人在追求美国梦过程中所遇到的困难外，还为美国的社会制度提供了参考。

《土生子》里的别格、《局外人》里的克罗斯以及《长梦》里的菲希利等人都在美国梦的追求过程中付出了宝贵的生命，但他们却表现出了不畏艰难的反抗精神，与海明威作品里体现的"宁肯毁灭，绝不认输"的"硬汉"精神类似。在某种意义上，这些作品都是"主人公在生活中不知调整自己又无法获得成功"的悲剧。这些悲剧既是个人的，也是黑人种族的，更是美国社会的。③ 黑人对美国梦的追逐其实就是美国黑人向往人权、平等和社会正义所发出的黑色呐喊，其艰难历程也是美国社会文明进步的奋进历程。赖特的作品激励了一代又一代美国人，鼓励着美国黑人为了实现美国梦的理想而不断奋斗。

第二节　抗议小说传统的"来龙去脉"考察

作为抗议小说的代表，在 20 世纪 30 年代经济大萧条时期，理查德·赖特长期处于失业状态，因此他对美国贫富差距悬殊、种族歧视严重的社会有了深刻的体会。得益于对黑人生活深刻的挖掘，他无情

---

① Wright, Richard, *The Long Dream*, New Jersey：Chatham，1958，p. 79.
② 庞好农、薛璇子：《黑人中的美国梦与美国梦中的黑人：评理查德·赖特的长篇小说》，《外语教学》2010 年第 4 期。
③ 乔国强：《美国 40 年代黑人文学》，《国外文学》1999 年第 3 期。

地揭露社会的矛盾和阴暗，对整个美国社会进行控诉和抗议。① 赖特曾经说过："所有的文学作品都是抗议，你不能列举一本不属于抗议的小说作品。"②

赖特认为，哈莱姆文艺复兴时期的文学作品主要表现非裔美国中产阶级人民的理想与挫折的冲突，而抗议小说则主要表现美国非裔最底层人士的不满。③ 抗议小说与哈莱姆文艺复兴时期的作品的主题有很大差异，这源于二者处于不同的历史时期，主导的社会思想文化不同。赖特继承和发展了德莱赛、法雷尔等人的批判传统，竭力挖掘导致黑人犯罪的社会根源，深刻批判美国社会由于纵容邪恶与腐败而最终导致阻碍黑人心灵成长乃至犯罪的社会现实。赖特的创作范式强调种族偏见、社会不公和经济剥削引发的暴力事件和病态人格是现代社会应该关注的首要问题。赖特小说的核心是如何表达"抗议"。

《土生子》出版之后，一直被黑人作家及评论家视为楷模，认为它开辟了黑人意识发展的新方向。许多美国黑人作家的作品都以"抗议"为主题，以尖锐的自然主义和现实主义相结合的风格为主，形成揭露社会问题的"赖特派"群体。这个群体的作家有切斯特·海姆斯、卡尔·奥弗德、柯蒂斯·卢卡斯、约翰·奥利弗·基林斯、威廉·阿特维、安·佩特里、奥尔登·布兰德、韦拉尔德·莫特利、威拉德·萨伏依等，他们的作品标志着非裔美国小说的社会意识已经达到了一个崭新的高度。④

海姆斯是"赖特派"作家群中的主要成员，他继承和发展了赖特的小说模式和创作风格。相比赖特而言，海姆斯在文字的驾驭方面更加娴熟，措辞更加审慎。海姆斯倡导黑人民族主义，在小说中凸显暴

---

① 王春晖：《美国梦与二十世纪美国黑人文学》，《邵阳学院学报》2008年第7期。

② Baldwin, James, *Alas, Poor Richard*: *James Baldwin Collected Essays*, New York: The Library of America, 1998, p. 257.

③ 黄晖：《20世纪美国黑人文学批评理论》，《外国文学研究》2002年第3期。

④ 庞好农：《非裔美国文学史（1619—2010）》，中央编译出版社2013年版，第219—220页。

力、血腥、色情等方面的主题，目的是揭露和鞭挞美国的种族问题。虽然海姆斯不像赖特那样在小说中有意安排插议的段落用以阐明自己的政治立场、文学倾向和生活态度等，但是他关于美国黑人的苦难、愤怒与挫折等方面的描写可与赖特相媲美。因为经历过长达八年的监狱生活以及个人生活中的其他挫折与失败，海姆斯创作的作品为探索哈莱姆黑人社区的种族、阶级和社会状况提供了全新的视角，不仅描写了白人对黑人的迫害而且描写了黑人的内斗，揭露了黑人社区恶劣的生存环境。

在他的第一部小说《他要是抱怨就让他走》中，主人公鲍勃与《土生子》中的别格·托马斯一样，对白人社会充满了恐惧与仇恨。他的仇恨使他想要杀掉欺侮他的白人工人斯托达特，强奸蔑视他的白人女子玛吉；但是他的恐惧使他既不敢杀死斯托达特，也不敢对玛吉施暴。海姆斯揭露了美国社会的双重标准，一方面宣传自由、民主、幸福、美国梦；另一方面又用种族歧视为黑色皮肤的公民设置实现这些目标的重重障碍。海姆斯对美国社会不抱任何希望，认为它是一个无可救药的社会。由于种族主义社会环境，以及日常生活中经历的挫折与失败，海姆斯厌倦了在美国的生活，于1953年做出了离开美国的决定。同赖特一样，海姆斯选择到法国去开始新的生活，并成为法国文学界和知识界的名人，他的小说《为了恋人依玛贝尔》于1958年获得法国最佳侦探小说奖。

同一时期，非裔美国女作家中彰显赖特式抗议主题的是安·佩特里。其代表作品《街道》（1946）被公认为"美国黑人小说的杰作""美国文学中城市现实主义的经典"。[1]《街道》的故事背景是纽约哈莱姆区的第116大街。主人公卢蒂工作努力，却得不到加薪的机会。为了能够多挣一些钱，她去酒吧的乐队唱歌。可是周围的人——包括幕后老板江托，乐队负责人斯密斯，妓院老鸨赫奇斯太太，还有住房

---

[1]　王家湘：《20世纪美国黑人小说史》，译林出版社2006年版，第161页。

管理员琼斯，感兴趣的不是她的歌声，而是她的姿色。当斯密斯无耻地逼近卢蒂的时候，后者拾起一支金属烛台，用尽"毕生聚集起的怨恨"砸向他。小说的结尾，卢蒂乘坐火车离开了大雪纷飞的第116大街。美国评论家卡尔·米尔顿·休斯在《黑人小说家》一书中指出：安·佩特里的《街道》与理查德·赖特的《土生子》相比，更具自然主义特色。因为《街道》一书"完全没有宗教因素，也未将卢蒂任何病态心理或其他精神因素写进作品"。佩特里在作品中构建了这样一个生活逻辑：黑人在美国社会受歧视，找不到工作；他们在经济上没有能力改善生活，只好居住在肮脏龌龊的黑人区。这个黑人区（街道）影响并决定了黑人的命运。从某种意义上讲，佩特里的这一逻辑说出了造成黑人悲惨命运的社会原因。①

如果说《街道》是女作家以女性视角揭示出一位年轻的黑人妇女为生存而斗争的故事，那么《纽瓦克的第三被监护人》则是由男性作家柯蒂斯·卢卡斯所讲述的有关一位黑人姑娘遭受强暴的故事。这个故事的重要性体现在：它颠覆了以往黑人文学中有关强暴的叙事模式，即黑人男性强暴白人女性从而不可避免地被施以私刑处死；相反在这个故事中，是黑人女孩旺妮及其女友遭受白人男性的强暴而又被"暴尸"荒野。这样，作者就把批判的矛头直指美国的司法机关，明确指出黑人姑娘旺妮的死是美国白人社会从经济、人格乃至人身对黑人进行一步步地剥夺所造成的。可见，这部作品是继《土生子》之后又一部控诉美国白人社会的力作。②

约翰·奥利弗·基林斯一共发表了五部小说：《杨布拉德一家》《于是我们听到雷声》《西比》《黑奴》和《大舞会》。基林斯小说里的主人公生活在美国的种族矛盾之中，在经历过各种不公正待遇之后，他们放弃了自己可以在美国白人那里争取主动权的幻想，他们认为只有依靠种族团结，黑人才可以有自己的出路。基林斯的作品中贯

---

① 乔国强：《美国 40 年代黑人文学》，《国外文学》1999 年第 3 期。
② 同上。

穿黑人觉醒的主题，作品中的黑人意识到了自己的力量，勇敢地直面现实世界的残酷，奋起抗争来改变自己的处境。《西比》以密西西比州和纽约为背景，描述了 20 世纪 60 年代白人权力与黑人权力之间日益尖锐的种族冲突，表现了 1954 年美国高等法院取消学校中种族隔离引起的一连串反应。事实证明，要想真正消除种族隔离，要想真正实现与白人的权利平等，黑人就必须团结起来，组织自己的政治力量，进行不屈不挠的斗争。小说结尾处，黑人运动领袖——牧师伍德森被白人种族主义者杀害，主人公毅然决然地加入了维克菲尔德县的防卫长老会。显然基林斯无论从小说的题材选取、主题思想以及写作手法上均鲜明地受到赖特的影响，他丰富和发展了黑人抗议文学。正如伯纳德·贝尔指出的："如果理查德·赖特是批判现实主义的精神之父，约翰·奥利弗·基林斯就是批判现实主义在当代的推动力量。"[1]

美国评论家罗伯特·布恩在《美国的黑人小说》一书中说："对赖特派来说，文学是感情的净化剂——一种消除种族内部紧张关系的手段。他们的小说往往是痛苦与绝望交织的长声呼号……除了少数例外，他们的风格包含一种狂暴的现实主义，缺乏爱，甚至缺乏对语言的尊重。他们的人物刻画主要是针对社会问题的，但比一般的自然主义小说更趋向于探索心理深度。他们的主题使人想起舍伍德·安德森，他主要写美国的等级制度如何产生可怕的畸形人物。白人读者鉴于自己对小说主人公的悲惨处境应负的责任，就有义务改变他们对种族问题的态度。"[2]"赖特派"作家在控诉和鞭挞美国社会对黑人种族压迫的基础上，进一步拓展了他们的创作视野，他们所关注的问题除种族问题外，还有黑人的生存与斗争问题。就创作方法而言，这些作家倾向于自然主义和现实主义的结合，从而开创了"城市现实主

① 伯纳德·W. 贝尔：《非裔美国黑人小说及其传统》，刘捷等译，四川人民出版社 2000 年版，第 247 页。
② 理查德·赖特：《土生子》，施咸荣译，译林出版社 2008 年版，第 7 页（译者的话）。

义"。① 赖特引领了抗议小说的新时代，在整个20世纪40年代出版的28部美国黑人小说中，近一半的黑人小说带有《土生子》的色彩，这标志着抗议小说的成功和自然主义文学流派的胜利。

第三节　赖特对左翼思想的传承与发展

由于贫困的出身，赖特早在走上文学创作道路以前，就对美国底层民众的疾苦与挣扎有着深刻的认识，这使得他从内心深处倾向于左翼思想。当他接触了马克思主义理论后，更是感到由衷的契合，于是加入了美国共产党，除了积极参加党的活动外，赖特认真地将马克思主义理论及其他重要的左翼学说为指导创作小说，取得了丰硕的成果。虽然赖特晚年由于与党内一些成员的龃龉，以及自身思想转向存在主义，而对左翼活动渐渐疏远，但这并不能抹杀赖特对美国左翼文学、思想以及活动的重要贡献。

从字面上看，"左翼"是与"右翼"相对的概念，两者在政治学上截然相反。左翼政治指这样一种政治立场或是政治活动，其宗旨是"接受或支持社会平等性或平均主义，并反对社会等级制度与社会不平等性"。② "左派"这一词语在1815年法国王朝复辟之后，被独立派所采用，并在日后的一系列社会政治运动中更为凸显。在初期，左翼常被当作是宗教异端与政治异端的派别；但随着社会运动不断发展，左翼思想后期被运用在了许多运动中，尤其是19世纪与20世纪的社会主义运动，以及共产主义和无政府主义运动。从那以后，"左翼"一词被用于更广泛的范围，其中包括民权运动、女权主义运动、反战运动以及环保运动，此外还被应用于许多政党的称呼上。在美国，左翼和右翼经常被当作民主党和共和党的同义词。

---

① 乔国强：《美国40年代黑人文学》，《国外文学》1999年第3期。

② Smith, T. Alexander and Tatalovich, Raymond, *Cultures at War: Moral Conflicts in Western Democracies*, New York: Broadview Press, 2003, p. 30.

左翼文学是建立在左翼政治基础上的文学形式。美国左翼文学产生于20世纪20年代，有其深刻的历史背景。赖特所加入的美国共产党是在国内经济危机与国外共产主义强大的历史背景下发展并壮大起来的。此时美国社会的阶级矛盾显露，小说家以马克思主义的阶级分析方法来分析美国社会矛盾与阶级冲突的本质，以作品来书写人民大众的痛苦与悲惨生活，揭示资本主义剥削的丑恶本质，寻求能带给人们更美好生活的理论与方法。美国左翼作家积极投身于工人运动，以其创作的文学作品为武器对当时资本主义的罪恶实质即寡头政治与垄断进行揭露与批判。许多左翼政治刊物、文学作品和诗歌出现，为左翼文学的发展奠定了基础。虽然某一杂志的编辑曾抱怨说工人被表面虚化的东西所感染，看不到阶级的不同之处①，但左翼文学并未因此停下发展的脚步。针对左翼文学的纯粹性，党派人员也出版刊物来对此概念进行详细的阐述②，这也一直是左翼派与其他文学流派的争论点。

美国左翼文学的繁荣出现在20世纪30年代，在历史上被称为"红色的三十年代"。"红色三十年代左翼文学的作品量多达七十多部。"③"红色的三十年代"这一概念来源于美国记者尤金·莱昂斯于1941年出版的《红色的十年：论共产主义在美国三十年代的经典之作》。④左翼文学的特点是工人阶级不仅会在罢工中获得胜利，而且也会创造更加美好的、一个与当下截然有别的新社会。⑤"红色的三十年代"的作家们勇敢并强烈地挑战中产阶级的价值观与地位，探索美国生活中隐秘的部分，以一种实验的方法来进行艺术上的革新。⑥

---

① Aaron, Daniel, *Writers of the Left*, New York: Avon Books, 1965, p. 161.

② Phillips, William, *A Partisan View: Then and Now*, New York: Stein and Day, 1985, p. 9.

③ Rideout, Walter B., *The Radical Novel in the United States* (1900 – 1954), Oxford: Oxford University Press, 1956, pp. 292 – 300.

④ Lyons, Eugene, *The Red Decade: The Classic Work on Communism in America during the Thirties*, Arlington House, 1970, p. iii.

⑤ Calverton, V. F., "Literature Goes Left", *Current History*, No. 12, 1934, pp. 316 – 320.

⑥ Shulman R., *The Power of Political Art: The 1930s Literary Left Reconsidered*, UNC Press Books, 2000, p. 19.

这一时期的左翼成长小说主要有两个特点：一是主人公在成长并经历生活的过程中逐渐意识到马克思主义的光辉，通过罢工、与政府抗争来体现出反抗资本主义制度的态度，实现自己政治信仰的转变，主人公选择共产主义是由自己的生活经历以及性格逐渐发生的；二是在主人公逐渐实现向马克思主义转向的过程中，往往会出现一个引路者的角色，带领主人公通往共产主义的光明之路，这个人是主人公与共产主义之间的中介与桥梁。

美国黑人左翼作家登上美国文坛始于 20 世纪 20 年代末，作家运用马克思主义的理论来界定"新黑人"这一概念，并尝试使用共产主义来解决美国乃至全世界的黑人问题。① 接受左翼思想并将其付诸实践的代表人物是美国黑人左翼作家杜波依斯，其左翼思想的作品是《黑公主》，书中杜波依斯以文学作品的形式将有非洲血统的种族联系起来，而且此书也涉及亚裔民族的价值观与生存状态，显示出前所未有的宽广视野。《黑公主》以世界性的有色人种解放运动为主要线索，描写了一群革命者在亚洲和非洲的斗争，反映了全世界被压迫民族联合斗争的共同信念。

赖特是美国黑人左翼作家之一，他呼吁作家要创作无产阶级的黑人文学，将两者融合在一起，进行文学的革新，甚至是文学上的革命。赖特一直倡导文学是具有政治功用的创作，也就是说文学作品要带有政治性倾向。我国学者王予霞曾指出："作家要以作品为战斗的武器来创作出属于黑人文学的抗议主题。这一时期是美国黑人左翼文学的繁荣与昌盛时期，由赖特为主导的一系列左翼作家依据独特的左翼思想即共产主义来进行文学创作，在作品中所体现出的种族与阶级的结合无疑是美国黑人文学史乃至整个美国文学史上的突破性创作。"②

由于左翼运动本身构成较为庞杂，因此在分析赖特的政治思想

---

① 王家湘：《20 世纪美国黑人小说史》，译林出版社 2006 年版，第 15—16 页。
② 王予霞：《美国黑人左翼文学消长的历史启示》，《国外文学》2014 年第 3 期。

时，对左翼思想本身的梳理尤为必要。首先，要理解"左翼"这一概念的确切所指是理论、思想，还是活动？这就要追究其来源与发展脉络，如果说赖特作品中体现了左翼思想，那么体现的是具体哪一时期或是哪一派别的思想，需要对左翼思想发展的阶段做一定的梳理，因为不同阶段的左翼思想变化巨大，即使同一派别在不同时期也有着相应的不同和分歧。其次，要明确美国左翼文学是在美国文学的大背景下对一部分左翼政治思想的引用、传承与发展。20 世纪 30 年代的美国文学之所以称为左翼文学，其原因在于作家有意识地使用左翼政治理论来进行文学创作，这里所说的左翼文学既包括以赖特为代表的黑人作家所创作的作品，也包括白人左翼作家所创作的作品。从整体上看，尽管这些作家有着共同的衡量标杆或尺度，但也具有各自独特的创作个性。赖特运用左翼理论进行创作，开创了非裔美国文学新潮流，承接了上文所说的美国左翼文学传统。最后，正是黑人左翼文学的发展促进了黑人作家这一特定群体对于左翼理论的应用与创新，黑人左翼文学是对主流传统左翼文学的继承与发展，确保了其登上美国文学的舞台。

赖特的作品对于左翼思想的吸纳主要是通过对无产阶级的价值分析体现出来的；而传承则主要表现在其阶级意识与黑人种族意识相结合的新观念，王予霞评价赖特对于左翼思想的传承时说："这种新的想法对以后共产主义旗帜下的女权运动，新历史主义的运动与发展都有着启蒙的作用，为其开辟了新的视野。"①

以小说《土生子》为例，主人公别格是黑人种族的代表，在种族歧视与压迫下艰难地生活，给白人道尔顿先生做司机，白人家的小姐玛丽和其男朋友以及在别格杀人被逮捕后为其辩护的律师麦克斯都是共产主义者，是典型的共产主义的代表人物。在他们的身上所体现出来的就是共产主义者的特点与性格，他们会主动地要求别格不要用

---

① 王予霞：《美国黑人左翼文学消长的历史启示》，《国外文学》2014 年第 3 期。

"小姐"这类的敬语称呼他们，而是像朋友一样直呼他们名字，这体现出了共产主义左翼思想中无形之中的无阶级区分，人人平等的理念。

《土生子》对主人公别格的心路历程探索是典型的左翼文学作家政治成长小说题材的创作。作为共产党员的玛丽与简，由于其白人与主人的身份，他们对别格的友善与亲切在一开始并不为别格所理解，从小遭受白人压迫的他只是单纯地认为这些白人一定带有不可告人的目的，对于他们所表现出来的善意，别格只是猜忌与远离。甚至由于恐惧和仇恨，别格将一直待他友善的玛丽失手杀死，并事后将罪过嫁祸给简，这在一定程度上象征着别格与新生事物——共产主义的冲突；而别格最终对共产主义代表人物的态度转变，则体现了赖特的左翼倾向。杨建国在分析赖特的《土生子》时指出："别格在被捕后，简忍着失去爱人的痛苦不计前嫌为别格找来律师麦克斯，并积极开导别格，别格的心中逐渐对简转变了态度，从最初的恐惧、憎恨到后来的理解并敬佩，突出点是在最后一次见麦克斯与之分别时叫他给简带好，这是别格主动向简示好的表现，也是反映他内心对简表示同情与信任的表现，更是其人性的觉醒。"[①] 为别格辩护的律师麦克斯也是共产主义者，他将别格与共产主义紧密地联系到了一起，是别格通往共产主义的桥梁。值得注意的是，别格的共产主义倾向在小说结尾处仍然处于萌芽状态，仅仅是有了懵懂的了解与寻觅的想法，而不是热烈地追求与信仰，在这里赖特显然力图描绘一种真实的政治心理成长历程，而不是简单地将左翼思想灌输给主人公，因而更具真实性与可信度，显示出赖特严谨的写作态度。

赖特除了对于左翼思想的继承外，也对后来左翼思想的发展有很大的影响，他将种族问题与阶级意识联系在了一起。无疑，此前黑人左翼作家也针对种族与阶级的问题进行了探讨，例如有作家认为，种

---

① 杨建国：《"动物"身上的人性——评理查德·赖特的〈土生子〉》，《外语教学》2007 年第 4 期。

族与阶级不同，是没有联系的，左翼是要纯粹的，种族斗争也是纯粹的；而另一些作家却认为阶级问题和种族问题具有内在的一致性，两者是紧密联系在一起的。赖特就属于后者，他在作品中体现出来的是阶级意识与种族意识的结合：阶级问题是解决种族问题的根本，只有消除了阶级差别，种族之间的区别才会消失。在《土生子》中，这种左翼思想有鲜明的体现。小说中美国社会禁止黑人在晚上九点钟后在白人女子卧室出现，否则将视为有罪，会对黑人进行严厉的私刑惩罚。而别格恰恰就因为害怕被别人发现出现在玛丽小姐卧室而失手将其杀死。究其根源，这是美国资产阶级统治下的社会制度所造成的悲剧。而与之形成鲜明对比的是共产主义的代表——玛丽和简对别格的友善态度。两个阶级，两种态度，实在不得不让人感叹。而这种对比体现了赖特对于左翼思想的独到见解与倾向，即资产阶级加深了对黑人群体的迫害，共产阶级却以包容的态度来挽救黑人，并与之站在一起，这和共产主义的目标是一致的：人人平等、无阶级、无差别。共产主义欲与黑人等各个群体结盟共同对抗资产阶级，以求实现奋斗的目标。从某种程度来说，共产主义将种族问题融入其中，使得阶级的对抗涵盖了种族的反抗，这在赖特的作品中得到了充分的证实与发展，赖特实现了种族与阶级的统一，展现了黑人种族自由意识的开端，自由不再局限于种族这个狭小的范围内，而成为整个阶级的问题，这是赖特对于左翼的传承与发展。

第四节　自然主义传统在赖特小说中的表现

马克思主义对文学的基本看法是：文学是一种社会意识形态，是一定物质基础与社会生产关系的反映。也就是说，文学是一种社会文化概念的符号载体，其本质就在于它是一定历史阶段社会存在和社会意识的集中反映，蕴含着那个时代社会主体的意识形态、思维方式以及价值取向。作为特定时期的精神产品，文学能动地表现某一特定历史时期的社会经济与文化活动，而且即使表现人类普遍的精神生活，它也不可避免地保留那个时代的烙印。① 文学虽是一种高层次的精神文化产物，但离不开对现实的反映、模仿与再现；而人与外在环境之间的关系，也是文学理论一直试图解释的问题。作为一种文学运动，自然主义兴起于19世纪中期的法国，并于19世纪八九十年代传入美国。根据左拉的观点，自然主义文学最为重要的一条规则是"文学创作要再现自然"。左拉所说的"自然"意指客观世界，包括自然界和人类社会。左拉所谓的"再现自然"就是要真实地描写自然界和人类社会生活。因此，左拉给自然主义小说所下的定义是："使真实的人物在真实的环境里活动，给读者以人类生活的一个片段。"② 自然主义文学的诞生和发展，与19世纪的科学实证精神密不可分，人类崇尚科学的理性分析，认为只要掌握了足够丰富的材料，结合正确的方法论，即可像分析物理化学现象那样分析人物复杂的心理动机与社会运行机制等领域的问题。表现在小说的创作上，便是极端注重对人物所处自然与社会环境、人物自身的生理构造等"客观"现象的详细描述，甚至因此流于琐碎。19世纪末20世纪初，美国工业化与城市化的快速发展对美国大众的价值观与信仰产生了巨大的冲击。自然主义作为一种价值体系深入到民族社会文化的深层结构，即进化论是以科学事实和规律为基础的社会认知，其核心的价值取向是物质性、工具性和功利性，因此人的地位被降低为"生物"。我国学者胡家祥在其《审美学》中这样指出："正因为社会主体被降低为与动物类似的属性，那么主体的社会化过程就必然伴随着野性的冲动，文明被看成一种生存的虚伪，主体欲望的放纵与满足完全成为体现主体存在的价值体现。第三，追求物质与占有，不断的暴力与冲突必然成为社会主体主要的心理结构和行为方式。第四，生存的斗争并不是完全能够

---

① 方成：《美国自然主义文学传统的文化建构与价值传承》，上海外语教育出版社2007年，第3页。

② 张祝祥、杨德娟：《美国自然主义小说》，复旦大学出版社2007年版，第39—40页。

实现的，所以失败的斗争和已经暂时满足的欲望都会使社会主体感到渺茫，从而产生绝望的情绪……"①

就文本策略而言，赖特选择了自然主义和现实主义的结合。自然主义和现实主义原本也不是泾渭分明的，事实上，任何一种文学活动或者创作手法都不是孤立存在的，而是彼此之间存在着千丝万缕的联系，比如自然主义和浪漫主义、自然主义与现代主义，尤其是自然主义与现实主义——因为在文学评论界有一种说法是自然主义是现实主义发展到一定时期的特殊表现形式。赖特采用自然主义的创作手法去描写环境与社会，目的不是把置于社会环境中的黑人作为"生物"去考察，而是通过描述这个环境中的黑人的生活遭遇来揭露和批判他们赖以生存的社会环境。赖特笔下的"本能"和"人性"是被历史与社会压抑和扭曲了的"本能"和"人性"。因此赖特叙述黑人的悲惨遭遇，是把它置于社会环境下考察的，是悲愤的"抗议"。② 赖特的《土生子》就是一部非裔美国文学中的"美国悲剧"。1960年，就在赖特去世的前几个月，他坦言，"我反复阅读的伟大作家有舍伍德·安德森、马克·吐温、詹姆斯·法雷尔、内尔森·阿尔格雷、普鲁斯特、陀思妥耶夫斯基。但我最欣赏的是德莱赛的书，他囊括了他们的所有思想"。③ 就创作手法而言，赖特的《土生子》采用的是自然主义和现实主义相结合的方法。

第一，自然主义的假设就是人类的病态、极端、不正常。《土生子》的开端便描绘了别格一家居住的狭窄空间，为别格压抑的生存状态做铺垫，而将其故事的发生背景定位在芝加哥，既符合当时美国大量黑人聚居于芝加哥贫民区的现实，也通过对城市压抑、混乱环境的描绘，表现出别格对美国社会的恐惧与绝望。④ 宁静的清晨，妹妹与

① 胡家祥：《审美学》，北京大学出版社2000年版，第46页。
② 乔国强，《美国40年代黑人文学》，《国外文学》1999年第3期。
③ 谭惠娟：《是不为也，非不能也——理查德·赖特及其文学创作中的现代主义特征》，《外国文学研究》2010年第1期。
④ Wright, Richard, *How Bigger Was Born*, New York：Harper & Brothers, 1957, p. 27.

母亲被老鼠吓得大叫，别格追打老鼠，之后拿着老鼠的尸体去吓妹妹，他内心对于大老鼠也是恐惧的，而他将这种恐惧嫁接到了妹妹身上，欲从妹妹的恐惧中得到快感——如果说别格的这种心理充满了变态的气息，那么究其根源，正是城市贫民窟极为恶劣的生存环境与社会上对黑人的严重歧视氛围，使得别格的权力欲与自尊无法得到满足，只能向更为弱小的家人施加精神或肉体上的暴力。从这个意义上说，《土生子》正是通过环境的描绘与人物行为的并置，强调了社会环境对人物内心的摧残，这既符合自然主义文学的基本原则，也准确反映了美国的社会现实。这种扭曲的心理是典型的病态化的体现。显然，美国社会对于黑人的种族歧视使得别格一直活在恐惧之中，从而形成了畸形的病态心理。

第二，自然主义倡导反英雄主义。《土生子》中的别格就可以算是一个反英雄的代表：一方面，他具有暴虐、残忍、多疑的性格缺陷，既对弱者施以欺凌和虐待，又无法学会与强者平等相处，面对玛丽等开明白人的友谊，他更多地选择了猜疑和排斥；另一方面，与汤姆叔叔等传统的黑人形象不同，别格高大、强壮，具有极强的行动力，尽管是失手杀死玛丽，但随后对尸体的处理及之后的逃离，又体现出他缜密的思维。《土生子》中对反英雄主义的体现不是单纯地描写普通环境下的普通人物。虽然别格属于这类反英雄的形象，但是赖特没有重点描摹这一方面，而是体现在了在当时美国社会下，像别格这样的情况是不可能获得成功或是救赎的，美国社会本身不存在可以培育英雄的土壤，尤其是黑人英雄，所以反英雄形象的背后是造就反英雄的社会。根据进化论的观点，人不过是整个生命进化历史中的一个瞬间存在而已；人是宇宙能量的微粒、一个原子、一粒微尘，不但对自身的运动无法控制，还受宇宙力量的控制。赖特小说中所有的主人公，《大小子离家》中的大小子、《土生子》中的别格、《局外人》中的克罗斯、《野蛮的假日》中的福勒以及《长梦》中的菲希利，无一例外都是这种病态、极端、不正常的反英雄。

第三，自然主义文学往往表现出对宗教的怀疑与排斥。左拉曾明确提出，自然主义文学创作只信任自然规律与人类社会，不会相信非科学的东西，认为宗教是对世界片面和歪曲的反映，人无法通过宗教获取真理，更不能期望宗教解决社会问题。在《土生子》中，别格的母亲便是宗教的忠实信徒，借助上帝来求得心理上的安慰，以此来抚平极度的贫困与不公的现实所带来的伤害。某种程度上正是教会的存在，维系了黑人与白人之间优劣分明的等级关系。尽管别格出生在宗教氛围浓郁的家庭，但他从一开始就反对宗教，不做礼拜，不读圣经，对教堂和祷告不屑一顾。甚至直到他锒铛入狱，母亲带领宗教人员来对别格进行洗礼，希望别格能够忏悔罪行，接受上帝的帮助时，别格也始终没有接受所谓能够带来救赎的宗教，选择了坦然面对死亡。在这里，赖特显然将宗教力量塑造为软弱和盲从的表现，而别格对宗教的拒斥也体现了赖特本人的价值取向。当然，赖特所继承的主要是德莱塞的文学传统，德莱塞本是一个天主教徒，但是他在读了赫胥黎和斯宾塞的作品之后对自己的天主教信仰产生了质疑，他发现，人所有的神性不过是一场异想天开的"梦幻"。

第四，自然主义文学重视环境因素。在自然主义作家笔下，环境犹如"牢笼"，在精神上和肉体上对人施行双重的折磨。环境衬托着人物的性格，它的确定性和客观性决定了人物行为的自我选择性，当然这种选择是非理性的，是受生物本能所支配的。但是，赖特对于别格的自我选择没有将其归为本能或遗传规律，而是将别格的行为归结为美国社会的种族制度。而且，赖特并没有试图全景式地展现美国社会的整体图景，而是管中窥豹地通过别格家庭生活的艰苦条件以及他内心对白人所产生的恐惧来呈现黑人悲惨的生存状态与种族之间严峻的对立形式。除了主人公别格自身的遭遇，小说中最有代表性的便是律师麦克斯为别格辩护时，将其罪过归咎于美国社会内部存在的问题，他指出美国社会所实行的种族压迫与剥削政策是对黑人整体的践踏，是形成别格性格和悲剧的主要因素。赖特将别格的性格扭曲归结为社会环境的原因，以别格的个人悲剧展现广阔的社会画卷，这是典型的自然主义文学观。

第五，赖特对于美国自然主义文学的发展所做出的贡献，在于他把自然主义和现实主义有机地结合起来。通过自然主义的写作手法，确定其作品的基调——悲戚伤感却又残暴冷酷，充满血腥；再通过现实主义表现"典型环境中的典型性格"，也就是在被"典型化"了的环境中，人物的性格是怎样受环境影响而转变的。这是专属于赖特文学的创作特点，别格由于环境所迫，不得已选择暴力反抗，这既是对白人的反抗，也是对美国社会的反抗。别格通过杀人这样残暴的行动来向白人宣示主权，以暴力来对抗暴力，这既是抗议与自然的结合，也是黑人特殊的地位与自然主义文学的结合，是赖特针对黑人的现实困境结合自然主义文学写作手法表现出来的。赖特如此刻画别格，促进了黑人种族意识的觉醒与反抗情绪的高涨，是在自然主义环境内部进行的反环境创作，由此将黑人的独立与反抗意识推向顶峰。

第五节　赖特对当代非裔美国作家的影响

如果黑人在美国没有话语权，就无法为黑人种族获得合法的公民权利。早在弗雷德里克·道格拉斯时代，他就明确指出："只有在黑人得到选举权之后，奴隶制才会被彻底废除。"[①] 实际上，黑人呼吁美国政府赋予自己选举权的呼声从来没有停歇过。在内战结束后，南方的自由黑人和刚刚解放的黑人纷纷走上街头。黑人的政治权利在他们的争取下有了一定的进步，但是距离与白人实现平等还有很长的路要走。黑人逐渐开始被美国政府的国家公务机关所接受，在基层部门任职的多一些，但是高级部门仍没有摆脱白人独揽职权的局面。白人

---

① 埃里克·方纳：《给我自由！一部美国的历史》，王希译，商务印书馆 2010 年版，第 704 页。

对黑人的安抚仅限于做些辅助性的工作，至于决策性的问题，白人还是倾向于替黑人来选择。这种思想不打破，黑人就无法勇敢地走到台前来。现代美国黑人解放运动可分为两个主要阶段：1954—1964 年的民权运动和 1964—1973 年的黑人权力（Black Power）运动。在波澜壮阔的黑人民权运动的洗礼下，黑人从最初的一味忍受，到开始奋力反抗，再到明确社会不公正的来源，进而开始为思考建设一个更加平等自由、包容的美国而努力，这期间经历了曲折的历史变迁，而诸多黑人文学家、艺术家也对此做出了应有的贡献。

黑人政治力量的崛起，不仅改变了民权问题在美国政治中的地位，而且促使联邦政府行政部门改变了以往在民权问题上的立场，成为黑人民权事业的支持者。应该说，唯有每一个黑人权利意识的提高，才能从根本上改变黑人在美国受歧视和压迫的现状。对于这一点，赖特是十分清楚的，而文学感人至深、震撼人心的力量，也就成了唤醒黑人权利意识的最佳媒介之一。

赖特是"黑人种族的传道者"，是美国黑人喊出自己心声的第一位。自 20 世纪 40 年代以来，赖特因其从人物心理、经济状况和社会处境等方面全面揭露美国种族社会而取得的社会影响和艺术成就不可否认，对非裔美国文学的发展所产生的巨大影响也不可抹杀。1997 年出版的《牛津美国黑人文学指南》指出："理查·德赖特改变了美国黑人作家创作可能性的前景。"他拒绝迎合读者的口味，坚持展现美国黑人自己的声音，"使后来的黑人作家，诸如托妮·莫里森，可以按照自己的愿望写作"……①

拉尔夫·埃里森说，赖特在作品中"把美国黑人自我湮灭和'转入地下'的冲动转变为直面世界、老老实实地评估自己的经历并将结果泰然地掷向美国负罪的良心"。② 埃里森因为撰写了《论最近的黑人小说》和《理查德·赖特的布鲁斯》等颂扬赖特的文章建立了自

---

① 王家湘：《20 世纪美国黑人小说史》，译林出版社 2006 年版，第 149—150 页。
② 同上书，第 150 页。

己早期的文学地位。埃里森早期受左翼思想的影响，其创作也有赖特自然主义抗议文学的痕迹，其代表作品《看不见的人》与赖特的小说《生活在地下的人》有很大的相似之处。早在 1993 年《外国文学评论》上，王诺和费凡的一篇论文《论赖特和埃里森小说的象征》，对两位作家的作品做了比较解读，指出其中大量使用的象征的相似性，诸如：白色、盲目、无名、地下人、飞行等。《看不见的人》的出版正好晚《生活在地下的人》十年，所以其中的影响关系是不言而喻的客观存在。埃里森本人在读过《土生子》之后，也表达了对赖特的个人崇拜。就主题而言，埃里森通过"看不见的人"探索自我的过程，确立了黑人只有遵从自己的传统文化，坚持积极健康的价值观，才能在白人的主流社会中找到自我，发挥自己应有的价值，从而进入与自我的和谐、人与他人以及人与社会和谐的境界。这种人格理想和道德完善可以看作是对赖特创作的一种超越。

詹姆斯·鲍德温还是一个中学生的时候，就开始阅读赖特的小说，而且一下子就受到了感染，爱不释手，把赖特当作心目中的偶像和文学之父。在 1944 年，鲍德温遇见了赖特。在赖特的推荐下，鲍德温获得了 1945 年的尤金·萨克斯顿创作资助金。鲍德温作品中强烈的自传色彩和对美国社会及黑人生活状况的深刻剖析，以及他雄辩型的话语模式都反映了赖特的影响。

但是，在文学观点上，鲍德温在 1949 年所写的《大家的抗议小说》中评价道，《土生子》中的别格·托马斯只不过是"汤姆大叔"的子孙。如果把《汤姆叔叔的小屋》和《土生子》这两本书放在一起，其作者便"同时卷入一场生死攸关的、永恒的斗争中；一个声嘶力竭地发出无情的规劝告诫，另一个高声咒骂"。鲍德温说："别格的悲剧不在于他冷漠，也不在于他是黑人或吃不饱肚子，甚至也不是因为他是美国的黑人，而是他接受了一种无视生命的僵化了的理论，承认自己是低等人的可能……抗议小说之失败正在于它坚信只有人的类别才是真实的，不可逾越的，因而无视生命，拒绝相信人类，否定人的美好、恐惧和力量。"① 鲍德温如此批判抗议小说，甚至矛头直指赖特本人，让赖特大为光火，指责鲍德温忘恩负义，以至于两人的友谊破裂。

赖特去世后，鲍德温重新评价了赖特的作品，肯定了赖特在非裔美国文学传统中的地位与贡献。在回顾赖特对他的影响时鲍德温坦言："在《汤姆大叔的孩子们》《土生子》，尤其是在《黑孩子》中，我平生第一次感到这些作品说出了因自己的生活和我周围人的生活被吞噬而生的悲哀、狂怒和强烈的怨恨之情……他的作品对我是极大的解放和启示。他成了我的同盟者和见证人，并且，啊！他成了我的父亲。"② 在其1961年出版的《没有人知道我的名字》中，鲍德温指出，"赖特无情的荒凉图景不单单是美国南方的，或者芝加哥的，它实际上是全世界的，是人类内心深处的"。③ 这时候的鲍德温称颂赖特超越了抗议文学传统。

当代黑人女作家所传承的就是赖特关于族裔身份认同的价值观，以托尼·莫里森为例，她所创作的一系列作品主要是以黑人女性为主人公的，代表作品包括《宠儿》《最蓝的眼睛》以及《秀拉》等。《最蓝的眼睛》主要描述的是黑人女孩佩科拉在社会、白人与自己亲生母亲的敌视压迫下，一直渴望要有一双白人那样的蓝色的眼睛，在经历了许许多多不幸的遭遇后她终于崩溃、发疯，而她感到自己也终于得到了那双蓝眼睛。这双蓝眼睛，是白人的象征，黑人女孩佩科拉一直想要这双眼睛，是对自我身份的强烈不认同，对本族文化的放弃，虽说佩科拉是在社会、白人与母亲三重大山的压迫下丧失了种族独立意识与种族认同，但是她却是众多黑人的代表。自卑是这类黑人

---

① 王家湘：《20世纪美国黑人小说史》，译林出版社2006年版，第193—194页。

② 同上书，第189页。

③ Baldwin, James, *Nobody Knows My Name*, New York：Dell, 1961, p. 149.

典型的特征。莫里森通过这些作品是想要黑人找回自己的种族独立意识与认同感，不要盲目地被白人的价值观所左右，要有自己正确的判断，无论社会如何，都要保持自我，不要泯灭人性。① 而种族文化差异导致了莫里森的另一作品《柏油娃》中男女主人公的分离。

莫里森与赖特一样，重视文学作品的社会政治作用。在《根性：作为根基之祖先》一文中，她指出："小说应该是美的、有力的，但同时也应该发挥作用。小说应有启迪性，应能开启一扇门，指出一条路。小说中应反映出矛盾是什么，问题是什么。"她进而强调："作品必须具有政治意义，作品的力量必须在此。在当今文艺评论界中，政治是个贬义词：如果作品有了政治，就玷污了作品；我认为，恰恰相反，如果没有政治，就玷污了作品。"② 莫里森在追求作品的社会意义的同时，还十分注意政治和艺术的统一。对她来说，作家的责任就是努力使自己的作品既有鲜明的政治性，又有无与伦比的美。只有做到了这一点，才达到了艺术的最高境界。③

时至今日，随着人类文明的发展，很多西方少数族裔文学家已经摆脱了种族的困惑，突破了族裔的藩篱，开始将其族裔文化与其所在国家的主流文化融合在一起，在创作中开始了对"人类命运共同体"建设的文学思考，2017 年英国获得诺贝尔文学奖的日裔作家石黑一雄就是在这方面成功的例子。石黑一雄在后现代语境中，通过对日本二战期间发动侵略战争以及对英国历史故事的改写，"站在多元文化视角的高度审视人类自身，其'记忆'书写既体现出作家对战争与和平的思考并为人类社会的永久和平开列良方，同时也揭示出当代人在物质文明发达但精神处于空虚状态下的生存困境"。④ 赖特和石黑一雄虽然均为西方发达国家的少数族裔作家，但因其所处的时代不

---

① 谢群：《〈最蓝的眼睛〉的扭曲与变异》，《外国文学研究》1990 年第 4 期。
② 王家湘：《20 世纪美国黑人小说史》，译林出版社 2006 年版，第 444 页。
③ 同上书，第 445 页。
④ 胡铁生：《虚幻下的深渊：石黑一雄小说的当代书写》，《学术研究》2018 年第 2 期。

同，文化背景也有很大差异，因而其作品的诉求也大不一样。然而，其作品对"人"的关注并没有实质性的差异。

张军认为，纵观黑人文学发展的历史，黑人作品主要有三种趋势，即从最开始的"汤姆大叔"式的意识觉醒，到赖特笔下人物别格的精神反抗，再到莫里森笔下将白人与黑人理性的融合，追求自身的族裔身份认同与价值观，这三种发展趋势对美国黑人文学起了很大的作用，是各个时期重要的突破。① 赖特在其作品中暗含了黑人自身独立意识与种族认同的重要性，但是被反抗精神所遮盖了；到了莫里森这一代则将其放大并传承下去，形成独特的文学思维与创作理念，由此可见，赖特的影响是巨大的，他的社会价值观对于之后的美国作家有着不可忽视的重要性。

赖特在美国文学史上有着承上启下的作用：承上，是指对奴隶叙事、左翼思想与自然主义文学传统的继承与创新；启下，是指对同时代及后世作家有着引导作用并为其开辟了新方向。他在美国文学史上的地位是独特的，这既源于他深厚的功底，尖锐的笔锋，果断的性格，也源于他黑人的独特身份，其成就巨大是有着深刻的根源的，既有时代的必然性，也是自身的天赋与不断努力的结果。

---

① 张军：《美国黑人文学的三次高潮和对美国黑人出路的反思与建构》，《当代外国文学》2008 年第 1 期。

结　　论

　　如果人类有朝一日走向真正的民族融合、共同繁荣，甚至实现世界大同、地球村的终极梦想，那么黑人文学、华裔文学等族裔文学的概念也就应当画上休止符。如果我们相信人性的普遍价值的话，那么以人种来划分的文学体裁，本就是一个伪命题，更不应仅仅以肤色来界定——这忽略了黑人（或者更加准确地说，忽略了尼格罗人种）自身内部复杂的种族、语言、宗教和历史文化差别。毕竟，所谓的少数族裔文学，终究是建立在种族不平等、文化不平等和经济地位不平等的基础之上，换言之，正是歧视、忽视乃至仇视，造就了理查德·赖特以及非裔美国文学的兴起和繁荣。这种想要证明自我、抗击强权的愤怒之火既是其艺术感染力的燃料，也是照亮种族精神解放的圣光。黑人在西方国家特别是美国所经历的一系列不公正待遇，其悲惨性、普遍性和深刻性孕育了独属于这一群体的文学题材与文学风格。可以说，非裔美国文学不仅是黑人自身文学能力的证明，也肩负着文学以外的期望，这是在其他文学门类中不常见的。正如美国人类学家路易斯·亨利·摩尔根所指出的："人类是出于同源，因此具有同一的智力原理、同一的物质形式，所以，在相同文化状态中的人类经验的成果，在一切时代与地域中都是基本相同的。人类的智力原理，虽然由于能力各有不同而有细微的差别，但其对理想标准的追求则始终是一致的。因此，它的活动在人类进步的一切阶段都是统一的。人类智力原理的一致性，实在是说明人类同源的最好的证据。"① 应该说，以理查德·赖特为代表的非裔美国文学在 20 世纪所取得的重大成就，正是对摩尔根这一论断的最好支持。

研究和评价赖特的文学成就与思想遗产，自然无法脱离赖特本人的"黑人性"。在美国文学史和思想史上，赖特在政治上的进步性与革命性毋庸置疑，面对白人的歧视，他高擎"抗议"的旗帜，第一次发出自己强烈的声音，成为当之无愧的非裔美国文学领袖，并对后来的黑人作家影响深远。但是，如果仅仅从黑人种族觉醒与发声的角度理解赖特，就低估了赖特对美国乃至世界文学的贡献。赖特既代表了非裔美国文学的里程碑与重要转折点，同时又实现了对非裔美国文学的超越。这主要体现为以下几点。

首先，作为出身底层的黑人作家，赖特从南方乡村小镇到北方工业大都会，最后离开美国游历欧洲及亚非拉各洲，其丰富的个人经历与思想转向体现出鲜明的美国本土性与世界文化的有机结合。美国黑人问题既属于典型的殖民/后殖民范畴，又与美国自身的历史发展、政治制度、经济模式与文化形态密切相关，赖特通过文学创作与社会活动，深刻地参与到解决黑人问题的进程之中，其现实主义的创作态度与自然主义的笔法，使得他的作品成为观察美国 20 世纪上半叶阶级对立与种族矛盾的一面镜子。但是，赖特本人活跃的思维与广阔的视野，使得他不仅仅局限于反映和参与美国的黑人运动，更能够将本土的种族问题置于世界被殖民民族的解放运动之中；除了对美国本土的文学遗产与思想资源的继承，赖特也能够广泛接触和吸取欧陆哲学甚至是东方的文学与文化，这使得赖特本人成为沟通美国与欧洲、发达国家与发展中国家、弱势民族与强势民族、西方文化与东方文化的桥梁。从这个意义上说，赖特本人的生活经历与创作经历，正反映出社会历史变迁和文学写作二者之间的复杂互动关系。

---

① 摩尔根：《古代社会》下册，杨东药等译，商务印书馆 1997 年版，第 556 页。

　　其次，赖特小说中树立了别格、菲希利等一系列"新黑人"形象，极大丰富了非裔美国文学的表现领域，并以其富有冲击力的情节与话语塑造，深刻影响了20世纪美国的种族观念与文化政治。在赖特笔下，黑人既非"汤姆大叔"式或《哈克贝利·芬恩历险记》中的"黑奴吉姆"式的善良软弱，也不是卢梭意义上的"高贵野蛮人"——他们均深深嵌入到美国的、以大都市为代表的现代文明之中，直指现代文明的内在顽疾。如果说别格与菲希利或暴虐冷漠，或沉迷色欲乃是自然主义"反英雄"情结的产物，那么造成这一系列恶行的并非未经开化的"野蛮性"，而恰恰是现代资本主义社会的生产方式，将别格和菲希利这样的年轻人放逐在社会的底层和边缘，并使得弱势族裔不得不面对身份的困惑与文化认同危机。实际上，赖特所塑造的黑人形象，某种程度上已经是美国人乃至全体现代人的缩影，他们被种种不合理的制度及伦理所规训，最终同样为这种不合理性所惩罚。正是通过一系列城市黑人形象的塑造，赖特拓宽了种族问题的视野与深度，使得原本被简化的"黑人/白人"二元结构被打破，刻板的所谓"民族性"得以超越——黑人和白人问题不仅仅是关乎道德与法理，其本身是作为西方现代文明的必然结果而出现的，这就使得赖特的作品不仅可视作族裔文学中的代表，更可以纳入西方现代性的批判视野加以考察；黑人问题不仅仅是一个历史遗留问题，其本身就代表了现代文明的内在缺陷，因而也必须在对现代文明的反思中加以解决。

　　再次，赖特的创作体现出开放包容的文化逻辑。作为黑人的赖特一方面强调对白人的反抗，另一方面也有兼收并蓄的态度，既强调吸取白人现代文明中的有益元素，也提倡通过学习和借鉴其他文化，改善和丰富黑人种族的文化。文化作为人类对政治、经济和社会变革所做出的智性与审美反应，其本身也塑造和影响了人类的心理价值取向与国家认同，这些又最终对生产力和生产关系起到稳定和促进的作用。对于美国文化来说，多样性和大众性是两个最为关键的特点，二者互为关联，以"平等"和"普世"为名，将黑人与其他少数族裔文化固定于弱势地位，进而巩固了白人文化在美国的主流影响力。赖特正是凭借其小说中勃发的反抗意识，以强烈而富有冲击力的方式，粉碎了白人中产阶级为主的温情文化，凸显出黑人对于政治权利与文化自主的强烈要求。当然，赖特并非狭隘的种族主义者，对于白人文化中的优秀部分，赖特强调兼收并蓄，例如他重视马克思主义政治经济学、精神分析理论以及法国存在主义哲学，并在此基础上指导自身的文学创作；而对于白人社会中的弱势群体，赖特也给予了充分的人道主义同情。例如，《局外人》等受到法国存在主义影响的作品虽然在艺术品质上不免有些粗糙和生硬，赖特对于存在主义的理解也很难说达到了哲学家的高度，但正是存在主义哲学对于人与世界关系的论述（即萨特意义上的"存在先于本质"和加缪意义上的"荒谬"）使得赖特后期的文学创作不仅仅局限于种族和阶级之间的对抗与斗争，不仅仅局限于黑人或白人本身，而是更进一步从哲学的高度思考抽象的人的存在的问题。正是这种源于族裔性而又超越族裔性的思考与探索，使得赖特的小说反映了所处时代的真实情况，也有了超越时代的恒久价值，使得每一个对黑人、对种族乃至对人类社会问题感兴趣的读者都能从阅读中受益。从这个意义上说，赖特既是典型的黑人作家，又超越了黑人作家这一群体，即使撕掉"黑人作家"的标签，赖特依旧能够跻身20世纪美国的伟大作家之列。顽强的抗争精神与开放包容的态度，正是赖特文化逻辑的特点，也是赖特对美国文化的重大贡献。

最后，赖特在创作过程中，体现出了鲜明的艺术自觉，其对语言和文字的探索，不仅拓宽了非裔美国文学的表现手法，更成为英语文学中宝贵的财富，以及东西方比较文学的典范。从早期作品中朴实细腻的自然主义描写，到受到存在主义影响的疏离化写作；从对病态心理的如实描绘，到颇具意识流色彩的内心独白，赖特一直在尝试将欧洲文学手法与美国黑人实际经验相结合，其最终目的是形成具有黑人自身鲜明特色的文学体裁。此外，赖特晚年对日本俳句的欣赏、研究与创作实践，也体现了赖特身为一个作家，对于语言形式本身的自觉意识，体现了他的探索精神与创新意识。赖特对于日本俳句的偏爱，既源于晚年疾病缠身所产生的消极情绪，也建立在同为少数族裔的亚非族裔的认同感上，但从根本上说，应该来自他对语言艺术的深刻理解与对新鲜事物的敏感，而这正是一个伟大作家必备的素质。由伯谷嘉信和罗伯特·泰纳编辑整理，于1998年出版的《俳句：别样的世界》，共收录赖特晚期创作的俳句817首。虽然俳句受限于篇幅长度，在表现社会广阔性与深刻性方面远远无法与小说相比，但仍有相当数量的诗句表现出赖特对工业生产、环境生态的思索与对劳苦大众的同情。从这个意义上说，恰恰是非裔美国人这一弱势族群的身份，给予赖特更为广阔的视野与对文字艺术的敏感性。

需要指出的是，虽然赖特取得了杰出的文学成就，但其作品艺术品质在某些方面仍存较明显的瑕疵。例如，虽然《土生子》对主人公别格的塑造非常成功，但在对其他角色特别是白人形象的描绘上，仍有脸谱化和扁平化的倾向；而在叙事能力、修辞技法和作品的结构安排等技术层面上，客观地说赖特相比于同时期的优秀白人作家尚存在一些稚嫩和粗疏之处。例如《土生子》中较为明显的说教口吻，《局外人》中对存在主义哲学较为生硬的运用等等，这与黑人族群在美国由于社会地位长期低下，所受文化教育水平较低，相对缺乏高雅艺术传统有关。"和白人作家的交往是我在小说中描写黑人生活的希望成败之关键，因为我自己的种族没有涉及此类问题的小说作品，没有如此尖锐而批判地验证经历的背景，也没有小说以深刻而无畏的意志指明了生活黑暗的根源。"[1] 赖特这段直陈胸臆指明了非裔美国文学相对薄弱的基础。但也正因为如此，赖特的小说、诗歌创作具有他人所不可比拟的代表性，其进步性与局限性均是非裔美国文学这一文

---

① Rampersad, Arnold, *Richard Wright*: *Early Works*, New York: Library of America, 1991, pp. 862 – 863.

类的缩影。因此，称赖特为 20 世纪上半叶非裔美国文学的杰出代表，
应是实至名归。

　　从某种意义上说，虽然理查德·赖特在文化背景、社会背景上均
与我国相异甚多，但在全球化的今天，古老的中华文明也面对着强势
的西方文化与资本主义文明的冲击。赖特对于黑人自身的传统文化及
内心的认同，又在很多方面清醒地认识到其局限性；面对现代文明的
巨大成就与种种弊端，赖特同样十分苦恼，并试图寻找调和传统与现
代、单一文化与多元文化、统治阶级与被统治阶级之道。从这个意义
上说，赖特的困扰正是我们中国人的困扰，赖特的努力，也值得中国
所有的有识之士借鉴。

参考文献

埃里克·方纳：《给我自由！一部美国的历史》，王希译，商务印书馆 2010 年版。

埃里希·弗洛姆：《弗洛姆行为研究讲稿》，吴生军编译，北方妇女儿童出版社 2005 年版。

埃默里·埃利奥特：《哥伦比亚美国小说史》，朱通伯等译，四川辞书出版社 1994 年版。

毕小君：《美国黑人的美国梦与美国噩梦——解读兰斯顿·休斯的梦想三部曲》，《前沿》2009 年第 6 期。

伯纳德·W. 贝尔：《非裔美国黑人小说及其传统》，刘捷等译，四川人民出版社 2000 年版。

常耀信：《精编美国文学教程》，南开大学出版社 2005 年版。

陈后亮：《"被注视是一种危险"：论〈看不见的人〉中的白人凝视与种族身份建构》，《外国文学评论》2018 年第 4 期。

陈铭道：《黑皮肤的感觉——美国黑人音乐文化》，世界知识出版社 1991 年版。

程巍：《〈汤姆叔叔的小屋〉与南北方问题》，《外国文学》2004 年第 1 期。

程锡麟：《二十世纪美国文学》，四川人民出版社 2001 年版。

程锡麟：《西方文论关键词：黑人美学》，《外国文学》2014 年第

2 期。

程锡麟：《一种新崛起的批评理论：美国黑人美学》，《外国文学》1993 年第 6 期。

程新宇：《亚里士多德政治伦理的内在张力》，《山西大学学报》（哲学社会科学版）2015 年第 1 期。

崔彦飞：《〈土生子〉的存在主义解读——试论托马斯·别格存在主义意识下的自由》，《山花》2011 年第 24 期。

丹尼尔·斯伯特：《世界 100 位文学大师排行榜》，夏侯炳译，海南出版社 2005 年版。

董衡巽：《美国现代小说家论》，中国社会科学出版社 1988 年版。

董衡巽、施咸荣、朱虹、郑士生：《美国文学简史》，人民文学出版社 1986 年版。

董学文、陈诚：《"审美意识形态"文学本质论浅析》，《湖南师范大学学报》（哲学社会科学版）2006 年第 3 期。

杜波依斯：《非洲：非洲大陆及其居民的历史概述》，秦文允译，世界知识出版社 1964 年版。

范永康：《文化政治与当代西方文论的政治化》，博士学位论文，苏州大学，2011 年。

方成：《美国自然主义文学传统的文化建构与价值传承》，上海外语教育出版社 2007 年版。

弗雷德里克·刘易斯·艾伦：《浮华时代：美国 20 世纪 20 年代简史》，袁玲丽译，上海财经大学出版社 2008 年版。

顾兴斌：《二战后美国黑人的社会地位研究》，江西人民出版社 2003 年版。

胡贝克：《美国华裔文学的文化特征及其时代演进》，《东北师大学报》（哲学社会科学版）2017 年第 1 期。

胡家祥：《审美学》，北京大学出版社 2000 年版。

胡铁生：《二十世纪美国文学背景评析》，《河南师范大学学报》（哲学社会科学版）2004 年第 2 期。

胡铁生：《美国文学论稿》，吉林大学出版社 2011 年版。

胡铁生：《社会存在与心理动机——论〈土生子〉别格的人格裂变》，《外国文学研究》1997 年第 4 期。

胡铁生：《虚幻下的深渊：石黑一雄小说的当代书写》，《学术研究》2018 年第 2 期。

胡铁生：《政治文化与文学意识形态功能的意蕴交映——以文学意识形态功能在政治社会化进程中的作用为分析视角》，博士学位论文，吉林大学，2012 年。

胡铁生、张晓敏：《文学政治价值的生成机制》，《山东大学学报》（哲学社会科学版）2015 年第 4 期。

胡铁生、周光辉：《论文学与政治的意蕴交映——2010 年诺贝尔文学奖评奖感思》，《社会科学》2010 年第 8 期。

胡笑瑛：《哈莱姆文艺复兴时期黑人文学特点》，《宁夏社会科学》2008 年第 6 期。

黄晖：《20 世纪美国黑人文学批评理论》，《外国文学研究》2002 年第 3 期。

黄卫峰：《哈莱姆文艺复兴研究》，外语教学与研究出版社 2007 年版。

黄卫峰：《积极融入主流社会——20 世纪前期哈莱姆文艺复兴》，博士学位论文，南京大学，2002 年。

J. D. 亨特：《文化战争：定义美国的一场奋斗》，中国社会科学出版社 2000 年版。

季广茂：《隐喻视野中的诗性传统》，高等教育出版社 1998 年版。

蒋天平：《父与子，罪与法——评理查德·赖特的小说〈父亲的法律〉》，《外国文学动态》2011 年第 3 期。

焦小婷：《〈土生子〉中的身体叙事阐释》，《外语研究》2011 年第 4 期。

拉尔夫·埃里森:《看不见的人》,任绍曾等译,外国文学出版社 1984 年版。

勒内·韦勒克、奥斯汀·沃伦:《文学理论》,刘象愚等译,江苏教育出版社 2005 年版。

雷蒙·威廉斯:《文化与社会:1780—1950》,高晓玲译,吉林出版集团有限责任公司 2011 年版。

李公昭:《20 世纪美国文学导论》,西安交通大学出版社 2000 年版。

李鸿雁、蒋冰清:《传承与超越——试论詹姆斯·鲍德温与黑人抗议传统》,《湖南人文科技学院学报》(哲学社会科学版) 2006 年第 2 期。

李霖:《〈所罗门之歌〉中的奴隶叙事和黑人奴隶思想》,硕士学位论文,黑龙江大学,2010 年。

李维屏:《英美文学研究论丛》(第五辑),上海外语教育出版社 2006 年版。

李怡:《布鲁斯化的伦理书写——理查德·赖特作品研究》,中国社会科学出版社 2016 年版。

李怡:《论理查德·赖特的俳句——一种对日本俳句继承与改良的文学新实践》,《当代外国文学》2011 年第 3 期。

李怡:《西话东禅:论理查德·赖特的俳句》,《外国文学研究》2011 年第 1 期。

理查德·布朗、尤金尼尔·科利尔:《美国黑人文学》,宾夕法尼亚州立大学出版社 1985 年版。

理查德·赖特:《大小子离家》,史永红、朱庆译,《译林》2009 年第 5 期。

理查德·赖特:《黑孩子》,程超凡译,长江文艺出版社 1985 年版。

理查德·赖特:《土生子》,施咸荣译,译林出版社 2008 年版。

林崇德:《心理学大辞典》(上卷),上海外语教育出版社 2003 年版。

刘戈:《被牺牲掉的黑人女性——试论理查德·赖特〈土生子〉中的

黑人妇女形象》,《解放军外国语学院学报》2001 年第 4 期。

刘海平、王守仁:《新编美国文学史》(第三卷),上海外语教育出版社 2002 年版。

刘加媚:《美国黑人小说的嬗变及双重文化》,《学术论坛》2006 年第 4 期。

卢卡契:《卢卡契文学论文集》,中国社会科学出版社 1980 年版。

鲁本·弗恩:《精神分析学的过去和现在》,傅铿编译,学林出版社 1988 年版。

陆薇:《走向文化研究的华裔美国文学》,中华书局 2007 年版。

路易斯·麦克尼:《福柯》,贾缇译,黑龙江人民出版社 1999 年版。

罗德·霍顿、赫伯特·爱德华兹:《美国文学思想背景》,房炜、孟昭庆译,人民文学出版社 1991 年版。

罗虹:《从边缘走向中心——非洲裔美国黑人文化》,中国社会科学出版社 2013 年版。

罗虹:《当代非裔美国新现实主义小说论》,中国社会科学出版社 2014 年版。

洛克:《政府论》,叶启芳、瞿菊农译,商务印书馆 2003 年版。

马克思、恩格斯:《马克思恩格斯选集》(第 1 卷),人民出版社 1995 年版。

毛信德:《美国小说发展史》,浙江大学出版社 2004 年版。

米歇尔·福柯:《规训与惩罚》,刘北成、杨远婴译,生活·读书·新知三联书店 2015 年版。

摩尔根:《古代社会》(下册),杨东药等译,商务印书馆 1997 年版。

莫玉梅:《走在成长的路上——论社会与家庭对少年心理成长的影响》,硕士学位论文,东北师范大学,2003 年。

倪志娟:《渊源与成就——论理查德·赖特的俳句》,《世界文学》2016 年第 6 期。

庞好农:《非裔美国文学史(1619—2010)》,中央编译出版社 2013

年版。

庞好农：《焦虑、抑郁与虐待：评理查德·赖特的〈野性的假日〉》，《外国文学》2007 年第 2 期。

庞好农：《理查德·赖特笔下非洲裔美国人的他者身份》，《四川外语学院学报》2007 年第 5 期。

庞好农：《文化移入碰撞下的三重意识：理查德·赖特的四部长篇小说研究》，上海大学出版社 2007 年版。

庞好农、薛璇子：《黑人中的美国梦与美国梦中的黑人：评理查德·赖特的长篇小说》，《外语教学》2010 年第 4 期。

綦天柱、胡铁生：《美国少数族裔文学的演进与反思》，《甘肃社会科学》2017 年第 2 期。

钱满素：《美国文明散论》，东方出版社 2010 年版。

乔国强：《美国 40 年代黑人文学》，《国外文学》1999 年第 3 期。

秦小孟：《当代美国文学：概述及作品选读》（中册），上海译文出版社 1986 年版。

让·弗莱维勒：《左拉》，王道乾译，新文艺出版社 1957 年版。

芮渝萍：《美国成长小说研究》，中国社会科学出版社 2004 年版。

萨特：《存在主义是一种人道主义》，周煦良、杨永宽译，上海译文出版社 1988 年版。

邵锦娣、白劲鹏：《文学导论》，上海外语教育出版社 2002 年版。

施咸荣：《美国黑人的三次文艺复兴》，《美国研究》1988 年第 4 期。

束定芳：《隐喻学研究》，上海外语教育出版社 2000 年版。

斯托夫人：《汤姆叔叔的小屋》，王岩译，北方文艺出版社 2011 年版。

谭惠娟：《论拉尔夫·埃里森的黑人美学思想——从埃里森与欧文·豪的文学论战谈起》，《外国文学评论》2008 年第 1 期。

谭惠娟：《是不为也，非不能也——理查德·赖特及其文学创作中的现代主义特征》，《外国文学研究》2010 年第 1 期。

谭惠娟：《詹姆斯·鲍德温的文学"弑父"与美国黑人文学的转向》，《外国文学研究》2006年第6期。

谭惠娟、罗良功：《美国非裔作家论》，上海外语教育出版社2016年版。

谭跃越：《三部黑人文学作品中的存在主义哲学》，《沈阳大学学报》2010年第6期。

唐大盾：《泛非主义与非洲统一组织文选（1900—1990）》，华东师范大学出版社1995年版。

汪顺来：《〈土生子〉中的隐喻意义》，《时代文学》2011年第2期。

王长荣：《现代美国小说史》，上海外语教育出版社1992年版。

王贵：《成长与危机——论理查德·赖特的〈长梦〉：一部成长小说》，硕士学位论文，西北师范大学，2011年。

王家湘：《20世纪美国黑人小说史》，译林出版社2006年版。

王诺、费凡：《论赖特和艾里森小说的象征》，《外国文学评论》1993年第2期。

王守仁、吴新云：《性别·种族·文化——托妮·莫里森与美国二十世纪黑人文学》，北京大学出版社1999年版。

王予霞：《美国黑人左翼文学消长的历史启示》，《国外文学》2014年第3期。

翁德修、都岚岚：《美国黑人女性文学》，吉林大学出版社2000年版。

吴持哲：《理查·赖特创作道路评析》，《内蒙古大学学报》（哲学社会科学版）1993年第4期。

吴富恒、王誉公：《美国作家论》，山东教育出版社1999年版。

吴泽霖：《美国人对黑人犹太人和东方人的态度》，中央民族学院出版社1992年版。

西格蒙德·弗洛伊德：《弗洛伊德本能成功学》，吴生明编译，北方妇女儿童出版社2005年版。

肖祥：《"他者"与西方文学批评——关键词研究》，硕士学位论文，华中师范大学，2010 年。

谢国荣：《民权运动之前奏：杜鲁门当政时期的黑人民权问题》，《历史研究》2005 年第 2 期。

谢群：《〈最蓝的眼睛〉的扭曲与变异》，《外国文学研究》1990 年第4 期。

徐崇温、刘放桐、王克千：《萨特及其存在主义》，人民出版社 1982年版。

薛璇子、庞好农：《非洲根文化的衰落与第三种意识的崛起——赖特长篇小说〈长梦〉解读》，《作家》2011 年第 12 期。

亚里士多德：《政治学》，吴寿彭译，商务印书馆 1997 年版。

杨昊成：《超越种族的写作：理查德·赖特作品的精神实质》，《外国文学研究》2010 年第 6 期。

杨建国：《"动物"身上的人性——评理查德·赖特的〈土生子〉》，《外语教学》2007 年第 4 期。

杨仁敬：《20 世纪美国文学史》，青岛出版社 2000 年版。

杨卫东：《"规训与惩罚"——〈土生子〉中监狱式社会的权力运行机制》，《外国文学》2002 年第 4 期。

杨晓蓉：《论〈土生子〉在美国非裔文学和美国文化中的意义》，《四川师范大学学报》（哲学社会科学版）2007 年第 1 期。

虞建华：《英美文学研究论丛》（第三辑），上海外语教育出版社 2002年年版。

袁可嘉：《欧美现代派文学概论》，广西师范大学出版社 2010 年版。

詹姆斯·埃伦：《美国黑人问题与南部农业经济》，张友松译，中华书局 1954 年版。

张军：《美国黑人文学的三次高潮和对美国黑人出路的反思与建构》，《当代外国文学》2008 年第 1 期。

张立新：《二十世纪美国文学导读》，辽宁人民出版社 2002 年版。

张晓敏：《百年沧桑——1830—1930 年的美国黑人女性写作》，《社科学战线》2009 年第 3 期。

张晓敏:《美国早期新英格兰文学中的清教主义思想透视》,《社会科学战线》2013 年第 8 期。

张祝祥、杨德娟:《美国自然主义小说》,复旦大学出版社 2007 年版。

赵白生:《传记文学研究》,北京大学出版社 2010 年版。

钟蕾:《火车意象的二重奏:赖特俳句中的黑人美学与和谐生态》,《外国文学研究》2014 年第 4 期。

钟蕾:《一"蛙"激起千层浪——评〈理查德·赖特的别样世界——赖特俳句研究的多维视角〉》,《外国文学研究》2012 年第 4 期。

Aaron, Daniel, *Writers of the Left*, New York: Avon Books, 1965.

Abdurrahman, Urma, "Quest for Identity in Richard Wright's The Outsider: An Existentialist Approach", *Western Journal of Black Studies*, 2006, 30 (1).

Alexander, Terry Esther, *The Long and Unaccomplished Dream of Richard Wright*, Amherst: University of Massachusetts Press, 1973.

Algren, Nelson, "Remembering Richard Wright", *Nation*, 192 (January 28, 1961)

Atteberry, Jeffrey, "Richard Wright's Critique of Marxism and Existentialism", *MFS Modern Fiction Studies*, 2005, 51 (4).

Avery, Evelyn Gross, *Rebels and Victims: The Fiction of Richard Wright and Bernard Malamud*, New York: Kennikat Press, 1979.

Baker, Houston A. Jr., *Black Literature in America*, New York: McGraw-Hill Company, 1971.

Baldwin, James, *Alas, Poor Richard: James Baldwin Collected Essays*, New York: The Library of America, 1998.

Baldwin, James, *Everybody's Protest Novel: Notes of a Native Son*, Boston: Beacon Press, 1955.

Baldwin, James, *Nobody Knows My Name*, New York: Dell, 1961.

Balthaser, Benjamin, "Killing the Documentarian: Richard Wright and Documentary Modernity", *Criticism*, 2013, 55 (3).

Barker, Lucius J., Jones, Mack, and Tate, Katherine, *African American and the Political System*, New York: Pearson Publishers, 1980.

Bell, Bernard W., *The Afro-American Novel and Its Tradition*, Amherst: The University of Massachusetts Press, 1987.

Bennet, Beth Ina, *A Picture of Moral Agency: Subduing the Victim in Richard Wright's Prose, Film, and Photography*, Boston: Boston University: 2011.

Bluefarb, Sam, *The Escape Motif in the American Novel: Mark Twain to Richard Right*, Columbus: Ohio State University Press, 1972.

Bobbio, Norberto, *Left and Right: The Significance of a Political Distinction*, Chicago: University of Chicago Press, 1996.

Bone, Robert, *The Negro Novel in America*, New Haven: Yale University Press, 1965.

Bone, Robert, "Richard Wright and the Chicago Renaissance", *Richard Wright: A Special Issue*, 1986, 30 (2).

Bontemps, Arna, "Review of The Outsider", *Saturday Review*, 1953 (1).

Bruce, Dickson D., *The Origins of African American Literature* 1680 – 1865, Charlottesville: Virginia University Press, 2001.

Butler, Robert, "Seeking Salvation in a Naturalistic Universe: Richard Wright's Use of His Southern Religious Background in Black Boy", *Southern Quarterly*, 2009, 46 (2).

Butler, Robert, *Native Son: The Emergence of a New Black Hero*, Boston: Twayne, 1991.

Calverton, V. F., "Literature Goes Left", *Current History*, No. 12, 1934.

Chambers, Iain and Curti, Lidia, eds., *The Post-colonial Question: Com-*

mon Skies, *Divided Horizons*, London: Routledge, 1996.

Chase, Richard Volney, *American Novel and Its Tradition*, Baltimore: Johns Hopkins University Press, 1980.

Coleman, James W. and Cressey, Donald R. , *Social Problems*, New York: Harper Collins College Publishers, 2008.

Cotkin, George, *Cold Rage*: *Richard Wright and Ralph Ellison in His Existential America*, Baltimore: Johns Hopkins University Press, 2003.

Craven, Alice Mikal and Dow, William E. , *Richard Wright in a Post-Racial Imaginary*, New York: Bloomsbury Publishing Inc. , 2014.

Culler, Jonathan, *Literary Theory*, New York: Oxford University Press, 1992.

Danner, Keith, *The Politics of Community in the Work of Richard Wright*, Riverside: University of California Riverside, 1999.

Davis, Arthur Paul, *From the Dark Tower*: *Afro-American Writers* (1900 – 1960), Washington D. C. : Howard University Press, 1974.

Davis, Jane, *The White Image in the Black Mind*: *A Study of African American Literature*, New York: Greenwood Press, 2000.

Demirturk, Emine Lale, "The Politics of Racelessness in Richard Wright's The Outsider", *CLA Journal—College Language Association*, 2007, 50 (3) .

Douglas, Philip, *Richard Wright's Self-Inscription in Native Son*: *How Richard Was Born*, West Lafayette: Purdue University, 2004.

Du Bois, W. E. B. , *The Souls of Black Folk*, New York: Bedford, 1997.

Duberman, Lucile, *Social Inequality*: *Class and Caste in America*, Philadelphia: J. B. Lippincott Company, 1967.

Elliot, Emory ed. , *Columbia Literary History of the United States*, New York: Columbia University Press, 1988.

Ellison, Ralph, "Richard Wright's Blues", *The Antioch Review*, Vol. 50,

No. 3, 1992.

Fabre, Michel, *Richard Wright: Books and Writers*, Jackson: University Press of Mississippi, 1990.

Fabre, Michel, *The World of Richard Wright*, Jackson: University Press of Mississippi, 1985.

Fabre, Michel, "Richard Wright, French Existentialism, and The Outsider", *Critical Essays on Richard Wright*, 1982 (2).

Fabre, Michel, *The Unfinished Quest of Richard Wright*, Trans. Isabel Barzun. Urbana: University of Illinois Press, 1993.

Felgar, Robert, *The Study Companion to Richard Wright*, New York: Greenwood Publishing Group, 2000.

Franklin, John Hope, Meier, August, *Black Leaders of the Twentieth Century*, Champaign: University of Illinois Press, 1982.

Franklin, John Hope, *From Slavery to Freedom: A History of Negro Americans*, New York: Knopf, 1980.

Gans, Herbert J., "Deconstructing the Underclass: The Term Danger as a Planning Concept", *Journal of the American Planning Association*, Vol. 56, 1990.

Gates, Henry L., *The Norton Anthology of African American Literature*, Gen Jr, ed. New York: W. W. Norton & Company, 2004.

George, Charles, *Life Under the Jim Crow Laws*, Farmington Hills: Green Haven Press, 1999.

Gilroy, Paul, *The Black Atlantic: Modernity and Double Consciousness*, Cambridge: Harvard University Press, 1993.

Glasgow, Douglas G., *The Black Underclass: Poverty, Unemployment, and Entrapment of Ghetto Youth*, San Francisco: Jossey Bass, 1980.

Gounard, Jean-Francois, *The racial problem in the works of Richard Wright and James Baldwin*, New York: Greenwood Press, 1992.

Graebner, Norman A. and Fite, Gilbert C. eds. , *A History of the American People*, New York: McGraw-Hill Book Company, 1970.

Green, Tara. , *That Preacher's Going to Eat All the Chicken: Power And Religion in Richard Wright*, Baton Rouge: Louisiana State University, 2000.

Hansberry, Lorraine, *Review of The Outsider: The Critical Response to Richard Wright*, Westport: Greenwood Press, 1995.

Harris, Leonard, *The Philosophy of Alain Locke: Harlem Renaissance and Beyond*, Philadelphia: Temple University Press, 2010.

Haywood, Harry, *Negro Liberation*, Chicago: Liberation Press, 1976.

Howe, Irving, *A World More Attractive: A View of Modern Literature and Politics*, New York: Horizon Press, 1963.

Howe, Irving, *Black Boys and Native Sons*, New York: Horizon, 1963.

Huggins, Nathan Irvin, *Harlem Renaissance*, New York: Oxford University Press, 1971.

Issel, William, *Social Change in the United States* 1945 – 1983, New York: Schocken Books, 1985.

Jackson, Blyden, *The Long Beginning* 1746 – 1985: *A History of Afro-American Literature*, Baton Rouge: Louisiana State University Press, 1989.

Jackson, Laurence, "Richard Wright and Black Radical Discourse: The Advocacy of Violence", *Critical Review of International Social and Political Philosophy*, 2004, 7 (4) .

Jackson, Laurence, "The Birth of the Critic: The Literary Friendship of Ralph Ellison and Richard Wright", *American Literature*, Vol. 72, No. 2, 2000.

Johnson, James Weldon, *The Autobiography of an Ex-Colored Man*, Penguin Books, 1990.

Joyce, Ann, *Richard Wright's Art of Tragedy*, Iowa City: University of Iowa Press, 1986.

Joyce, Ann, "What We Do and Why We Do What We Do: A Diasporic Commingling of Richard Wright and George Lamming", *Callaloo*, 2009, 32 (2).

KingJr, Martin Luther, *Where Do We Go from Here: Chaos or Community?* Boston: Beacon Press, 2010.

Kinnamon, Kenenth, ed., *Critical Essays on RichardWright's Native Son*, New York: Twayne, 1997.

Kinnamon, Kenenth, Michel Fabre, eds., *Conversations with Richard Wright*, Jackson: University Press of Mississippi, 1993.

Kinnamon, Kenenth, *A Richard Wright Bibliography: Fifty Years of Criticism and Commentary*, 1933 – 1982, Westport: Greenwood Press, 1988.

Kinnamon, Kenenth, *Black Writers of America: A Comprehensive Anthology*, New York: Macmillan, 1972.

Kovel, Joel, *White Racism: A Psychohistory*, New York: Columbia University Press, 1984.

Lackey, Michael, *The Humanist/Atheist Controversy in Richard Wright's The Outsider: African American Atheist and Political Liberation*, Gainesville: University of Florida Press, 2007.

Lawrence, Hogue, W., "Can the Subaltern Speak? A Postcolonial, Existential Reading of Richard Wright's Native Son", *Southern Quarterly*, 2009, 46 (2).

Lehan, Richard, *Existentialism in Recent American Fiction: The Demonic Quest in Recent American Fiction: Some Critical Views*, Joseph J. Waldmeir, ed. Boston: Houghton Mifflin Company, 1963.

Locke, Alain, *Enter the New Negro: The Emergence of the Harlem Renaissance*, New York: Garland Publishing Inc., 1996.

Logan, Rayford W. and Irving, S. Cohen, *The American Negro*: *Old World Background and New World Experience*, Boston: Houghton Mifflin Company, 1967.

Lusane, Clarence, *African American at the Crossroads*: *The Reconstruction of Black Leadership and the 1992 Election*, Boston: South End Press, 1994.

Lyons, Eugene, *The Red Decade*: *The Classic Work on Communism in America During the Thirties*, New York: Arlington House Publishers, 1970.

Malcolm, X. and Haley, Alex, *The Autobiography of Malcolm X.*, New York: Ballantine Books, 1992.

Margolies, Edward, *The Art of Richard Wright*, Carbondale: Southern Illinois University Press, 1969.

Marowski, Daniel G. and Matuz, Roger eds., *Contemporary Literary Criticism*, Detroit: Gale Research Company, 1988.

McCall, Dan, *The Example of Richard Wright*, New York: Harcourt, 1969.

McMahon, Frank, "Rereading The Outsider: Double-consciousness and the Divided Self", *The Mississippi Quarterly*, 1997, 50 (2).

Melba, Joyce Boyd, "The Centennial Richard Wright Conference in Paris", *Black Scholar*, 2009, 39 (2).

Meltzer, Milton, *The Black Americans—A History of Their Own Words 1619 – 1983*, New York: HarperCollins Publishers, 1987.

Miller, Eugene, *Voice of a Native Son*: *The Poetics of Richard Wright*, Jackson: University Press of Mississippi, 1990.

Miller, Perry, *The New England mind*: *From Colony to Province*, Cambridge: Harvard University Press, 2009.

Miller, Shawnrece Denine, *Richard Wright and the Discourse on Race*,

Gender, and Religion, Kent: Kent State University, 2001.

M'Baye, Babacar, "Richard Wright and African Francophone Intellectuals: A Reassessment of the 1956 Congress of Black Writers in Paris", *African and Black Diaspora: An International Journal*, 2009, 2 (1).

Napier, Winston, *African American Literary Theory*, New York: New York University Press, 2010.

Newman, Mark, *The Civil Rights Movement*, Westport: Praeger, 2004.

Perez, Vincent Anthony, *Island of Hallucinations: Race and Popular Culture in Three Novels*, Stanford: Stanford University, 1993.

Peterson, Rachel, "Richard Wright's Red Ladder: Marxism, Race, and Anticolonialism", *Nature, Society, and Thought*, 2002, 15 (1).

Phillips, William, *A Partisan View: Then and Now*, New York: Stein and Day, 1985.

Rainwater, Lee and Yancey, William L., *The Moynihan Report and the Politics of Controversy: A Trans-action Social Science and Public Policy Report*, Cambridge: M. I. T Press, 1967.

Rampersad, Arnold, *Richard Wright: Early Works*, New York: Library of America, 1991.

Reed, Kenneth T., "Native Son: An American Crime and Punishment", *Studies in Black Literature* 1. 2 (1970).

Reilly, John M., "Richard Wright's Apprenticeship", *Journal of Black Studies*, 1972, 2 (4).

Relyea, Sarah., "The Vanguard of Modernity: Richard Wright's The Outsider", *Texas Studies in Literature and Language*, 2006, 48 (3).

Reuter, Edward Byron, *The American Race Problem*, New York: Thomas Y. Crowell Co., 1927.

Rideout, Walter B., *The Radical Novel in the United States* (1900 – 1954), Oxford: Oxford University Press, 1956.

Rowley, Hazel, *Richard Wright: The Life and Times*, New York: Holt, 2001.

Rubinstein, Annette T. , *American Literature: Root and Flower*, Beijing: Foreign Language Teaching and Research Press, 1998.

Ryken, Leland, *The Literature of the Bible*, Michigan: Zondervan Publishing House, 1980.

Schotland, Sara D. , "Breaking Out of the Rooster Coop: Violent Crime in Aravind Adiga's White Tiger and Richard Wright's *Native Son*", *Comparative Literature Studies*, 2011, 48 (1) .

Shulman R. , *The Power of Political Art: The 1930s Literary Left Reconsidered*, UNC Press Books, 2000.

Smith, T. Alexander and Tatalovich, Raymond, *Cultures at War: Moral Conflicts in Western Democracies*, New York: Broadview Press, 2003.

Steinberg, Stephen, *The Ethnic Myth: Race, Ethnicity, and Class in America*, Boston: Beacon Press, 1981.

Trotter Jr, Joe. W. , *Blacks in the Urban North: the 'Underclass Question' in Historical Perspective*, Princeton: Princeton University Press, 1993.

Ture, Kwame and Hamilton, Charles V. , *Black Power, The Politics of Liberation in America*, New York: Vintage Books, 1992.

Tyson, Lois, *Critical Theory Today: A User-Friendly Guide*, New York: Garland Publishing Inc. , 1999.

Walker, Margaret, *Richard Wright: Daemonic Genius*, New York: Amistad, 1988.

Ward, Jerry, *Everybody's Protest Novel: The Era of Richard Wright. The Cambridge Companion to the African American Novel*, London: Cambridge University Press, 2006.

WardJr, Jerry W. and Butler, Robert J. , *The Richard Wright Encyclopedi-*

a，Westport：Greenwood Press，2008.

Warren，Kenneth W.，*What Was African American Literature?* Cabridge：Harvard University Press，2011.

Washington，Robert，*The Ideologies of Afro-American Literature：From Harlem to Black Nationalist Revolt*，Lanham：Rowman Little-field Publishers，2001.

Widmer，Kingsley，"The Existential Darkness：Richard Wright's The Outsider"，*Wisconsin Studies in Contemporary Literature* 1. 3（1960）.

Worley，Demetrice A. and Perry，Jesse，*African American Literature：An Anthology of Nonfiction，Poetry and Drama*，Lincolnwood：National Textbook Company，1993.

Wright，Richard，*The Long Dream*，New York：Harper Collins，1987.

Wright，Richard，*The Outsider*，New York：Harper，2008.

Wright，Richard，*"Blueprint for Negro Writing" African American Literary criticism* 1773 – 2000，Ed. Hazel Arnett Ervin，New York：Twayne，1999.

Wright，Richard，*Early Works*，Arnold Rampersad ed.，New York：Library of America，1991.

Wright，Richard，*How Was Bigger Thomas Born*，New York：Harper & Row，1966.

Wright，Richard，*Savage Holiday：A Novel*，Jackson：University Press of Mississippi，1954.

Young，Joseph A.，"Phenomenology and Textual Power in Richard Wright's The Man Who Lived Underground"，*MELUS：Multi-Ethnic Literature of the U. S.*，2001，26（4）.

附 录 一

赖特生平年表

1908 年 9 月 4 日：出生于美国密西西比州罗克西附近的一家种植园，父亲内森·赖特是一名目不识丁的佃农。

1911 年：由于父亲要去一家锯木厂工作，举家迁往纳奇兹。

1913 年：由于父亲要到比尔街的一家药店做夜间门房，全家又搬去田纳西州的孟菲斯。

1915 年：赖特的父亲离家出走，致使赖特与母亲和弟弟此后生活在极度贫困中。由于母亲患病，赖特和弟弟被送到孟菲斯的一家孤儿院，孤儿院的经历给赖特留下终生难忘的恐惧感和孤独感，使其"不相信任何人，不相信任何事"。

1916 年：赖特的外婆玛格丽特·威尔逊把母子三人接到密西西比州杰克逊镇自己家中。在接下来的三年里，赖特随母亲和弟弟与玛姬姨妈一家先后住在阿肯色州的伊莱恩和西海琳那。

1919 年：母亲患中风后，赖特被接到密西西比州格林伍德镇的克拉克舅舅家中生活，在这里度过了一段短暂而不快乐的时光后，赖特回到杰克逊镇的外婆家。

1925 年秋：离开密西西比州前往田纳西州的孟菲斯，在华盛顿大街 370 号安定下来。为了养家，赖特做过很多工作：洗盘子、送报、做门房等。

1927 年 11 月：前往芝加哥，从事各种收入低廉的工作，甚至一度失业，靠政府救济生活。

1929 年：在芝加哥中央邮局找到一份差事，虽然经济危机伊始，他曾失去这份工作，但在 1932 年他再次获得这份工作，并断断续续地一直工作到 1937 年。

1933 年：加入约翰·里德俱乐部芝加哥分部，生平第一次有了成为其中一员的归属感，因此传记作家黑泽尔·罗利称约翰·里德俱乐部为"赖特的大学"。

1934 年：加入美国共产党，开始在《左翼阵线》《铁砧》和《新大众》等杂志上发表诗歌。

1935 年：加入"美国作家联盟"。

1936 年：加入"南方阵线作家联盟"，积极参与"联邦作家计划""联邦戏剧计划"以及"伊利诺伊州作家计划"等组织的活动。

1937 年：发表《黑人创作的蓝图》。为了成为一名更好的作家，赖特拒绝了中央邮局提供的一份永久性工作，离开芝加哥前往纽约；来到纽约后，担任哈莱姆一家共产主义刊物《工人日报》的编辑，这段经历加深了他对城市黑人生活的了解。短篇小说《火与云》获得了故事杂志年度竞赛一等奖，从而开启了赖特的作家之路。

1938 年：《汤姆大叔的孩子们》出版，获得评论界一致好评。

1940 年 3 月 1 日：《土生子》面世，三周之内销售 215000 册，奠定了赖特作为美国文坛重要作家的基础；与保罗·格林合作，把《土生子》改编成剧本。

1941 年 3 月 24 日：由奥森·韦尔斯导演，《土生子》在纽约上演。

1941 年 10 月：与摄影师埃德温·罗斯凯姆合作，关于美国黑人历史的记录文献《一千二百万黑人的声音》面世。

1942 年：中篇小说《生活在地下的人》发表在《腔调》杂志上，随着这篇小说的问世，赖特作品的存在主义色彩越来越鲜明；正式脱离美国共产党。

1945 年：自传体小说《黑孩子》出版。

1946 年 7 月：受法国政府的邀请，开始了为期六个月的法国之行。

1947 年 1 月：返回纽约，8 月永久性地移居法国。

1949 年：回到纽约和芝加哥商讨《土生子》改编成电影一事，此次美国之行是赖特移居法国后唯一的一次美国之行。

1953 年：《局外人》问世，赖特在《黑孩子》出版八年后迎来了文学创作的第二个阶段；出访加纳共和国的黄金海岸。

1954 年：发表《黑色权力》，一部有关加纳之行的政论性文章；在先后被哈珀出版社和世界出版社拒绝之后，《野蛮的假日》艰难出版；访问西班牙。

1955 年：参加万隆会议，参与讨论殖民地国家和刚刚独立的国家如何发展的问题。

1956 年：关于万隆会议的报告《肤色的帷幕》出版。

1957 年：出版《异教的西班牙》，描述了三年前参观西班牙的印象，表达了对于弗朗哥主义与天主教共生关系的批判态度；出版评论集《白人，听着!》，致力于解决新近摆脱殖民统治的国家和民族所面临的问题。

1958 年：《长梦》问世。

1959 年：开始痴迷于日本俳句，大量阅读，并创作了四千首左右精巧的三行诗；经过伯谷嘉信和罗伯特·泰纳的编辑整理，《别样的世界：赖特的俳句》在 1998 年出版，收录了 817 首作品。

1960 年 11 月 28 日：由于心脏病发作，于巴黎去世，享年 52 岁。

1961 年：一部历时二十多年的短篇小说集《八个人》在赖特去世后不久出版。

（注：本生平年表摘自 Jerry W. Ward Jr. 与 Robert J. Butler 所编的 *The Richard Wright Encyclopedia*，由笔者拙译。）

附 录 二

赖特作品一览表

戏剧和电影

中文	英文
哦，老爸（戏剧版）	Daddy Goodness（Drama）
土生子（电影版）	Native Son（Film）
土生子（戏剧版）	Native Son（Drama）

散文

中文	英文
生命的属性	Attributes of Life
笑声与泪水之间	Between Laughter and Tears
黑人创作蓝图	Blueprint for Negro Writing
活生生的吉姆·克劳伦理学	The Ethics of Living Jim Crow
别格是如何诞生的	How "Bigger" Was Born
我选择流放	I Choose Exile
我试图成为一名共产主义者	I Tried to Be a Communist
美国黑人的文学	The Literature of the Negro in the United States
非洲黄金海岸民族主义的奇迹	The Miracle of Nationalism in the African Gold Coast
不是我的人民的战争	Not My People's War
个人至上论	Personalism
被压迫民族的心理反应	Psychological Reactions of Oppressed People

续表

中文	英文
芝加哥的耻辱	Shame of Chicago
传统与工业化	Tradition and Industrialization
你所不知道的不会伤害你	What You Don't Know Won't Hurt You

手稿

中文	英文
黑色希望	Black Hope
污水池	Cesspool
幻想之岛	Island of Hallucination
胡狼	The Jackal
黑鬼娃娃的黎明	Tarbaby's Dawn

非小说类

中文	英文
黑色权力	Black Power
肤色的帷幕	The Color Curtain
异教的西班牙	Pagan Spain
白人，听着！	White Man, Listen!

自传、小说和短篇小说集

中文	英文
美国饥饿	American Hunger
黑孩子	Black Boy
八个人	Eight Men
父亲之法	A Father's Law
今日的主	Lawd Today!
长梦	The Long Dream
土生子	Native Son
局外人	The Outsider
通过仪式	Rite of Passage
野蛮的假日	Savage Holiday
汤姆大叔的孩子们	Uncle Tom's Children

短篇小说

中文	英文
阿尔默是一个人	Almo's a Man
大小子离家	Big Boy Leaves Home
明亮的晨星	Bright and Morning Star
沿河而下	Down by the Riverside
火与云	Fire and Cloud
长长的黑人歌曲	Long Black Song
杀死影子的人	The Man Who Killed a Shadow
生活在地下的人	The Man Who Lived Underground
迷信	Superstition
地狱半亩地的伏都教	The Voodoo of Hell's Half Acre

诗歌

中文	英文
我感觉它在我的骨头里	Ah Feels It in Mah Bones
在世界与我之间	Between the World and Me
死去而被人遗忘的众神之子	Child of Dead and Forgotten Gods
燃烧的水到处升腾	Everywhere Burning Waters Rise
俳句：别样的世界	Haihu：This Other World
赫斯特头条布鲁斯	Hearst Headline Blues
我是一个红色的标语	I Am a Red Slogan
我看过黑人的手	I Have Seen Black Hands
乔·金	King Joe
关于吉姆·克劳布鲁斯的札记	Note on Jim Crow Blues
古老的习惯和崭新的爱情	Old Habit and New Love
红色黏土布鲁斯	Red Clay Blues
书籍的红叶子	Red Leaves of Books
红色爱情札记	A Red Love Note
为疲惫而休息	Rest for the Weary
崛起与生存	Rise and Live
播撒你的日出	Spread Your Sunrise
力量	Strength
跨越大陆	Transcontinental

注：本作品一览表的编写，摘自于 Jerry W. Ward Jr. 和 Robert J. Butler 所编的 *The Richard Wright Encyclopedia*，汉语部分除已有的译法，其他为笔者拙译。

后　记

　　本书是在我博士论文的基础上修改而成，写作中所经历的焦虑已然成为难忘的回忆。选择理查德·赖特作为研究对象，源于我对非裔美国文学的兴趣。作为一个长期以来不仅在政治经济上，而且在文化心理上都遭受不公正待遇的群体，美国黑人有更多的言说诉求。但是因其特定的种族身份，他们需要有更多的思考，他们的言说需要更多的策略，所以他们的作品有更多的内涵值得挖掘。

　　在吉林大学读书期间有幸成为胡铁生老师的学生，从而开启了我人生的又一个起点。胡老师深厚的文学理论水平、高屋建瓴的学术视野、对学术前沿的敏感、对知识的锲而不舍令我深深折服。尽管胡老师自己的教学和科研任务非常繁重，但对于我提交的论文，总是认真审阅、详细批注，并结合自身的学术专长给我提供具体的理论研究方法。胡老师给予我的帮助和指导令我受益终生。

　　感谢一直以来给予我无限关爱的家人和朋友们，他们总是能够在需要的时候给予我最无私的支持和鼓励。尤其是我的先生和女儿，每当我力不从心、犹豫动摇的时候，他们都是我的精神支柱，是我不能放弃的理由！

张晓敏

2019 年 10 月 18 日